COMO EL FUEGO

COMO EL FUEGO

JENNIFER L. ARMENTROUT

TITANIA

Argentina • Chile • Colombia • España
Estados Unidos • México • Perú • Uruguay

*Este libro es para ti, lector, que has hecho posible esta historia,
y para cualquiera que haya superado los momentos más oscuros
de la vida.*

I

Andrea

No creo que nunca en la vida hubiera accedido tomar parte en una tontería tan grande. Y, en mi caso, definirlo como una tontería implica que había consentido en participar en algo verdaderamente insensato, porque había hecho montones de cosas estúpidas en los veintidós años que llevaba deambulando por el planeta Tierra. No lo digo por decir.

A la avanzada edad de seis años, nada menos, hundí un tenedor en la tostadora de mi abuelo para extraer el gofre de manzana que se había quedado atascado, aunque estoy segura de que ya entonces sabía que no era buena idea. El incidente se saldó con un viaje a urgencias y el pobre hombre al borde de un infarto. Después de ese día, se negó a cuidar de mí. Luego, a los diez años, me dejé convencer por mi hermano, Broderick —*apenas* un año mayor que yo— de que saltar del tejado del porche a la piscina sería genial y nada peligroso en absoluto. La ocurrencia también acabó en urgencias, yo con una pierna rota y él castigado todo el verano.

Mis fechoría no siempre desembocaban en el hospital, aunque no por eso eran menos idiotas. A los catorce se me ocurrió que podría dar la vuelta a la manzana en el coche de mis padres sin que se dieran cuenta. Por desgracia, con la emoción de la travesura, olvidé accionar el mando de la puerta del garaje y acabé por *atravesarla* sin más.

En un flamante Mercedes Benz recién comprado.

Más tarde estuve saliendo con Jonah Banks, el *quarterback* estrella del instituto, y si bien soy consciente de que la decisión no suena mal *a priori*, resulta que el chico en cuestión estaba convencido —y seguramente todavía lo está— de que el sol gira alrededor de la Tierra. Y, como todo el mundo había empezado a hacerlo por aquel entonces, le entregué mi virginidad, y al momento deseé que el maldito himen volviera a su lugar, porque el rato que pasé sudando y forcejeando en la parte trasera de su camioneta no me compensó en absoluto el dolor y la confusión.

También empezaba a pensar que la idea de dejar la carrera de medicina para pasarme a educación, a principios de este curso, no había sido la más inteligente del mundo porque, *jopeta*, me iba a pasar la vida en la universidad, y para cuando me graduase estaría tan endeudada que la caja de ahorros sería la madrina de mis hijos, si los tenía. Eso sin mencionar que mis padres todavía se estaban recuperando de mis últimas decisiones, que no aplaudían precisamente. Son médicos, muy conocidos, y Brody se había matriculado en medicina también, encantado de perpetuar la tradición familiar como el buen hijo que era.

Sin embargo, ser médico..., bueno, era el deseo *de mis padres*, no el mío. La decisión de Kyler, el novio de mi mejor amiga, de cambiar de estudios el año anterior me había prestado el valor que necesitaba para hacer lo propio. Aunque no se lo había confesado. Ni lo había reconocido ante nadie.

Sea como sea, una de las decisiones más recientes e idiotas que había tomado hasta la fecha, y seguramente la más dolorosa, fue la de sucumbir a los encantos de Tanner Hammond. Porque sabía *perfectamente* dónde me estaba metiendo. Desde el primer momento supe quién era Tanner: un encantador de serpientes. Al fin y al cabo, me había criado con un hermano que cambiaba de novia como quien cambia de zapatos. Tanner iba del mismo palo.

Cretino.

Y sin embargo estaba a punto de tomar otra pésima decisión, porque, al mirar los brillantes ojos azules de Sydney Bell, supe que no podría negarme a la petición de mi mejor amiga.

Bueno, *podía* negarme. Le había dicho que no muchas veces, pero no podría en esas circunstancias, porque negarme implicaría quedarme sola en la ciudad, y nada me pone más frenética que estar... pues eso, sola.

—Por favor —me suplicó. Uniendo sus minúsculas manos, pegó un saltito que hizo oscilar su cola de caballo negra. Toda Syd era pequeñita. A su lado, me sentía como Bigfoot; un monstruo enorme y pelirrojo—. Venga. Será divertidísimo. Te lo juro. Y no vamos a tener más ocasiones de hacer algo juntas. El verano casi ha terminado. Kyler empezará las prácticas de veterinario. Y yo estaré todo el tiempo estudiando para el máster.

Y yo, mientras tanto, estaría matando el tiempo, sin oficio ni beneficio, asistiendo a clases de grado como la fracasada que era.

Me desplomé en la cama del apartamento que desde hacía poco mi amiga compartía con Kyler e intenté no pensar en todas las indecencias que el lecho en cuestión habría presenciado. Ni en el hecho de que todos mis amigos tenían pareja, o estudiaban másteres o postgrados, o ya trabajaban, mientras que yo... seguía en el mismo sitio.

Atascada.

Por más que cambiara de idea una y otra vez en relación con, bueno, todo, seguía *atascada*.

—Pero me estás hablando de una cabaña en el bosque en Virginia oeste —objeté, según intentaba ahuyentar los inquietantes pensamientos que me asediaban antes de que se convirtieran en algo que no pudiera ignorar—. Así empiezan todas las películas de terror que incluyen caníbales.

Syd me fulminó con la mirada.

—No te importó pasar unos días en la cabaña de Snowshoe.

—Porque está en un pueblo turístico, y esta, por lo que decís, debe de estar en mitad de la montaña —alegué—. Además, ¿quieres que te recuerde lo que pasó la última vez que fuiste a Snowshoe? Os quedasteis atrapados por la nieve y un loco os atacó.

—Eso fue un hecho aislado —insistió ella a la vez que agitaba la mano con un gesto desdeñoso. Había tardado mucho en ser capaz de referirse al incidente con tanta indiferencia, pero no se me escapaba que, para este viaje, habían alquilado una cabaña distinta en lugar de volver a la casa que poseía la familia de Kyler. Sinceramente, no creía que Syd regresase jamás a esa cabaña—. Y la casa que Kyler y yo hemos alquilado está cerca de Seneca Rocks. Es una zona civilizada. No te vas a topar con el chupacabras ni con un puñado de extraterrestres.

Resoplé como un cerdito.

—Me preocupan más los paletos de seis dedos.

Mi amiga se cruzó de brazos con aire exasperado.

—Andrea...

Suspirando, puse los ojos en blanco con expresión de paciencia infinita.

—Vale, ya sé que no hay paletos de seis dedos por allí.

A decir verdad, había estado varias veces en Virginia oeste. Me parecía una zona preciosa.

—La cabaña tiene de todo, y es la caña. Hay seis dormitorios, *jacuzzi* y piscina. Es enorme. —Se acercó al tocador de cerezo y empezó a ordenar por colores las pulseras desperdigadas por la superficie. Menuda maniática—. Será lo mismo que pasar una semana en el paraíso.

Levanté una ceja. Lo dudaba mucho. En mi opinión, el paraíso se parece más a tenderse al sol en una isla del Caribe con una margarita del tamaño de un bebé en la mano, pero oye, ¿qué sé yo?

—Y la casa es tan grande que ni siquiera sabrás que Tanner está allí —añadió, al mismo tiempo que me lanzaba una sonrisilla por encima del hombro—. Si tú quieres. No estás *obligada* a pasar de él, ya lo sabes.

—¿Y por qué has tenido que invitarlo?

Necesitaba moverme, así que me levanté como accionada por un resorte y pasé junto a ella a toda prisa de camino al cuarto de baño. Un cuarto de baño ordenado hasta extremos absurdos, con sus alfombrillas color azul marino y la cubierta de la tapa del retrete a juego. Bah. Parejas. Me apoyé en el lavamanos y me miré al espejo. Puaj. El lápiz de ojos se me estaba emborronando por las mejillas. ¿Por qué Syd no lo había mencionado?

—*Yo* no lo he invitado. —La voz de mi amiga se dejó oír en el dormitorio—. Kyler lo hizo. ¿Y por qué te molesta? Pensaba que ahora hacíais buenas migas.

Me retiré los restos de maquillaje con los dedos y apoyé las manos en el frío borde de la pila de porcelana a la vez que lanzaba un suspiro.

—Solo porque *ahora mismo* estemos de buenas no significa que vayamos a llevarnos bien mañana o dentro de una semana. Nos va a días.

No hubo respuesta procedente del dormitorio.

Me puse de puntillas, observé mi rostro en el espejo y maldije entre dientes. ¿Me estaba saliendo un grano en la barbilla? Y enorme, para colmo. Hice un mohín. ¿Cuándo superaría la fase de los granos?

—¿Y por qué lo ha invitado Kyler? Estar con Tanner es tan divertido como depilarse las cejas. Y hablando de cejas... —Despegué la vista del espejo frunciendo la nariz—. Las mías parecen orugas, Syd. Unas orugas peludas y tupidas.

Syd carraspeó.

—Esto, Andrea...

—No, mejor dicho. —Devolviendo los talones desnudos al suelo, me pasé las manos por los bucles, que me llegaban a la altura del hombro. Mi pelo es castaño oscuro con luz normal, pero el sol le arranca intensos reflejos rojizos. Syd opinaba que me parecía a Annie la huerfanita, la de las películas antiguas, porque también tengo pecas a juego—. Arrancarse los pelos de la barbilla sería más interesante que pasar una semana con Tanner. ¿Y por qué nos salen pelos en la barbilla? No contestes. Seguro que puedes darme una explicación lógica, y ahora mismo no estoy para razonamientos lógicos.

—Andrea...

—El caso es que arrancarme vello corporal sería menos doloroso. *Señor.* —Sí. Me estaba rayando, como me pasaba siempre que pensaba en Tanner—. ¿Sabes lo que me dijo ese idiota cuando Kyler y tú me dejasteis tirada en el parque la noche de los fuegos artificiales? Y sé perfectamente lo que hacíais detrás de los árboles. Degenerados —proseguí, según la rabia volvía a apoderarse de mí al recordar el reproche de Tanner—. Me dijo que bebo demasiado. Y me lo soltó con una cerveza en la mano. ¿Cómo se puede ser tan hipócrita? Además, tengo que beber si no quiero pegarle una patada en las pelotas.

—Gracias.

Me crispé y abrí los ojos de par en par al reconocer una voz demasiado profunda como para pertenecer a Syd, a menos que mi amiga me hubiera ocultado un secreto descomunal. Colorada como un tomate, me volví hacia la puerta abierta del baño.

Era la voz de Kyler, y si él estaba en casa, había muchas probabilidades de que hubiera alguien más.

Ay, la madre.

Con la cara ardiendo y seguramente tan colorada como el pelo, me planteé por un momento si esconderme detrás de la cortina de la ducha, pero habría sido de cobardes y una actitud un tanto extraña. Salí del baño, y de inmediato descubrí que acababa de meter la pata hasta el fondo.

En el dormitorio, Kyler Quinn rodeaba con un musculoso brazo los delgados hombros de Syd. Ella parecía congestionada, de lo que deduje que la había saludado efusivamente con manos y boca. Era el típico chico multitarea. En ese momento me sonreía como un gato que acaba de zamparse una caja llena de ratones. Kyler era el típico tío bueno. Con su desordenada melenita castaña y su sonrisa a lo príncipe azul, ofrecía la pareja perfecta para Sydney, que recordaba a una Blancanieves de carne y hueso.

¿Sydney y Kyler? Ugh, solo de mirarlos me entraban ganas de vomitar arcoíris sacados de Mi Pequeño Pony.

Su historia parecía un cuento de hadas de principio a fin, el sueño de cualquier niña hecho realidad. Una historia con la que yo, patética como soy, seguía soñando.

Habían crecido juntos, eran amigos íntimos de toda la vida y siempre habían estado enamorados sin que el otro lo supiera. El año pasado, estando aislados por la nieve en la cabaña de Snowshoe, por fin se habían confesado lo que sentían. Llevaban juntos desde entonces y, si bien envidiaba en parte su amor mutuo, me alegraba sinceramente por ellos. Se merecían un final feliz.

El pene andante que se apoyaba contra la jamba de la puerta. Eso es harina de otro costal.

Posé la mirada en Tanner Hammond. Él no era guapo. Oh, no. Guapo no alcanza para describir el metro noventa y tres de atractivo puro y duro que emanaban los brazos bien torneados, la tableta de chocolate de su abdomen y el ancho pecho que se gastaba, además de las estrechas caderas y un culo capaz de obsesionarte varios días. Tenía los ojos de un azul cristalino, verdaderamente adormilados, siempre entrecerrados, soñolientos y sensuales. Los rasgos de su cara creaban un conjunto casi perfecto con esos pómulos marcados, el labio inferior apenas más prominente que el superior, la nariz un poquitín torcida a causa de una fractura sufrida mucho antes de que yo lo conociera.

Por lo general me gustan los chicos con un poco más de pelo, pero él llevaba como nadie el estilo mohicano, rapado por los lados y muy corto por la parte superior. Una vez, estando..., bueno, bebida, se me ocurrió la genial idea de pasarle la palma de la mano por la cabeza. Fue otra de mis tonterías, pero por poco me da un ataque al notar el cosquilleo suave de su pelo contra mi piel.

Qué *gustazo*.

Vi a Tanner por primera vez en la atestada clase de Introducción a la literatura inglesa y aluciné tanto que la lengua prácticamente se me cayó de la boca. Él, como es natural, ni siquiera se fijó en mí. Demonios, Kyler y Syd pensaban que solo hacía un par de años que nos conocíamos. No era verdad. Conocía a Tanner desde primero. Ese curso compartíamos dos asignaturas, y hacia el final del segundo semestre estaba loca por él. Completamente pillada.

Tanner enarcó una ceja.

—Me reafirmo. Bebes demasiado.

Apreté los puños al mismo tiempo que tomaba aire con rapidez, casi con dolor.

—Nadie te ha preguntado, doctor Phil.

—Yo solo digo que te he visto vomitar más veces que si hubiera pasado un año en urgencias —replicó con sorna.

Noté un latido en la sien. Mientras tanto, Kyler trataba de ocultar, sin éxito, la sonrisa de su rostro.

—Ah, ya. Más o menos tantas veces como rollos casuales has tenido esta semana.

Esbozó una sonrisa de medio lado; una de esas sonrisas que serían sexys de la muerte de no ser por las ganas que tenía de abofetearlo.

—Seguramente. No, espera. Creo que yo te gano, si contamos todos los rollos casuales.

—Vale ya... —murmuró Syd.

Se me crisparon los hombros según me preparaba para la batalla verbal, asalto cinco millones.

—Pues habrás pillado clamidia *y* gonorrea en un solo fin de semana, ¿no?

Encogió un hombro a la vez que me miraba con indiferencia.

—Es probable... Tanto como que tú hayas vomitado encima de tu ligue de turno.

Noté un cosquilleo en las mejillas. Me sucedió. Una vez. No fue divertido.

—Pues a ver qué te parece esto. ¿Por qué no te vas a tomar...?

Tanner se apartó de la pared para mirar a Kyler y a Syd.

—¿Ella también va a la cabaña? Porque, en ese caso, tendré que llevarme un equipo anticontaminación.

Estaba a punto de atizarle. En serio. De estamparle el puño en el plexo solar justo cuando fuese a tomar aire.

Haciendo esfuerzos por mantenerse impertérrita, Syd se volvió hacia mí.

—No lo sé. Intentaba convencerla momentos antes de que llegaseis, pero ahora me parece que me he esforzado para nada.

Miró a Tanner con expresión funesta.

Él sonrió de oreja a oreja.

—Por mí... —Plantó la mano en el hombro de Kyler y echó a andar hacia el recibidor—. Estaba pensando en invitar a Brooke.

Abrí la boca hasta el suelo. ¿Brooke Page? ¿La rubia y pechugona Brooke Page, que necesitaba una calculadora para contar hasta cien?

—*No* vas a invitar a Brooke —replicó Syd con un suspiro.

Tanner soltó una risita.

—¿Y a Mandie?

La risita brotó ahora de Kyler.

Puse los ojos en blanco de puro aburrimiento. Tanner estaba haciendo el payaso.

—Tienes un gusto exquisito para las mujeres, ¿eh?

Mirándome por encima del hombro, me hizo un guiño.

—Al menos no son pijas consentidas a las que nunca les saldrían las cuentas si su papá no las ayudase.

—¡Yo no soy una pija consentida! —grité, y Syd, de repente, vio algo interesante en el techo. Vale. Mis padres, ambos cirujanos plásticos de renombre, estaban bien situados. ¿Mi apartamento? Pagado por papi y mami. Al igual que casi todo lo que contenía, y el coche que conducía —un Lexus viejo—, pero solo porque tuviera dinero no significaba que fuera una consentida. Mis padres nunca se cortaban a la hora de recordarme lo mucho que gastaban y lo deprisa que podían cerrar el grifo. Además, me obligaban a pagar la matrícula, ahora que había cambiado de grado, y ya había acumulado un montón de préstamos.

—Y no tengo ningún problema para cuadrar cuentas, a diferencia de Mandie y Brooke.

—Si tú lo dices —replicó Tanner, a la vez que echaba a andar hacia el recibidor.

Lo seguí, haciendo caso omiso del resoplido exasperado de Syd.

—¿Qué pasa? ¿No te apetece que vaya a la cabaña, Tanner?

—¿De verdad quieres que conteste a esa pregunta, Andy? —Se encaminó hacia la cocina.

Apreté los dientes. *Odiaba* ese apodo. Me hacía sentir como un tiarrón de anchos hombros... y la verdad es que mis hombros son un tanto masculinos. Antes de que pudiera responder, Tanner dijo:

—Es viernes por la noche. ¿A qué esperas para agarrar una curda?

—Ja, ja, ja.

En realidad, cualquier otro viernes ya *estaría* entonada, pero Syd se quedaba en casa con Kyler y el resto de nuestros amigos se había marchado.

No puedo ir a la cabaña.

En el instante en que acabé de formular este pensamiento, el terror me retorció las tripas y me secó la boca. Si no iba, tendría que quedarme allí. Sola. Y si me quedaba sola, me limitaría a dormir y... a ser patética, y si no dormía me pasaría todo el tiempo *pensando*.

En mi caso, pensar no implicaba nada bueno.

Tendría que ir a la cabaña.

Me detuve a la entrada de la cocina y volví la vista hacia el pasillo, donde se habían detenido Kyler y Syd.

—¿Cuándo tenéis pensado ir a la cabaña?

—La semana que viene. —Syd apareció a mi lado con el pelo revuelto y la coleta deshecha. Dios mío. Kyler no perdía comba *y* se daba prisa—. Saldremos el lunes por la mañana.

—Hum. —Me volví hacia Tanner y sonreí con dulzura—. Bueno, como soy una pija consentida, no tendré que pedir permiso en el trabajo. La semana que viene estoy libre.

Tanner extrajo una cerveza de la nevera. Tras desenroscar la chapa, me dedicó un brindis. Hilillos de aire frío flotaron desde el cuello de la botella.

—Bueno, como yo no tengo problemas con la bebida, me tomaré una.

—Yo no tengo problemas con la bebida, idiota.

Bebió un trago largo y lento, directamente de la botella, con la cadera apoyada contra la encimera. La sonrisa de medio lado regresó en todo su esplendor.

—¿Sabes qué? Dicen que el primer paso para recuperarse es reconocer que tienes un problema.

Inspiré de nuevo a toda prisa y de nuevo noté el calorcillo extenderse por mi rostro. Tanner y yo siempre nos estábamos fastidiando, eso estaba claro, pero ahora, no sé por qué, el nudo que tenía en la garganta se rompió y me ardieron los ojos según lo veía tomar otro trago. Una sensación de bochorno se instaló en mi estómago y creció hasta convertirse en un árbol que solo daba fruta podrida.

Yo *no* tenía problemas con la bebida.

Tanner bajó la botella y, en el instante en que nuestras miradas se encontraron, la sonrisa abandonó despacio su deslumbrante rostro. Frunció el ceño a la vez que despegaba los labios, pero yo me volví a toda prisa hacia Sidney. Con voz vergonzosamente ronca, le dije:

—Cuenta conmigo.

Tanner

Ay, *mierda*.

Me quedé mirando cómo Andrea entraba en el salón y advertí que no se contoneaba como de costumbre. Nadie menea el trasero como Andrea, y la ausencia del contoneo fue de lo más elocuente. Habíamos llevado demasiado lejos lo que fuera que hiciéramos cada vez que coincidíamos. Estaba claro que alguno de mis comentarios la había lastimado, pero, mierda, no me había pasado más que otras veces.

Mi mano se crispó en el cuello de la botella. Por mi vida que no entendía de qué leches iba Andrea Walters. En serio. Ni puñetera idea.

Esos morritos sonrosados tan pronto pronunciaban palabras dulces y melosas como vomitaban fuego igual que un dragón infernal. Un dragón despampanante, pero y qué. Tenía un humor más cambiante que un «litro» en un botellón.

¿Porque era pelirroja, quizás?

Sonreí con sorna.

Siempre me había tratado igual, y lo peor es que yo, en parte, aguardaba con emoción las pullas que salían de su boca. Qué retorcido. Era una especie de juego que nos gastábamos, averiguar quién podía golpear más fuerte sin mover ni un dedo. Cuando menos, era la mar de entretenido; o lo había sido hasta ahora. Ya no estaba tan seguro.

Esos preciosos ojos de corderito que tenía se habían empañado sospechosamente antes de que desviara la vista y, lo reconozco..., me supo mal.

Kyler me lanzó una mirada cuando pasó por mi lado para echar mano de una cerveza, pero yo seguía mirando a Andrea, que estaba sentada al borde del sofá en una postura rígida y poco natural.

Sydney se sentó en el reposabrazos.

—Pensábamos marcharnos de madrugada, hacia las seis.

Eché un vistazo rápido a Andrea, pensando que protestaría en broma ante la idea de madrugar, pero guardaba un silencio nada habitual en ella. Mis músculos se crisparon.

—La idea es llegar a la cabaña entre las nueve y las diez de la mañana, dependiendo del tráfico. —Kyler se sentó a mi lado y desenroscó la chapa—. Y volver el lunes siguiente.

—Por mí, bien.

No despegué los ojos de Andrea, que intentaba ajustarse la tira de una sandalia.

Sydney me miró y esbozó una leve sonrisa.

—¿Ya has avisado a tus jefes?

Asentí. Kyler había mencionado semanas atrás que quería pasar unos días en la montaña antes de que empezaran las clases, y yo había pedido unos días libres en el cuerpo de bomberos. Tuve que hacer un montón de turnos dobles, pero no me importó. Para empezar, la diferencia con los turnos de doce horas que solíamos hacer no era tan grande. Además, pensaba quedarme allí únicamente hasta febrero del año siguiente, cuando entrara en la academia. Conste que no tenía prisa por dejar el cuerpo, pero llevo la policía en la sangre. Con la diferencia de que yo quería ser un *buen* poli. Seguramente seguiría colaborando como bombero voluntario una vez que supiera el horario de la escuela de policía.

—Sería mejor que fuéramos todos en un solo coche. —Sydney jugueteó con un mechón de su cabello—. Kyler y yo os pasaremos a buscar.

Andrea giró el cuerpo hacia Sydney y empezó a poner pegas a la idea de viajar en un solo coche. Yo desconecté mientras la miraba. La botella de cerveza me colgaba de la punta de los dedos.

Maldición..., qué mona era. No, era mucho más que mona, y conste que ya me había fijado otras veces. Desde el primer día que la vi en un bar, con Sydney, había logrado algo más que despertar mi interés. Caray, cualquiera que tuviera ojos en la cara podía darse cuenta de que era un pibón. Labios carnosos. Pómulos pecosos y pestañas largas y oscuras. Pensándolo bien, me recordaba a una chica que me gustaba en los primeros cursos de secundaria. Jo, no recordaba su nombre, pero tenía pecas y era pelirroja. Yo siempre le estiraba las trenzas o la hacía rabiar de algún modo. Mis labios esbozaron una pequeña sonrisa mientras me llevaba la botella a la boca. Andrea, por su parte, era pura dinamita, para nada la clase de chica que se deja dominar fácilmente.

Demonios, no era la clase de chica que *querrías* dominar.

Yo sabía que ligaba mucho, pero las historias no le duraban. No abundaban los chicos que supieran manejarla. No conocía a ninguno que fuera capaz de hacerlo. Bueno, sin contarme a mí. Yo podría manejarla, si quisiera.

No lo hice en aquel entonces, cuando nos conocimos. Las relaciones no eran lo mío, pero la vida acaba por cambiarte y apaciguarte. Ya no me interesaban los rollos casuales, aunque Andrea siguiera pensando que mi dormitorio estaba tan concurrido como una estación de metro. Mierda. Hacía meses que no llevaba a nadie a mi cuarto ni me despertaba en otra cama.

La noche que conocí a Andrea supe al momento que no reaccionaría a mis encantos como la mayoría de las chicas. Le tiré los tejos, deseoso de divertirme con ella, pero ella me miró fijamente a los ojos, se rio en mi cara y me dijo que siguiera soñando.

Como es lógico, tras eso la deseé aún más.

Al principio me motivaba sobre todo el desafío, pero luego comprendí que no se estaba haciendo la interesante conmigo. Mi atracción hacia ella no había menguado con el paso de los meses; sin embargo, la mayor parte del tiempo me costaba adivinar qué sentía ella al respecto.

Supongo que Andrea había recuperado el sentido común en algún momento, porque ahora estaba de pie y se recogía un precioso bucle detrás de la oreja.

—Bueno, me marcho. —Sus maravillosos ojos castaños se posaron un instante en los míos antes de seguir avanzando, y vaya si no tenía la mirada triste. Herida. Rodeó el sofá para echar mano de un bolso del tamaño de un coche pequeño que descansaba en una silla, junto a la entrada—. Ya sabéis, de vuelta a mi apartamento pijo que me paga mi fideicomiso y a emborracharme hasta echar la pota por todos mis bolsos Louis Vuitton.

Enarqué las cejas y, no sé por qué, me abstuve de replicar. No dije ni una palabra mientras ella se despedía de Kyler y de Sydney y se marchaba. Y tal vez debí decirle algo. Un extraño resquemor en las tripas me avisó de que habría sido lo correcto.

—Voy a... hablar con ella un momento. —Rodeando el sofá a toda prisa, Syd se detuvo el tiempo suficiente para ofrecerle a Kyler un beso rápido y propinarme una palmada en el brazo antes de salir pitando—. Vuelvo enseguida.

Cuando la puerta se cerró por segunda vez, miré a Kyler. Él enarcó una ceja.

—Bueeeeno —empezó, arrastrando mucho la palabra—. Me parece que esta vez te has pasado con Andrea.

—Esta vez.

Negué con la cabeza, medio aturdido, dejando vagar la mirada hacia la puerta. Mierda.

Recostándose contra la pared, Kyler me clavó los ojos y cruzó los tobillos.

—¿Qué os pasa? O sea, en serio. Si no tuviera tan claro que nunca ha habido nada entre vosotros, diría que estuvisteis liados y la cosa se torció.

Solté una carcajada seca.

—Venga, ya sabes que nunca hemos estado juntos.

Él enarcó una ceja y echó mano de otra cerveza.

—Podrías habértelo callado.

Resoplé.

—Syd está segura de que ha pasado algo y no lo habéis contado.

Fruncí los labios.

—¿Andrea lo ha insinuado?

Él negó con la cabeza.

—No, solo es una teoría de Syd.

—Pues se equivoca.

—No entiendo por qué la tiene tomada contigo —añadió Kyler, tras un silencio.

—Yo tampoco. No tengo ni idea —murmuré yo. Bebí un trago de cerveza y clavé la mirada en la puerta—. Pero, ¿sabes qué? Lo voy a averiguar.

2

Andrea

La música atronaba en lo alto, un latido regular que palpitaba al compás de mi pulso. Tenía la piel húmeda y la garganta seca, pero me sentía bien; no, *genial*. Me sentía genial, libre e ingrávida, la mente dichosamente vacía. Sonriendo, levanté los brazos, eché la cabeza hacia atrás y sonreí.

No sé qué canción estaba sonando, seguramente alguna demasiado comercial como para reconocer que la llevaba guardada en el móvil en secreto, pero ahora mismo me daba igual. La noche era perfecta.

—Guau —exclamó una voz masculina detrás de mí. Creo que se llamaba Todd. ¿O Tim? ¿Taylor? ¿Tiny Tim? Solté una risita. El chico me arrastró el brazo hacia abajo—. Te vas a tirar la bebida por encima.

Un vaso alto colgaba de mis dedos, todavía medio lleno. Había olvidado por completo que tenía una copa en la mano. Era algo frutal, dulce y alucinante. Rodeando la pajita con los labios, sorbí contenta según agitaba las caderas al ritmo de la música. Cerré los ojos nuevamente y me dejé llevar sin complejos. Señor, necesitaba una noche de fiesta, porque..., porque sí. Por lo sucedido la noche anterior en casa de Kyler y Syd, por las palabras de Tanner y por el sermón que Syd me había soltado en la calle.

«No creo que lo diga por nada —me aseguró—. Solo está preocupado. Todos estamos preocupados...»

Se me hizo un nudo en la boca del estómago. ¿Preocupados? ¿Y por qué estaban preocupados? No pasaba nada, y mis bucles volaron en todas direcciones cuando agité la cabeza con fuerza. No quería pensar en nada.

Pese a todo, los restos de la conversación que habíamos mantenido junto a mi coche se colaron entre los jirones de mi pensamiento. *El mes pasado pasaste una semana entera sin hablar con nadie.*

Estaba ocupada.

La última vez que salimos te pusiste fatal. Dabas miedo. Me asusté mucho.

No fue para tanto.

¿Sabes siquiera quién era el chico con el que te fuiste?

No quería recordar esa noche ni a ese chico.

Unas manos grandes aterrizaron en mis caderas y noté un aliento cálido y pegajoso contra la mejilla. El tufillo de la cerveza me inundó, multiplicando mi desasosiego.

—Qué sexy eres.

Fruncí el ceño, sin saber quién era ese tío. Ni siquiera me acordaba de que estaba conmigo. Desvié la cabeza a un lado, lejos de su boca, y abrí los ojos.

—¿Cómo te llamabas?

La pregunta no le molestó. Se echó a reír al mismo tiempo que me estrujaba las caderas con sus manazas.

—Llámame como quieras —respondió, y aun bebida como estaba supe la clase de chico que tenía delante. Le traía sin cuidado que fuera incapaz de deletrear su nombre. Tan solo le interesaba saber si lo acompañaría a su casa. Le daría igual si caía inconsciente encima de él. Seguramente no me había preguntado el nombre ni le importaba un pimiento. No estaba allí para conocer a nadie. El futuro no le interesaba más allá de un revolcón.

Las manos que me sujetaban las caderas resbalaron hacia mi barriga y sus pulgares se colaron por las trabillas de mis vaqueros. Me llevé el vaso a los labios y descubrí que estaba vacío. Levantando los ojos, recorrí la barra con la mirada. Lo vi casi al instante y me quedé sin aliento.

Tanner estaba sentado en un taburete alto y redondo. Kyler y Syd lo acompañaban, pero tenían las cabezas juntas, las miradas entrelazadas. Tanner... me miraba a mí. Sus ojos azules no parecían adormilados esta vez. Estaban entrecerrados y parecía enfadado; furioso, en realidad. Me ardieron las mejillas y quise desviar la vista, pero no pude.

Una chica se acercó a su mesa. Yo la conocía, creo. Era guapa, rubia, con mechas de color rosa en el pelo, y saltaba a la vista que le había costado lo suyo enfundarse los ajustados vaqueros que llevaba. Se encaminó directamente hacia Tanner y se inclinó para hablarle. Él alzó la vista y la expresión de enfado desapareció de su atractivo rostro, remplazada por una afable sonrisa de bienvenida, el tipo de sonrisa que rara vez me dedicaba a mí.

—Necesito otra copa —anuncié, desviando la vista. Sin embargo, era demasiado tarde. No podía quitarme el gesto de la cabeza. Una sonrisa simpática, de medio lado, como si Tanner no se aviniese del todo a sonreír pero se alegrara de verla.

—¿Sí? —Como-se-llame me atrajo hacia sí, por la espalda—. Yo te traeré una copa.

Me pareció una idea excelente por muchas razones, sobre todo porque me apetecía beber algo más, pero también quería recuperar mi espacio personal. Por desgracia, el tipo no cumplió su promesa. No me soltó. Unos labios resecos me rozaron la mejilla al tiempo que me restregaba las caderas contra el trasero y yo noté, en plan, todo lo que tenía.

Vale. Se acabó. No estaba *tan* bolinga, todavía.

Dando un paso adelante, forcejeé para liberarme, o cuando menos lo intenté. Pude separarme unos pocos centímetros antes de que el tío volviera a agarrarme por detrás. Reboté contra su pecho y estuve a punto de perder el vaso.

—¿A dónde vas? Nos estamos divirtiendo.

—Yo *no* me estoy divirtiendo. —Retorcí el cuerpo y le agarré los dedos con la mano libre. Le clavé las uñas—. Suéltame.

—¿Qué dices? —Gotitas de saliva salieron disparadas de su boca y se me revolvieron las tripas todavía más si cabe—. Solo estamos bailando. Venga. Vamos a divertirnos.

—Ni siquiera sé cómo te llamas —me oí decirle, lo que me pareció una bobada incluso a mí, porque hacía nada me traía sin cuidado saber su nombre—. Y tú tampoco sabes cómo me llamo yo.

—¿Y qué más da?

Intenté zafarme otra vez al mismo tiempo que alguien —otra pareja— chocaba contra nosotros, pero sus palabras me paralizaron, según las reproducía una y otra vez para mis adentros. No sé por qué, pero de súbito quería oírle decir algo distinto. Que le interesaba mi nombre, conocerme. Seguro que Tanner sabía cómo se llamaba la chica con la que estaba hablando.

Qué estupidez.

Qué situación más absurda.

Tanner

Golpeteaba con el pie el asqueroso suelo a velocidad supersónica. ¿Cuánto tiempo tendría que quedarme ahí sentado viendo cómo Andrea hacía lo que fuera que estuviera haciendo?

Ya había creído notar que se gastaba un humor raro cuando había aparecido por el bar. Callada, casi tímida a juzgar por su manera de mirarme, como de reojo. En parte me pregunté si habría estado bebiendo antes de llegar, pero quería concederle el beneficio de la duda y creer que no era tan tonta como para conducir bebida. Sí, le gustaba salir de fiesta y desfasar, pero no era tan idiota o irresponsable como para correr peligro. Sin embargo, había empezado a beber en el instante mismo en que había pisado el local y ya no había parado. Yo había perdido la cuenta de las copas que llevaba.

Iba a ser una de esas noches.

Con un cosquilleo en la piel comparable a notar un ejército de hormigas soldado correteando por todo el cuerpo, me repantingué y no reaccioné cuando declaró que le apetecía bailar. Syd le hizo compañía durante un rato, pero regresó sin Andrea, que había convertido la pista de baile en su escaparate particular.

Por Dios, todo aquel que no iba acompañado tenía los ojos clavados en Andrea. Somos como malditos misiles sensibles al calor en lo concerniente a tías buenas, y ella era un despampanante objetivo de carne y hueso.

Sus bucles de color caoba saltaban en todas direcciones según ella levantaba los brazos por encima de la cabeza y agitaba las caderas al ritmo de algún tema rock. Se había ruborizado de un modo muy atractivo y una fina capa de sudor le cubría la piel. La camiseta negra se le había desplazado lo justo para mostrar una tira de pálida piel sobre la cintura de los vaqueros. Y esos malditos vaqueros... Le sentaban como un guante confeccionado a medida de su trasero en forma de corazón. Y yo seguía allí sentado, sin hacer nada, incapaz de moverme o de desviar la vista, igual que todos los tíos de la barra. Súbitamente, mis pantalones habían perdido cinco tallas.

Cuando un cerdo alto y bobalicón empezó a restregarse contra ella, me quedé sentado, pero me incliné hacia delante y el cariz de mis pensamientos cambió. Comprendí que, durante todo ese rato, había estado deseando con toda mi alma a una chica que antes me patearía las pelotas que toqueteármelas por diversión. Y un sentimiento distinto bulló dentro de mí. No tenía nada que ver con el deseo; se parecía más a la necesidad de marcar el territorio alrededor de Andrea como una especie de cavernícola. Jamás en toda mi vida había sentido la necesidad de hacer algo así, y no lograba explicarme por qué me asaltaba ahora.

El cerdo bobalicón la aferró por las caderas.

Entrecerré los ojos según una rabia irracional se apoderaba de mí. ¿Por qué *carajo* dejaba que ese tío se abalanzara sobre ella? Tenía todo el aspecto de ser un idiota aprovechado, y ella merecía algo mil veces mejor.

Alguien se acercaba por mi derecha. Me volví, sorprendido de ver a Lea Nacker encaminándose hacia mí. Sonrió y echó un vistazo rápido a Kyler y a Sydney.

—Eh —me saludó. Su voz contenía un suave deje sureño que delataba su condición de forastera—. No te he visto en todo el verano. Pensaba que te habías marchado de vacaciones.

—Qué va. He estado trabajando. ¿Y tú?

Se recogió un largo mechón de cabello rosa y rubio detrás de la oreja.

—Lo mismo. Aún me queda un semestre para terminar los estudios. Tú ya te has graduado, ¿verdad?

—Sí. —Lancé una ojeada en dirección a Andrea y me tragué una maldición. Las manos del cerdo bobalicón habían entrado en territorio caliente. ¿Acaso Andrea estaba... demasiado curda como para darse cuenta de que la estaba toqueteando? Porque normalmente no habría accedido a algo así, lo sabía.

—Bueno, si te quedas por aquí, llámame —sugirió Lea, y yo le devolví la atención. Tardé un momento en captar lo que me estaba diciendo; lo que me estaba ofreciendo—. Contestaré la llamada —añadió con una sonrisa pícara.

Mierda. Mierda con patatas.

Lea y yo nos habíamos acostado unas cuantas veces a lo largo de los años. Nada serio, y en circunstancias normales habría archivado la oferta para aprovecharla en un futuro no muy lejano, pero ahora mismo no sentía el más mínimo interés. De no haberme empalmado descaradamente hacía un momento, habría pensado que tenía el pito averiado.

Sintiéndome como un capullo, me obligué a sonreír, porque siempre lo había pasado bien con ella y era una buena chica.

—Claro.

Lea empezó a decir algo, pero mi atención ya se había desplazado a la zona de Andrea y no estaba en condiciones de seguir la conversación ni de mostrarme educado. El cerdo bobalicón atraía a Andrea hacia sí y saltaba a la vista que ella no disfrutaba con el contacto. No me paré a pensar.

—Vuelvo enseguida —avisé a mis amigos.

Kyler enarcó una ceja pero guardó silencio, y tuve la sensación de que se había quedado con la historia. De pie, saludé a Lea con un gesto y eché a andar sin mirar atrás.

Cuando me acercaba a la zona de baile, oí a Andrea decir:

—Y tú tampoco sabes cómo me llamo yo.

Arrastraba las palabras y mis hombros se crisparon.

—¿Y qué más da? —contestó el chico.

Se me anudaron las tripas y todo mi cuerpo se tensó. Desde atrás, planté una mano en el hombro del tío. Él soltó a Andrea, que se tambaleó hacia un lado, pero se recompuso sin llegar a perder el equilibrio del todo. Nuestras miradas se encontraron un instante. Ella tenía los ojos vidriosos, y mi rabia aumentó de nivel.

—Sí, si la vas a sobar, tendrás que preguntarle el maldito nombre —dije al mismo tiempo que le propinaba un empujón. Antes de que él pudiera reaccionar, me planté entre el chico y Andrea—. Pero es mejor que no lo sepas. No hace ninguna falta que lo recuerdes. No te lo mereces.

El cerdo bobalicón intentó avanzar hacia mí, y estoy seguro al cien por cien de que la expresión de mi rostro le hizo cambiar de idea. Desvió la mirada.

—¿Y tú quién eres? ¿Su novio?

Estuve a punto de reírme en su cara, y lo habría hecho de no ser porque Andrea ya había soportado suficientes insultos por una noche, aunque no se habría dado ni cuenta.

—Sí. Así que lárgate antes de que te eche a patadas por la maldita puerta.

—Tanner. —Andrea me posó la mano en la cintura, pero yo no despegaba los ojos del otro.

Crispado, aguardé a que el idiota hiciera algo, pero él se limitó a levantar la mano y hacerme la peineta antes de dar media vuelta y alejarse despacio. No pude sino echarme a reír ante su retirada. Puede que el tío fuera un cerdo sin clase, pero tenía sentido común. Bastaba verme para comprender que superaba su esquelética estampa en unos diez kilos de músculo.

La mano se despegó de mi espalda y yo inspiré profundamente antes volverme a mirar a Andrea. Fue una buena idea, porque el aliento quedó atrapado en alguna zona de mi pecho y tuve que esperar a que esa sensación tan rara cesara. ¿Acaso mis pelotas habían sido remplazadas por ovarios? Seguramente.

Andrea me miró con atención, con los carnosos labios separados, los ojos castaños abiertos de par en par e inundados de una tristeza tan intensa que sentí el impulso de rodearla con los brazos. Apenas me percaté de que alguien me empujaba cuando avancé hacia ella. Movió los labios, pero no la entendí.

—¿Qué? —pregunté.

—A mí no me sonríes —dijo en un tono más alto, y yo la miré de hito en hito. Sus hombros se alzaron cuando suspiró con fuerza, y el impulso de abrazarla se tornó más intenso.

—Andy —respondí a la vez que negaba con la cabeza—, claro que te sonrío.

—No. No de verdad. —Levantó el vaso vacío y lo miró—. Ese tío era un sobón.

—Ya lo creo.

No quería hablar de ese idiota, y deseaba disipar la desolación que emanaban sus palabras. Envolviendo su manita con mis dedos, sujeté el vaso vacío.

—Vamos.

Como era de esperar, clavó los pies en el suelo.

—Quiero bailar.

Enarcando una ceja, la rodeé y la obligué a estirar el brazo para dejar la copa en la barra.

—¿Estás segura?

Ladeando la cabeza, frunció el ceño.

—Sí.

Se zafó de mi mano, levantó los brazos y dio media vuelta. Perdiendo el equilibrio, se tambaleó hacia un lado hasta casi caer sobre el grupo de chicos que intentaban pedir una copa. Salí disparado hacia delante y la sujeté por la cintura para impedir que estampara de bruces contra la espalda de un chico cualquiera.

La risita de Andrea fue contagiosa, y también preocupante, cuando se apoyó de nuevo en mí. Posando las manos en mi brazo, empezó a contonear las caderas contra mi entrepierna. Apreté los dientes cuando un calambre de deseo me golpeó las entrañas, rápido e intenso.

Y... ahí estaba otra vez la descarada erección.

Dios mío, el cacharro me latía como un descosido según yo retrocedía con la intención de poner espacio entre los dos.

—Andy —gemí más que dije—. ¿Qué estás haciendo?

Ladeando la cabeza, sonrió con los ojos cerrados.

—Estoy bailando y tú te has quedado ahí plantado.

Yo me *había* quedado ahí plantado.

Y, cosa de unos cinco segundos más tarde, me convirtió en su particular poste de estríper.

Dio media vuelta y posó las manos sobre mi pecho antes de proceder a agacharse despacio sin dejar de acariciarme los abdominales. Yo pegué un bote y noté la boca seca cuando buscó el cinturón de mis vaqueros y me dirigió una sonrisa, con los ojos ocultos tras las largas pestañas. El latido se multiplicó por diez.

Quería que continuara, averiguar hasta dónde era capaz de llegar. Una enorme parte de mí lo deseaba con toda el alma, y ella estaba tan cerca, prácticamente de rodillas según alzaba la vista hacia mí y buscaba mi cremallera con los dedos.

Dios mío, le aferré las muñecas antes de que aquello fuera a más. No quería convertirme en uno de esos tipos que tanto odiaba. La obligué a levantarse e intenté no sonreír cuando me hizo un mohín.

—Te llevo a casa —le dije.

Enarcó una ceja color cobre.

—Guau, esto..., esto va muy deprisa.

Hice caso omiso de cierta parte de mi anatomía, interesada al cien por cien en su propuesta.

—Déjalo.

—¿Y si mejor lo agarro? —replicó. Echó la cabeza hacia atrás y soltó una carcajada como si viniera a cuento—. No sé si quiero ir a tu casa.

—Me parece bien. —Le pasé un brazo por los hombros antes de que saliera huyendo—. Porque vamos a tu casa, no a la mía.

Hizo un mohín que sugería confusión y, usando la distracción a mi favor, la arrastre hacia Kyler y Sydney. Ambos nos observaron con una expresión de suficiencia. Yo los fulminé con la mirada y abrí la boca para aclarar la situación, pero Andrea se me adelantó.

—Me va a llevar a caaaaasa —dijo entre risas, y empezó a alejarse bailando, arrastrándome consigo—. Todo el camino hasta caaaasa —canturréo—. Oh, sí, nos vamos a mi caaaasa.

¿Pero a qué leches venía todo eso? Le agarré la mano con rabia. Sidney abrió los ojos de par en par, asustada.

—Podemos llevarla nosotros.

—Vosotros os estáis divirtiendo —objeté—. No hace falta que os marchéis.

Sydney enarcó una ceja.

—Ya.

—Sí, porque sería raro. —Andrea dejó de bailar, pero meció nuestros brazos unidos como si tuviera dos años, y yo tuve que hacer esfuerzos para que no se me cayera la baba—. Me caéis muy bien, chicos, pero cuatro son multitud. Parecería un rollo friki de intercambio de parejas.

Sydney se atragantó con la bebida.

—No digo que intercambiar parejas sea de frikis —siguió canturreando Andrea alegremente—, pero yo no estoy con nadie, así que en realidad no sería un intercambio. Sería una orgía, y no me apetece veros desnudos, la verdad.

Yo la miraba de hito en hito. No podía hacer nada más.

Kyler se tapó la boca con los dedos y murmuró:

—El sentimiento es mutuo.

Andrea asintió con aire comprensivo y un tanto lúgubre. A continuación alzó la vista hacia mí, sin dejar de columpiar los brazos.

—¿Nos vamos ya? Porque me apetece otra copa.

—Nos vamos ya —respondí yo.

Ella suspiró.

—Eres un rollazo, aguafiestas gruñón cagón.

—No tengo la menor idea de qué decir —reconocí yo.

Andrea puso los ojos en blanco con aire exasperado.

Sydney se levantó del taburete a toda prisa para colgarle el bolso a Andrea y despedirse de ella con un abrazo rápido. Luego me miró con su expresión más seria.

—No la dejaría marchar con ningún otro, pero confío en ti. Espero no tener que arrepentirme.

Unas chispas de culpa me chamuscaron por dentro, porque no puedo decir que mis pensamientos en relación con Andrea fueran los más castos del mundo, sobre todo si me hacía otro bailecito.

—Lo sé. La dejaré en casa sana y salva.

—Más te vale —me advirtió Sydney en un tono sorprendentemente fiero para su reducido tamaño.

—No sé si lo sabéis, pero estoy aquí y tal. —Andrea se echó los bucles hacia atrás con la mano libre—. A lo mejor no quiero llegar a casa sana y salva. A lo mejor quiero vivir peligrosamente.

Sydney suspiró.

—No, no quieres.

—A lo mejor quiero entrar en mi cuenta Grindr —declaró.

Fruncí el ceño.

—¿Qué?

—Tú *no* tienes una cuenta en Grindr —la acusó Sydney.

Andrea entornó los ojos, bizqueando un tanto.

—Y si la tengo, ¿qué?

—Esto es lo mejor que he presenciado en la vida —dijo Kyler.

—La última vez que oí hablar de esa página, era para chicos gays —explicó Sydney mientras negaba con la cabeza— y no creo que tú tengas lo que hace falta.

Andrea parpadeó.

—Me refiero a Tinder.

—Tampoco tienes una cuenta en Tinder.

Ella me sonrió, un dechado de inocencia, y súbitamente quise quemar su teléfono y el mundo entero con gasolina y pis. Había llegado el momento de llevarla a casa, lo que me costó Dios y ayuda. Se comportaba igual que un colibrí borracho, zumbando de flor en flor. Cuando por fin entramos en su casa, yo estaba agotado.

Por lo que parece, Andrea tenía cuerda para rato, porque tiró el bolso al suelo, se descalzó en dos patadas y al momento echó a correr hacia la cocina. Comprendí que se disponía a beber algo, y no creo que fuera agua. Recogí su bolso, lo deposité en una silla, guardé las llaves de su casa en el interior y le corté el paso.

Le planté las manos en los hombros y la guie hacia el pasillo.

—¿Por qué no te vas a dormir?

Ella se columpió sobre los pies desnudos y sonrió. Se le dibujaron arruguitas en el rabillo de los ojos.

—Caray, Tanner, qué prisa tienes.

Una vez más se me desató la imaginación del modo más inapropiado.

—Venga, Andy. Ya sabes que no he venido a eso.

—No, no lo sé —replicó ella, y se alejó bailoteando de espaldas. Recorriendo el pasillo hacia atrás, hacía ondear con las manos la orilla de su camiseta. A mí me preocupaba más que tropezara y se abriera la cabeza—. No tengo ni idea de por qué estás aquí.

Mientras la seguía, mis ojos se desplazaron al nacimiento de sus pechos, que se adivinaba bajo el escote. Con gran esfuerzo, me obligué a levantar la vista.

—Te he traído a casa.

—Ya. —Se detuvo a la entrada del dormitorio y se apoyó contra la pared. Entreví una fina franja de piel por debajo de la camiseta—. Ya, ya. —Y empezó a moverse.

Erguí la espalda como si me hubiera tragado una vara de acero.

Maldición, la estampa que tenía delante era demasiado para mi pobre cuerpo. La espalda arqueada hacia atrás y los ojos entrecerrados según seguía jugueteando con la orilla de la camiseta. Sus pechos se elevaban con cada respiración, y yo sabía que debían de ser alucinantes, porque si tapados te quitaban el sentido, no quería ni imaginarlos al descubierto. Recostó la cabeza contra la pared y se humedeció los labios.

Noté una reacción en mi aparato.

—Andy...

—Tanner... —me imitó.

Reprimí un gemido y me crispé cuando se despegó de la pared súbitamente. Se columpió una pizca sobre los pies al mismo tiempo que me recorría con la mirada.

—¿Qué estás haciendo? —pregunté.

—Nada.

Y un cuerno. El recelo y una emoción totalmente distinta luchaban en mi interior cuando ella se mordió el labio inferior.

—¿Te puedo preguntar una cosa? —me dijo.

—Claro. —Ahora mi voz sonaba pastosa.

Andrea ladeó la cabeza y me miró por debajo de las pestañas.

—¿Por qué nunca nos hemos liado?

—¿Qué? —Recé para no haber oído bien.

—¿Te intimido? —Avanzó unos centímetros hacia mí—. ¿O acaso eres tonto?

—Hala. Tú sí que sabes poner cachondo a un tío.

Una sonrisa asomó a su rostro, pero desapareció al momento.

—¿No quieres...?

—No termines esa pregunta —la interrumpí con más brusquedad de la que me habría gustado.

Se deshinchó igual que un globo. Con la misma rapidez. Encorvando la espalda y plantándose las manos en la tela vaquera de los muslos, dejó caer la cabeza y se encogió de hombros.

—Vale, muy bien.

Giró el cuerpo hacia la puerta y levantó la barbilla una pizca.

—Estoy en casa. Ya-ya te puedes marchar.

—Andy, yo...

¿Qué podía decir? ¿Que la idea de que solo se lo montara bien cuando estaba borracha me sacaba de quicio? ¿Y que cuando estaba sobria parecía más propensa a apuñalarme que a sonreírme?

Se detuvo y alzó las pestañas para mirarme. Me dirigió una sonrisa lánguida, muy distinta a las anteriores.

—No pasa nada.

Yo tenía la lengua pegada al paladar. No sabía qué decirle, pero entonces me plantó las manos en el pecho. Pude detenerla, tuve tiempo de sobras para hacerlo, pero no lo hice, y no sé cómo habla eso de mí, pero no pensaba a derechas. Se puso de puntillas, me apoyó las manos en los hombros y posó los labios en los míos. Fue un beso rápido y tierno. Andrea sabía a azúcar y a licor, pero su boca era cálida y suave cuando movió los labios contra mi boca.

Ese único beso me dejó estupefacto, me hizo temblar y me aturdió. Hasta tal punto que, cuando se apartó, entró en su dormitorio y entornó la puerta, me quedé inmóvil durante lo que me parecieron cinco minutos. En serio. Es muy posible que me pasara cinco minutos allí plantado, como un imbécil, excitado a más no poder por una chica tan borracha que había tenido que llevar su precioso culo a casa.

Sin embargo, me había besado.

Me había besado en plena curda, lo que eliminaba la parte del beso de la ecuación.

—Mierda —murmuré, y me pasé los dedos por el pelo sin dejar de mirar la puerta. Una parte de mí quería salir pitando, la otra parte seguía patidifusa. Tenía que asegurarme de que estuviera bien. Eso me dije cuando me acerqué a la puerta y la empujé.

La lamparilla de noche estaba encendida y proyectaba un fulgor cálido en la habitación. Andrea estaba en la cama, tumbada sobre el edredón, medio de lado y medio de bruces. No podía dejarla así. Ni hablar. Me acerqué a la cama, le levanté las piernas con cuidado y las introduje debajo del edredón al mismo tiempo que la cambiaba de postura para que durmiera de lado. Luego busqué un almohadón alargado y se lo ajusté detrás de la espalda para que no pudiera tenderse boca arriba, por si vomitaba.

—¿Has cambiado de idea? —murmuró.

Emití un ruido entre tos y carcajada según la arropaba.

—No, Andy.

Ella suspiró con fuerza y, cuando alcé la vista, advertí un aleteo en sus pestañas cobrizas.

—Deja de llamarme así..., capullo.

Otra carcajada burbujeó en mi garganta. Me estaba insultando. Eso significaba que no estaba tan mal como otras veces.

—Menuda boquita.

No me respondió. Se había dormido. Una sonrisa extraña, apacible, asomó a mis labios mientras la miraba.

—Cerraré la puerta —le dije, aunque ya sabía que no me oía. Busqué el interruptor de la lamparilla y titubeé. No era la primera vez que me tocaba acompañarla a la cama. La primera vez estaba fatal, borracha como una cuba, pero hoy... sí, también iba mal, solo que en aquella ocasión no me reprochó que nunca le sonriera, y tampoco me besó.

Entreabrió los sonrosados labios cuando se agitó una pizca, como si intentara ponerse de espaldas pero no lo consiguiera. Encogió las piernas bajo el edredón y noté algo... algo, raro en el corazón. Como si encogiera bajo mi pecho. No fue una mala sensación, solo distinta, y no sabía cómo interpretarla.

No entendía de qué iba Andrea. Nunca lo había entendido, ni el día que la vi por primera vez, en un bar de las afueras de College Park, sentada junto a Sydney. Despertó mi interés al instante. Carajo. Los rizos. Los labios. El culo. Pero me miró un instante, abrió la boca y descubrí al momento que tenía una lengua más afilada que una navaja.

Y que yo *no* le caía bien.

Ah, le gustaba. Eso sí que lo tenía claro. Lo notaba en su manera de mirarme cuando creía que no me daba cuenta, pero nunca me había permitido a mí mismo acariciar siquiera la posibilidad de intentar algo. No sabía por qué me lo estaba planteando ahora.

Y, mierda, lo estaba haciendo.

Varios bucles le cruzaban la pecosa mejilla y, sin darme ni cuenta, se los retiré con cuidado. El contacto con su piel, suave y sedosa, me provocó un estremecimiento, y aparté la mano como si me hubiera quemado. Mirándola, resoplé sin pretenderlo. Cielos, qué ganas tenía de volver a tocarla, en el peor sentido. Prácticamente me vibraban los dedos de tanto como deseaba apartar el edredón para comprobar si la piel del escote era tan suave como la de su mejilla, si los muslos eran igual de dulces.

Jamás hubiera imaginado que ahuyentar ese tipo de pensamientos pudiera resultar tan duro. Al darme la vuelta, vi una minúscula papelera y la acerqué a la cama. A continuación me encaminé a la cocina, llené un vaso de agua y lo llevé al dormitorio. Lo dejé sobre la mesilla de noche. Andrea tendría sed cuando despertase. Y un dolor de cabeza de mil demonios, también.

Nada justificaba que me demorase más tiempo, pero estaba preocupado por ella: por lo mucho que bebía, por si se despertaba con náuseas en mitad de la noche y no había nadie allí para cuidar de ella. Pensé en llamar a Kyler para hablar con Sydney, pero acabé por plantar el trasero en una silla de color plata, muy baja pero sorprendentemente cómoda. Vi una maleta junto a la silla, cerrada.

Pasé horas allí sentado, hasta que los primeros rayos del alba se filtraron por las cortinas que cubrían la gran ventana, hasta que las posibilidades de que vomitase se redujeron al mínimo y hasta comprender, con inmensa sorpresa, que había pasado toda la noche en vela como una enfermera personal, algo que nunca antes había hecho; ni se me había pasado por la cabeza. Aunque me levanté cansado y con un dolor de espalda tan horrible como si en el transcurso de la noche hubiera dejado muy atrás los veintitrés, supe que mi gesto tenía importancia. Había hecho lo correcto. Pero no estaba seguro de cómo interpretarlo.

3

Andrea

Tras hojear aburrida el último número de *US Weekly,* cerré la revista de golpe y la tiré al almohadón beis que había a mi lado, en el sofá. Observé sin gran interés las plantas de interior que crecían ante la ventana sin luz, luego el televisor, y suspiré con fuerza.

Las noches del domingo habían perdido su encanto sin *The Walking Dead.*

Aburrida como una ostra y presa de un intenso desasosiego, me levanté del sofá y recorrí la breve distancia que me separaba del dormitorio. Mi casa era más bien un estudio transformado en apartamento de una habitación. Las estancias tenían un tamaño adecuado, más grandes que la mayoría, y estaba superagradecida de que mis padres me hubieran echado un cable para que pudiera seguir estudiando. Podía quedarme en el piso sin preocuparme por esa parte de los gastos. Daba igual lo que pensaran algunos, yo era consciente de la increíble suerte que tenía.

Me detuve a pocos pasos de la cama y observé el edredón gris y blanco, que no había devuelto a su sitio cuando, tras pasar buena parte del día tratando de sobrellevar una resaca de mil demonios, me había forzado a levantarme. La noche anterior se me antojaba un maremagno de cócteles a base de tequila y ron. Recordaba haber bailado y unas manos demasiado largas, y también me acordaba de que Tanner había intervenido y me había llevado a casa, pero, sinceramente, mi mente había borrado lo sucedido a partir del momento en que aparcó la camioneta. Suponía que se había metido en mi casa y en mi habitación, porque al despertar había encontrado un vaso de agua en la mesilla que yo dudaba mucho haberme servido.

Cielos, tenía que dejar de beber.

Miré a mi alrededor. ¿Qué estaba haciendo? No tenía ni idea de qué había ido a buscar allí. La maleta, ya preparada para el viaje a la cabaña, descansaba junto a la silla estilo papasan, tapizada en plata, que había junto al tocador. Sí, yo era una de esas chicas; de esas que a veces hacen la maleta con *días* de antelación.

Exhalando otro suspiro compungido, me quedé allí un par de minutos antes de dar media vuelta para encaminarme a la cocina. Esta vez me detuve delante de la nevera. De acero inoxidable. Con doble puerta. Mis padres se habían empeñado en comprar electrodomésticos de alta gama, pero yo solo veía mis huellas dactilares estampadas por toda la puerta y el tirador.

Abrí la nevera y el repiqueteo de la botellas al entrechocar me provocó un estremecimiento. El tintineo se me antojó musical, algo así como *Jingle Bells* tocada por un borracho. Seis botellas de cerveza Redd's Apple me llamaban.

Un calambre tensó mis dedos sobre el tirador y empecé a agacharme. Antes de que me diera cuenta, mi otra mano salió disparada hacia un botellín. *Bebes demasiado.* Contuve una exclamación y cerré los ojos. No bebía *tanto*. Solo de vez en cuando, al igual que la mitad de la población de los Estados Unidos, así que nadie podía acusarme de tener un problema.

Aún no, susurró una vocecilla maliciosa e irritante.

Eché mano de un refresco de lata y cerré la puerta de la nevera de golpe. Haciendo caso omiso del tintineo que acompañaba mis pasos, me alejé. Me apoyé contra el respaldo del sofá. La lata colgaba de la punta de mis dedos. Traté de ordenar las vagas imágenes de la noche anterior que flotaban en mi mente, aunque sabía que sería inútil. No digo que hubiera borrado la totalidad de la noche, en realidad no. Solo que no lograba distinguir los detalles. Son cosas distintas. Desplacé el peso de una pierna a otra, súbitamente incómoda.

Una opresión asfixiante me envolvió el pecho. Tanner nunca dejaría de recordarme lo sucedido. Aunque me había acompañado a casa en otras ocasiones, tenía la sensación de que esta vez había sido peor.

Me pregunté si lo habría insultado. Lo que es más grave, deseé muy en serio no haberle atizado. O haberle frotado la cabeza otra vez. Dios mío, si lo había hecho, me iba a morir de vergüenza. Cerrando los ojos, me obligué a respirar profunda y lentamente hasta que la opresión cesó.

El tiempo transcurrió con lentitud y no tenía ni idea de cuánto rato llevaba allí de pie, pero ni siquiera eran las nueve y media cuando eché un vistazo al llamativo reloj de pared. Forzándome a mover el culo, volví a la cocina, dejé el refresco en la encimera y abrí el armario que hay encima del microondas.

Una farmacia entera me recibió.

Pastillas para la alergia. Loperamida. Antiácido. Frascos de plástico rojo repartidos entre los anteriores. Eché mano del que estaba más cerca, Zaleplon. Unas cápsulas azules y verdes, promesa de sueños felices, repiquetearon cuando eché mano del bote. No me ayudaban a dormir más rato, en realidad no, pero menos de treinta minutos después de tomarme una, o bien estaba frita o completamente dopada. El efecto varía según la persona (el médico me dijo una vez que cada persona reacciona de manera distinta a los somníferos), pero yo, después de tomarme una dosis, estaba más que dispuesta a olvidarme del mundo hasta el día siguiente.

Mañana, *siempre* mañana.

Sonreí con amargura según desenroscaba la tapa y extraía una pastilla. Me la eché al gaznate y me la tragué con ayuda de lo que comprendí, demasiado tarde, era una Pepsi Max. Solté una carcajada de incredulidad. ¿Pastillas para dormir y cafeína? Me sentí un oxímoron andante.

Empecé a sufrir un insomnio recalcitrante en el penúltimo año de carrera. A fuerza de estudiar a horas intempestivas me había acostumbrado a dormir poco —por lo general a partir de las cuatro de la mañana—, y no había sabido romper el hábito. No pretendía seguir tomándolas. Era consciente, Dios lo sabe, de que esas pastillas eran palabras mayores, pero ahora me costaba horrores dormir sin ellas. Una situación un tanto patética, si te paras a pensarlo, por cuanto tenía veintidós años y ya estaba tirando de pastillas a las nueve y media de la noche después de pasarme la mitad del día durmiendo.

A Syd no le gustaba que las tomara. Quería que probara algo más natural. Tampoco le gustaban los otros medicamentos que componían mi botiquín. Y no le hacía ninguna gracia que yo... Da igual. Habida cuenta de que que Syd pronto sería psicóloga, esgrimía un montón de opiniones sobre muchas cosas.

Acababa de enroscar la tapa del frasco cuando llamaron a la puerta con los nudillos. Di un respingo.

—¿Pero qué narices?

Dejé el frasco en la encimera, junto a la Pepsi, y me encaminé a la sala. No esperaba a nadie, así que no tenía ni idea de quién podía llamar a mi puerta, por cuanto Syd me habría enviado un mensaje o me habría llamado antes de presentarse.

¿Y si era un asesino psicópata? ¿O..., o un vecino que necesitaba azúcar, un vecino atractivo que estaba preparando galletas y había echado en falta un ingrediente esencial?

Por favor, sé un tío bueno que necesita azúcar.

Cruzando la sala a toda prisa, apoyé las manos en la puerta y me puse de puntillas para mirar por la mirilla.

—No fastidies.

Debía de estar alucinando, algo muy posible, por cuanto las pastillas me provocaban en ocasiones efectos muy raros. Y yo no podía creer lo que veían mis ojos. Reconocí el cabello castaño cortado a cepillo, el perfil de una mandíbula cuadrada.

Tanner estaba en mi casa.

Como es natural, sabía dónde vivía, pero nunca jamás se había presentado en mi casa sin avisar. Con el corazón en un puño, retrocedí a toda prisa. La inquietud me llenó de nudos la boca del estómago. ¿Habría pasado algo malo? Ay, Dios mío, siendo bombero sin duda estaría enterado si acaso les había sucedido algo a Kyler, a Syd o a mi familia. ¿Era ese el motivo de su visita? Desatranqué la puerta y abrí.

—Tanner...

Lo que fuera que estuviera a punto de decir murió en mis labios.

Se volvió a mirarme, y su brillante mirada azul celeste se topó con la mía durante un brevísimo instante antes de someterme a un lento escrutinio que empezó en mis ojos y terminó en las uñas de mis pies pintadas de azul. Pero qué mirada... Se demoró en unas zonas más que en otras, con un detenimiento más propio de una caricia. Me atraganté con el aire. Me sentí como mareada.

Y entonces me percaté de mi indumentaria.

Como no tenía previsto ver a nadie, no iba vestida para la ocasión. Mi atuendo consistía en unos pantaloncitos de algodón apenas más largos que unos calzoncillos y una camisola que no tapaba nada.

Ay, por Dios.

Iba casi desnuda. Prácticamente. O sea, mis piernas eran visibles de arriba abajo, y si alguna vez Tanner me había considerado la orgullosa propietaria de un bonito hueco entre los muslos, ahora ya sabía que se había equivocado. Sin duda se había percatado del fresco que hacía en mi casa, porque la camisola era muy fina y yo ando sobrada por la parte alta.

Cuanto más rato me miraba, más crecía el dilema que me asaltaba. Quería correr al dormitorio y cubrirme con algo de ropa, pero también me gustaba la idea de que mirara a sus anchas.

Sin embargo, mi cuerpo no se parece en nada al de Sydney o Mandie o Brooke. Ni al de Clara Hansen, mi compañera de cuarto de primero. No tengo una cintura minúscula ni un vientre plano, ni mucho menos. Es tirando a cóncavo y, en ese momento, la barriguilla que me asomaba por debajo del ombligo debía de abultar la maldita camiseta. No tengo las caderas estrechas, sino llenas, al igual que el trasero. En otras palabras, jamás me habría paseado de esa guisa delante de un chico. No, me habría paseado con prendas estratégicamente diseñadas para disimular todos los defectos.

Sé, con absoluta certeza, que Tanner jamás se había fijado en mí en el pasado, nunca en el buen sentido, así que esta situación... era nueva.

Noté un cosquilleo en las mejillas, tan intenso como el inquietante calor que me recorría las venas. Carraspeé.

—¿Va..., va todo bien? No ha pasado nada malo, ¿verdad?

Tanner parpadeó y arrastró su mirada de vuelta a mis ojos.

—Sí. ¿Por qué lo preguntas?

Eché una ojeada al piso, desierto por lo demás.

—Hum... ¿Por qué no acostumbras a presentarte en mi casa sin más, tal vez?

—Buena observación. —Levantó una mano y se pasó los dedos por el pelo. La dejó en la nuca y giró la cabeza a un lado—. ¿Puedo entrar un momento? No me quedaré mucho rato. Hoy hago turno de noche.

—Claro.

Presa del desconcierto, pero también de cierta curiosidad, le cedí el paso, pero entonces el nudo de mi estómago aumentó de tamaño. ¿Su visita guardaba relación con algo de la noche anterior? Oh, no. ¿Había hecho una tontería tan grande como para provocar ese inesperado cara a cara?

Me juré no volver a beber nunca.

Tanner esbozó una sonrisa rápida y entró. Mientras yo cerraba la puerta, él dejó caer el brazo. Sin pretenderlo, me fijé en el contorno de su bíceps, que tensaba su camisa.

Me crucé de brazos mientras él se volvía a mirarme.

—¿Quieres beber algo?

Negó con la cabeza y dio media vuelta para dirigirse al sofá. Me fastidia reconocerlo, pero estaba de muerte en pantalón de deporte. Se sentó en el borde y me invitó a sentarme a su lado con unas palmaditas en el almohadón.

—¿Te sientas un momento?

Vale. La pizca de curiosidad se multiplicó, al igual que el nerviosismo. La opresión en el pecho volvió a molestarme. Pasando por delante de él, traté de hacer caso omiso de la incipiente timidez que cobraba fuerza en mi estómago. Deseé con toda mi alma que el trasero no me colgara por debajo de los pantaloncitos. Me senté a su lado y le lancé una mirada rápida, de reojo.

—Y bien, ¿qué pasa?

Unos ojos azules, irreales de tan brillantes, buscaron los míos. Cuando sostuvo la mirada, me capturó. Incapaz de explicarme por qué no podía desviar la vista, me puse nerviosa.

—¿Cómo te encuentras?

—¿Eh?

La sonrisa apareció otra vez y se esfumó a toda prisa.

—Anoche estabas... un poco tocada —me recordó.

—Ah. Sí. —Me ardía la cara cuando me encogí de hombros. Cuando menos no había dicho que estaba como una cuba—. Me encuentro bien. Esta mañana tenía un poco de resaca.

—Ya lo supongo.

Fruncí los labios.

—¿A eso has venido? ¿A preguntarme cómo me encuentro? Porque, si es así, debes de estar muy aburrido. O colocado.

Tanner soltó una carcajada. Su risa grave me derritió las entrañas.

—En realidad quería pasar para asegurarme que habría buen rollo entre nosotros esta semana.

Mis brazos se relajaron y noté su peso en el regazo. Me sentía aliviada, pero no me acababa de fiar.

—¿Y por qué íbamos a tener mal rollo?

Enarcó una ceja.

—¿Va en serio?

Bostecé ostentosamente y me recosté contra el respaldo del sofá.

—Claro.

Me obsequió con otra sonrisa, y pensé que sonreía mucho esa noche. El retazo de un recuerdo raro y confuso se agitó en mi mente. ¿Algo relacionado con sonreír?

—Tú y yo... Bueno, casi nunca congeniamos. —Se interrumpió, como si quisiera escoger las palabras con cuidado—. Y no quiero estropearles el viaje a Kyler y a Sydney, ¿me explico?

Me revolví en el sitio, incómoda.

—Yo nunca haría nada que los fastidiara.

Tanner volvió la mirada, penetrante y turbadora, hacia el televisor.

—Adrede, no.

Intenté fruncir el ceño, pero acabé bostezando nuevamente.

—No pretendo decir que sea cosa tuya. Yo también soy responsable. Sé que hace un par de días te disgustaste por mi culpa —prosiguió, y me quedé como boquiabierta mientras él se frotaba las palmas de las manos contra las rodillas dobladas—. Perdona si..., si herí tus sentimientos.

Yo lo miraba de hito en hito. No podía hacer nada más. ¿Estaba alucinando?

—Siempre estamos de broma y creo que a veces nos pasamos de la raya. Así pues..., sí, solo quería asegurarme de que hay buen rollo entre nosotros. —Me miró e hizo una mueca—. ¿Te encuentras bien?

Parpadeé y me dispuse a decirle que sí, pero le espeté algo totalmente distinto.

—Ni siquiera te acuerdas, ¿verdad? Compartíamos dos clases cuando yo estudiaba primero.

Ahora era Tanner el que estaba estupefacto.

—¿Qué?

Sacudí la cabeza y lamenté haber abierto la boca, pero las palabras tenían voluntad propia esa noche.

—¿Te acuerdas de Clara Hansen?

Las comisuras de sus labios se curvaron hacia abajo.

—La verdad es que no. Y no entiendo a qué viene esto.

¿No se acordaba de Clara? ¿En serio? Hala. En parte estaba enfadada por Clara y en parte contenta, lo que me inquietaba.

—Da igual —dije al cabo de un momento—. Todo irá bien. Me portaré de maravilla.

Tanner me fulminó con la mirada.

—Ni siquiera sé si eso es posible.

Solté una risita. Yo tampoco lo sabía. O sea, confiar en que no nos peleásemos era tan insensato como esperar que yo no saliera corriendo detrás del camión de los helados.

—¿Quién es Clara? —insistió él, y como no le respondí al instante, desvió la vista con los ojos entrecerrados.

Agotada, sentí que me hundía aún más si cabe en el almohadón del sofá.

—¿Sabes? Podrías haberme llamado o enviado un mensaje.

—Es verdad —murmuró él—. Pero me iba de paso. —Se hizo un silencio—. ¿De verdad compartíamos dos clases?

Asentí.

—Ajá.

—¿Estás segura? Me acordaría de ti.

Su manera de decirlo, con el ceño fruncido, no me provocó calorcito y cosquilleos, la verdad. Suspiré. Me costaba concentrarme, pero estaba casi segura de que mi casa *no* le venía de camino a la estación de bomberos en la que trabajaba. Le observé, sin saber cómo interpretar su gesto.

Tanner abrió la boca para decir algo, pero luego cambió de idea. Aguardó un momento.

—Anoche me besaste.

Se me paró el corazón. Soltó esa pequeña bomba como si nada, como si comentase que pronto darían las diez.

—¿Qué?

—Anoche me besaste, Andy.

Me incliné hacia delante y hacia un lado, para alejarme de Tanner.

—En primer lugar, deja de llamarme así, y en segundo y más importante, eres un mentiroso. *No* te besé.

Aún no había terminado la frase cuando me di cuenta de que había una posibilidad, horriblemente bochornosa, de que estuviera diciendo la verdad. Al fin y al cabo, yo no recordaba nada de la noche anterior.

Sus ojos adoptaron esa expresión adormilada que tanto me alteraba.

—En primer lugar, no puedo evitarlo. Tengo que llamarte Andy porque sé que en el fondo te gusta, y en segundo y más importante...

Estaba *tan* a punto de atizarle...

—Me besaste.

Se echó hacia atrás, apoyó un brazo a lo largo del respaldo del sofá y me miró a los ojos.

—Te pusiste de puntillas, me plantaste las manos en los hombros y me besaste.

—No. Ni de coña.

Él asintió.

—Y también me hiciste un bailecito sexy en el bar. Me encantó.

Me levanté a toda prisa, y me tambaleé cuando una especie de mareo se apoderó de mí.

—¡No lo hice!

—Sí, lo hiciste. —Sonrió de medio lado—. Sabías a azúcar y a licor. La mezcla no estaba mal.

—Cállate —le advertí—. Deja de tomarme el pelo.

—¿Y por qué te iba a tomar el pelo con eso?

Buena pregunta.

—Porque eres malo. Por eso.

Enarcó una ceja al oírlo.

—Y, más o menos, me propusiste que me acostara contigo.

—*¿Qué?* —exclamé, prácticamente gritando—. ¿Cómo se hace para invitar «más o menos» a alguien a acostarse contigo?

—Uf, créeme, tú eres muy capaz. Lo hiciste. —Se inclinó hacia delante y alzó la vista para mirarme—. Te lo digo en serio, si hubieras sido capaz de andar en línea recta y sabido lo que estabas haciendo, habría aceptado sin pensarlo dos veces.

Durante un segundo, mi cerebro quedó pillado en la idea de que hubiera considerado la idea de liarse conmigo. Tanto, que no pude hacer nada más que observarlo de hito en hito. En dos años, jamás se me había pasado por la cabeza la posibilidad de que Tanner pudiera plantearse compartir conmigo un plan cómodo y calentito, y menos aún un plan sexy y divertido.

—Y también cantaste *Story of My Life* una y otra vez —añadió—. En plan, durante todo el trayecto a tu casa.

Me crucé de brazos.

—¿Y qué? Es una canción muy buena. One Direction es alucinante. —Me interrumpí—. Espera. ¿De qué conoces esa canción? ¿Escuchas One Direction en secreto?

Se encogió de hombros.

—Soy lo bastante hombre como para reconocer que el tema no está mal.

Negando con la cabeza, reprimí una sonrisa. Y entonces me di cuenta de que no me estaba tomando el pelo y de verdad debí de lanzarme a sus brazos. Borracha. Tan borracha que no recordaba haberlo hecho. Tenía la cara ardiendo cuando retrocedí, tan horrorizada que estuve a punto de tirar la mesita baja. Tenía más objeciones en la punta de la lengua, pero al mirarle —al mirar esa exquisita boca suya— un extraño recuerdo acudió a mi consciencia. Me vi a mí misma de pie en el pasillo, caminando hacia él y haciendo exactamente lo que él afirmaba: ponerme de puntillas para besarlo.

Ay. Señor.

No fastidies.

Ladeó la cabeza.

—¿De verdad no recuerdas nada?

Sin responder, me tapé la cara con las manos y gemí. Solté un «noooo» amortiguado.

Se hizo un silencio. Bajé las manos y miré entre los dedos. Tanner tenía la vista clavada en el suelo, la mandíbula crispada, y parecía un tanto enfadado. Enlacé las manos por debajo de la barbilla.

—Yo... lo siento.

Levantó los ojos.

—¿Lo sientes?

—Siento..., esto..., haberte besado. Y haberte hecho un bailecito.

Una pequeña sonrisa bailoteó en la comisura de sus labios.

—Andy, jamás te disculpes por hacerme un bailecito. Si alguna vez te apetece repetirlo, dímelo.

—Ay, señor.

Rio entre dientes.

—Oye, no es para tanto.

—Pues claro que no.

Me desplomé a su lado, súbitamente agotada.

—No me molestó —dijo en tono desenfadado, pero cuando le eché un vistazo advertí que mostraba una expresión rara. No supe interpretarla—. Podría haber sido peor.

—Me cuesta mucho creerlo —murmuré. No podría volver a mirarlo a los ojos hasta dentro de un año—. Nunca volveré a beber.

Tanner abrió la boca, pero la cerró al instante, y yo pensé que hacía bien. Se hizo otro silencio.

—Bueno, tengo que marcharme. ¿Te importa que vaya al baño un momento?

—Tú mismo. —Levanté el brazo con languidez y señalé la puerta del baño.

Titubeó según empezaba a levantarse, con un rictus de preocupación en los labios.

—¿Te encuentras bien, Andrea?

—Sí. —Lancé una carcajada—. He tomado un somnífero. Solo estoy cansada.

Con una expresión de alerta, clavó los ojos azules en los míos.

—¿Los tomas a menudo?

Encogí un hombro.

—A veces.

—No los mezclarás con alcohol.

Sorprendida, solté una carcajada

—Pues claro que no —repliqué, y vaya si lo estaba enredando. Los mezclaba en ocasiones, pero era siempre muy cuidadosa. Siempre—. Es que a veces me cuesta dormir. Me los han recetado.

Tanner asintió, se quedó allí parado un momento y empezó a dar la vuelta, pero me miró nuevamente.

—Solo para que lo sepas, si te visitaras así más a menudo, no discutiría tanto contigo.

Abrí los ojos de par en par mientras un agradable cosquilleo me recorría el cuerpo. Puede que Tanner necesitara gafas, pero igualmente... me encantó oír de sus labios lo que me tomé como un cumplido, sobre todo si, como decía, me había arrojado a su brazos la noche anterior. Logré hacerme la interesante, aunque me moría por soltar una risita.

—Degenerado.

Sonrió.

—Y conste que estoy un cien por cien a favor de que te vistas así más a menudo.

Noté un estúpido aleteo en el pecho. No era mi corazón. Debían de ser gases.

—Tomo nota.

Tanner rio entre dientes mientras rodeaba el sofá para encaminarse al baño. Cuando oí el ruido de la puerta al cerrarse, me desplomé de lado y de nuevo me tapé la cara con las manos. Puede... Puede que Tanner Hammond se hubiera fijado en mí.

Tan solo dos años después de la época en que yo quise que lo hiciera.

Tanner

Vale. Mi mente albergaba ideas que no deberían estar ahí, pero no podía evitarlo.

Mierda, Andrea tenía uno de esos cuerpos que te dejan sin aliento, la clase de cuerpo que te tira de espaldas y te convierte en un memo. No me explicaba cómo no me había dado cuenta antes.

En realidad, sí *había* notado que tenía las curvas en su sitio, pero no tenía ni idea de que fuera tan... sí, *tan*. Para nada. Dios mío, ¿los pantaloncitos? ¿La camiseta? El chándal encogió súbitamente según mi mente recreaba la imagen, la finísima tela que apenas le sujetaba los pechos.

Y qué pechos... Santo Dios, en esa rifa le había tocado el premio.

Mientras cerraba la puerta del baño, me percaté de que era un tipo afortunado, porque había piscina en la maldita cabaña y vería a Andrea en traje de baño. Una sonrisa bailoteó en mis labios. En bikini, con un poco de suerte.

No obstante, se había quedado un tanto cortada al verme en su casa y eso me llamaba la atención. Jamás hubiera pensado que Andrea fuera una chica insegura, a juzgar por su fuerte carácter. Pero entonces recordé la tristeza que pareció embargarla la noche anterior y que me había obsesionado durante todo el día. Por otro lado, sabía que la gente tiende a ponerse triste o muy alegre cuando bebe.

Mirando a mi alrededor, se me escapó una sonrisa. El cuarto de baño transpiraba la personalidad de Andrea por los cuatro costados. La cortina de la ducha, fucsia y morada, una alfombrilla azul y el soporte amarillo para el cepillo de dientes, que vi cuando me acerqué a la pila. Nada pegaba con nada. Me lavé las manos y agaché la cabeza para lavarme la cara con agua fría.

Mientras me incorporaba, cerré el grifo y suspiré con fuerza. Andrea tenía razón. Podría haberla llamado o haberle enviado un mensaje, pero quería asegurarme de que se encontraba bien tras la noche pasada. También quería disculparme por las chorradas que le había dicho en casa de Kyler, y necesitaba hacerlo en persona. Y deseaba igualmente sonsacarla, averiguar qué demonios tenía contra mí. Por desgracia, al verla con esos pantaloncitos, había olvidado por completo qué carajo hacía allí. Me había sentido como un chaval quince años. Maldición.

Sin embargo, de verdad no se acordaba de haberme besado la noche anterior. Jo, eso dolía. Se me escapó una risa. Menos mal que tengo un ego del tamaño de una montaña.

Tres minutos más tarde a lo sumo, regresé a la sala, pero cuando miré hacia el sofá no la vi. Frunciendo el ceño, me acerqué por detrás. Entonces enarqué las cejas.

Estaba acurrucada de lado, con las piernas colgando y los brazos recogidos debajo del pecho. El ceño desapareció de mi rostro según me inclinaba por encima del respaldo.

—¿Andrea?

Nada.

Esbocé una sonrisa.

—Eh, ¿Andy? —Alcé la voz—. ¿Nena?

Sus labios se movieron para murmurar algo ininteligible. Se había quedado frita. Sacudiendo la cabeza, me aparté del sofá y miré a mi alrededor. Mis ojos se posaron en la puerta entornada del dormitorio. Podría haberla dejado en el sofá, pero no me parecía bien. Si bien mi madre no perdió los anillos con mi educación, me machacó a fondo con el rollo ese de portarse como un «caballero».

Di media vuelta y me encaminé al dormitorio para encender la lamparilla. La sensación de haber vivido ya ese momento se abatió sobre mí, salvo que Andrea no había bebido esta noche. Viendo la pantalla, cualquiera pensaría que le habían estampado puñeteros diamantes morados con una pistola de silicona. La noche anterior no había reparado en ese detalle. Al ver la cama deshecha, suspiré y alisé las sábanas. Melocotones. Mierda. El edredón emanaba su aroma cuando ajusté la esquina. Andrea siempre olía a melocotones y vainilla.

No curioseé por el cuarto. Ni siquiera sé por qué. Demasiado invasivo después de anoche. Seguía dormida cuando regresé a la sala, y me arrodillé a su lado. Le pasé los brazos por debajo del cuerpo y ella se revolvió.

—Esto empieza a ser una costumbre —dije en voz alta.

—¿Qué..., qué haces? —murmuró.

—Llevarte a la cama.

La levanté a pulso y, según la sostenía junto a mi cuerpo, su cabeza cayó contra mi pecho y sus rizos rojos se desparramaron sobre mi brazo.

—Ni..., ni lo sueñes, colega —respondió.

Se me escapó la risa otra vez y negué con un movimiento la cabeza. Incluso medio dormida, la tía era pura dinamita. La llevé al dormitorio y la dejé en la cama. Como se había despertado, me ayudó más o menos a introducir las piernas bajo el edredón.

Por otro lado, había tomado un somnífero, así que no estaba seguro de que fuera siquiera la verdadera Andrea. ¿Quién narices conocía
de verdad a esa chica? Después de dos años, yo apenas si había araña-
do la superficie, lo sabía. Ni siquiera me había enterado hasta entonces de que le costaba conciliar el sueño. Jamás, ni una sola vez, la había
oído mencionarlo, y Syd y Kyler nunca habían comentado nada al respecto.

Me costó horrores retroceder y salir de la maldita habitación, pero
no podía reprimir la sonrisa ni negar la emoción que me embargaba al
pensar en la semana que teníamos por delante.

Las cosas... Las cosas iban a cambiar entre nosotros.

4

Andrea

Vaya, el viaje prometía ser superincómodo.

Sentada en el Durango de Kyler, a la derecha de Tanner, me sentía como si fuéramos dos niños insoportables obligados a hacer un viaje muy largo en el asiento trasero de un coche. En cuyo caso Kyler y Syd eran nuestros padres. Qué mal rollo.

Llevábamos una hora y media de viaje. Syd estaba enfrascada en su libro electrónico, Kyler tamborileaba con los pulgares en el volante mientras tatareaba la canción que estaba sonando y yo hacía lo posible por no pensar en que había besado a Tanner en plena borrachera. Mordiéndome el labio, me volvía a mirarlo.

Sus ojos azules se clavaron en los míos.

Oh, mierda, ya no estaba dormido. Rápidamente desvié la vista a la ventanilla y me quedé mirando... las laderas verdes que llenaban todo el paisaje.

Tampoco podía dejar de pensar en su visita de la noche anterior: su manera de mirarme cuando le abrí la puerta, como si de verdad le gustase lo que veía. En el cumplido que me soltó antes de ir al baño y en la bochornosa rapidez con que me había dormido en un lapso tan breve. Tanner me había llevado a la cama... *en brazos*. Por Dios, yo no era una niña pequeña. Su gesto, cuando menos, resultaba chocante... y sexy.

Cuando un camión Mack cargado de troncos adelantó a nuestro todoterreno, intenté no pensar en las películas de la serie *Destino final*. Claro que mejor eso que los pensamientos que me obsesionaban. Me ponía de los nervios estar tan preocupada por esta historia. Debería dejarme indiferente. Tanner y yo apenas si podíamos considerarnos amigos. Además, tuvo ocasión de estar conmigo en el pasado y la desperdició.

Ni siquiera se acordaba, y también es verdad que yo no hice nada por propiciarla. No llegué a hablarle ni a expresar ningún interés en hacer lo que hace la gente para tener niños, así que...

Tanner me propinó un toque en la rodilla para llamar mi atención. Mis ojos buscaron los suyos.

—¿Qué?

Levantando la mano, me pidió que me acercara con un gesto del dedo.

—Ven aquí.

Noté un vuelco el estómago al oír esa voz grave y ronca. Como no tenía ni idea de lo que pretendía, me incliné hacia el espacio que nos separaba y le acerqué el oído.

—Llevo un rato despierto —me dijo. Su aliento, que bailaba contra mi mejilla, me arrancó estremecimientos—. Así que...

—¿Qué?

No entendía por qué sentía la necesidad de compartir esa información conmigo.

—Te he visto mirarme —cuchicheó, y yo me eché hacia atrás a toda prisa, a punto de negarlo todo, pero su brazo se movió súbitamente. Me rodeó la nuca con la mano para que no me apartara—. No me molesta.

Mi corazón se agitó y luego se paró un instante. ¿Pero qué...? Tragué saliva con dificultad. Eso que me gusta llamar mi «típica respuesta ingeniosa» brilló por su ausencia. Solo pude articular un susurro.

—¿No?

—No. —Jugueteó con mi pelo y me estiró de los bucles de un modo tan delicioso que se me incendió la piel—. Acabo de decidir que no me importa.

—¿Ahora mismo? —musité.

Tanner acercó la cabeza y, cuando habló nuevamente, su aliento acarició mis labios. Se me tensaron los músculos de la zona baja.

—Sí. Hace cosa de dos minutos, en realidad.

Lancé una carcajada queda, de sorpresa.

—Ya. Hace dos minutos.

—Puede que cinco —replicó con sorna, y noté un agradable revuelo en las tripas—. Diez si me apuras mucho.

Estuve a punto de reírme otra vez, pero tenía su boca tan cerca que si me desplazaba, aunque solo fuera un milímetro, nuestros labios se tocarían, y yo necesitaba recuperar el beso de la borrachera. Sus dedos se abrieron paso entre la maraña de mis bucles. No tenía ni idea de lo que estaba pasando. Por primera vez en la vida, me había quedado sin habla.

—Nada de sexo en el asiento trasero —avisó Kyler—. Acabo de limpiar el coche.

La burbuja de nuestro pequeño mundo estalló, y yo me aparté. Hice un gesto de dolor cuando cuando mi pelo quedó atrapado en su mano. Colorada como un tomate, miré hacia delante mientras él extraía los dedos de entre mis rizos.

Kyler me sonrió por el espejo retrovisor.

Le hice la peineta.

Con el corazón desbocado, volví la vista hacia Tanner. Nuestras miradas se encontraron nuevamente y una sonrisa se extendió despacio por sus labios. Inclinándose contra la puerta otra vez, apoyó el brazo contra el respaldo del asiento que compartíamos. Su mirada era intensa, penetrante, como si no me viera por fuera sino por dentro, igual que si quisiera arrancarme todos los secretos. Yo fui la primera en apartar la vista, apabullada.

Syd se había dado la vuelta para saber qué tramábamos en el asiento trasero. Pasó la vista de mí a Tanner y de nuevo a mí. Frunció los labios.

—Vaya, vaya.

Yo no tenía absolutamente nada que decir cuando devolvió la vista al frente y empezó a teclear en la pantalla de su libro electrónico. Nada de nada. Ni siquiera estaba pensando. Miré el cogote de Kyler, incapaz de dar crédito a... nada. El corazón me latió con más fuerza si cabe cuando comprendí una cosa: la semana que teníamos por delante iba a ser interesante.

* * *

Después de lo que se me antojó una eternidad, oí el crujido de la gravilla bajo los neumáticos del Durango. En cuanto el vehículo se detuvo, abrí la portezuela y salí disparada al exterior. Vale. Dejando al margen todas las bromas estúpidas sobre el Virginia Occidental, aquel pedacito de mundo era espectacular y sobrecogedor.

La fragancia de los enormes pinos y olmos perfumaba el ambiente, y si bien el sol de agosto brillaba con una fuerza oprimente, los árboles alejaban lo peor de los rayos y ofrecían una agradable sombra. A través de las frondosas ramas y las verdes agujas, vi una gigantesca estructura de piedra arenisca que estallaba hacia el despejado cielo azul. La montaña centelleaba una pizca con el sol y cada una de las escarpadas cimas me recordó a una enorme mano que tratase de aferrar las nubes.

Syd se reunió conmigo y sonrió al seguir la trayectoria de mi mirada.

—Son las Seneca Rocks. Creo que Kyler quiere acercarse el miércoles o el viernes. Estaremos encantados de que nos acompañes, si te apetece.

Me reí y negué con la cabeza.

—No sé. Yo soy más de tumbarme a tomar el sol que de escalar montañas.

Syd me propinó un toque con la cadera a la vez que miraba a los chicos por encima del hombro. Kyler y Tanner extraían el equipaje del maletero.

—¿Y no serás más de «vamos a ver qué pasa con Tanner»?

Le propiné una palmada en el brazo.

—Eso tampoco y lo sabes.

—No... —Se mordió el labio inferior según se volvió a mirarme—. ¿Sabes?, siempre he pensado que le gustabas.

—Basta —suspiré. Desde que vivía con Kyler, Syd se había aficionado a hacer de casamentera. La noche que salí de sus casa hecha un asco por el comentario de Tanner me reveló estar convencida de que, inconscientemente, estábamos enamorados.

—¿Por qué no? —insistió—. Es el típico romance de patio de colegio. En lugar de estiraros el pelo y propinaros empujones, os chincháis adrede.

—Querría pensar que soy demasiado madura para eso.

Enarcó una ceja oscura.

Yo solté una risita.

—Vale. Puede que no.

—Ya... —arrastró la palabra—. Os habéis acostado alguna vez, ¿verdad?

Mirándola con expresión elocuente, negué con un movimiento de la cabeza.

—Pues... no.

Una expresión de recelo asomó a su semblante.

—Os habéis liado entonces...

—No, no nos hemos liado. —Me reí para mis adentros, porque estaba obviando descaradamente el beso—. ¿Por qué lo piensas? Nunca hemos hecho nada. Te lo habría dicho.

La incredulidad no se borró de su rostro, y me pregunté por qué demonios seguía pensando lo mismo después de tanto tiempo. Ahuyentando la conversación de mi mente, inspiré despacio y sonreí. No se percibía la menor traza de los humos, el olor a sudor y otros tufos que impregnan la ciudad, esa peste a la que acabas por acostumbrarte hasta que llegas a un lugar como este. Aire puro. Dios mío, había olvidado hasta qué punto es agradable respirar.

—Vayamos a ayudarles. —Enlazando su brazo con el mío, Syd devolvió a su nariz las gafas de sol y me arrastró hacia el maletero del coche.

Tanner llevaba una bolsa de deporte colgada al hombro. No entiendo cómo se las arreglan los chicos para meter el equipaje de una semana en una bolsa que yo podría usar de bolso. Con la otra mano sujetaba mi maleta rosa con lunares morados.

Me zafé de Syd y me acerqué a él.

—No hace falta que la lleves. —Alargué la mano hacia mi maleta.

—Tranquila. —Se volvió a mirarme y me vi reflejada en sus gafas de sol estilo aviador. Maldita sea, le sentaban de muerte. Parecía un apuesto piloto de la Fuerza Aérea.

—Yo la llevo —insistí, mientras Kyler rodeaba el todoterreno. Syd caminaba tras él, cargada con un montón de bolsas de plástico.

Sonriendo, Tanner retrocedió para evitar mis intentos de arrebatarle mi maleta.

—Coge las bolsas que quedan. Yo me encargo de esto. —Me esquivó nuevamente.

Habíamos pasado por el supermercado del pueblo y llevábamos en el portamaletas provisiones suficientes para alimentar a un regimiento. Extrayendo dos bolsas del maletero, observé a Tanner con recelo.

—¿Estás buscando un revolcón o algo así? Porque entiendo que te va a costar mucho pasar una semana sin sexo.

Tanner se detuvo y se volvió a mirarme. Una ceja asomó por el borde superior de sus gafas.

—Venga ya, Andy. En una situación como esta no hace falta esforzarse mucho.

Fruncí el entrecejo mientras caminaba hacia él.

—¿Se puede saber que pretendes decir con eso?

Agachó la cabeza para colocarla a la altura de mis ojos. Sus labios dibujaron una pequeña sonrisa y bajó la voz para que solo yo pudiera oírle.

—Si quisiera algo contigo, lo tendría.

Aluciné pepinillos. Abriendo la boca hasta el suelo, resoplé una carcajada.

—Vaya humos que te gastas.

Encogió un solo hombro.

—No, solo es autoconfianza.

Lancé un bufido.

—O un caso grave de autoengaño.

Él rio entre dientes mientras yo acomodaba las bolsas entre mis brazos.

—Hagamos una apuesta, Andy.

—Deja de llamarme así —le espeté, pero me odié a mí misma, con toda el alma, al notar el tono alterado de mi voz. Me entraron ganas de arrancármelo a golpes. O de golpearlo a él. Sí, atizarle a él sería más apropiado—. Y, para que lo sepas, yo no apuesto contigo.

Lo adelanté y me alejé hundiendo con fuerza mis sandalias en la gravilla. Había dado unos cuantos pasos cuando dijo:

—Porque sabes que perderías.

Me detuve tan súbitamente que estuve a punto de tropezar conmigo misma. Estaba flipando. No creía lo que oía.

—¿Perdona?

Cuando Tanner me adelantó, sus andares y su sonrisa transpiraban chulería por los cuatro costados.

—Ya me has oído. Sabes perfectamente que, para cuando nos marchemos de esta cabaña, me habré colado en tu cama.

5

Tanner

Las mejillas de Andrea hacían juego con sus rizos, y la imagen me pareció..., me pareció adorable. Y conste que yo no iba del palo ñoño. O, cuando menos, no hasta ahora. Ahora estaba metido hasta las cejas en ese rollo..., en el palo ñoño tipo Andrea.

Sabía muy bien que es de idiotas decir las cosas que le había dicho, pero me daba igual. No me arrepentía. Ni una pizca. Según me encaminaba a las escaleras del porche, comprendí que mi actitud no hablaba muy bien de mí.

Y me mentiría a mí mismo si dijera que no sabía lo que estaba suscitando, porque lo sabía. Sabía perfectamente lo que había iniciado, pero no tenía pensado una estrategia para lo que pudiera pasar después. Vete a saber. Y yo siempre tengo pensada una estrategia.

O, dicho de otro modo, un plan de fuga.

Yo era el típico chico que pasa de las relaciones. Todo el mundo lo sabía. No digo que fuera una norma inamovible, pero jamás me metía en nada serio a menos que lo tuviera muy claro. Algo increíblemente raro había pasado entre el viernes por la noche y esta mañana, porque me daba cuenta de que deseaba ir por ese camino con Andrea, aunque no me explicaba qué lo había provocado exactamente ni por qué tenía que ser ella. ¿Por qué no Brooke o Mandie? ¿O Lea? Estando con ellas nunca había tenido ganas de estampar la cabeza contra la pared, mientras que Andrea me sacaba de mis casillas una y otra vez.

Mierda. Cierta idea sí tenía, para ser sincero. Andrea tenía respuesta para todo. Era lista y, cuando no me estaba fastidiando, podía ser muy divertida. Y en ciertos momentos no había otra más dulce que ella, y no solo cuando estaba a punto de dormirse. Nada de eso era nuevo, pero ¿por qué ahora?

Sinceramente, no tenía ni idea.

—Madre mía —se admiró Andrea, con la mirada clavada en la cabaña, mientras remontaba las escaleras al porche que discurría alrededor de la casa—. ¿Cómo habéis encontrado este sitio?

Subí hasta llegar a su altura y ella se detuvo a mi lado. A juzgar por la inmensa puerta de hierro forjado y el enorme ventanal que recorría la fachada del suelo al techo, la cabaña de cedro era un casoplón. Era tan grande que habría podido albergar a todo un equipo de fútbol con comodidad, si bien me alegraba de no tener que luchar a brazo partido por la atención de Andrea esa semana.

—Mi madre conoce al propietario —respondió Kyler al mismo tiempo que introducía la llave en la cerradura. Su madre dirigía una conocida empresa de restauración, de ahí que tuviera contactos alucinantes—. Ha sido un golpe de suerte.

—Ya te digo. —Andrea sonrió y me miró brevemente. Yo esperaba que su expresión mudase en una de sus miradas asesinas, pero la sonrisa alcanzó sus ojos y los caldeó—. Estoy deseando ver el interior.

Cuando Kyler abrió las puertas, nos envolvió una corriente de aire frío. Andrea enarcó las cejas al ver que le cedía el paso, a lo que yo respondí con una sonrisa. Cruzó el umbral sacudiendo la cabeza con aire de paciencia infinita.

Se detuvo tan en seco que estuve a punto de estamparme contra su espalda, y no en plan de broma.

—Perdona —murmuró, y se desplazó a la derecha. Una expresión de asombro cruzó su bonito rostro cuando contempló los altos techos, las vigas vistas, los enormes ventiladores y las claraboyas del salón. Yo no me podía creer que, teniendo su familia tanto dinero, fuera la primera casa increíblemente espectacular que veía.

Habría apostado a que se había criado en un sitio parecido.

—Es preciosa. —Volvió la sonrisa hacia Sydney—. Hala.

—Y aún no has visto el resto. La madre de Kyler nos envió fotos. Hay una sala al otro lado de la cocina, y una galería. Cinco dormitorios arriba, tres con baño privado.

—Y una sala de juegos en el sótano, con todo lo que os podáis imaginar —añadió Kyler.

Eso me interesó.

Entramos en una estancia que no creo que sirviera para nada más que para impresionar. Con sus muebles de mimbre blanco y abultados almohadones que parecían recién comprados, apostaría algo a que nadie la había usado nunca. Las escaleras que llevaban al primer piso se encontraban a la izquierda, junto a la entrada de la cocina, y, cielos, la cocina era más grande que la de mi madre *y* su salón juntos.

Andrea contempló el ventilador de acero inoxidable que pendía del techo, sobre los fogones de gas.

—Declaro mía esta cocina.

Dejando el equipaje en el suelo, me desplacé las gafas de sol hacia la frente.

—¿Sabes cocinar?

Me miró largo y tendido.

—Sí. Sé hacer muchas cosas, además de beber litros y litros de alcohol.

Por lo general, habría replicado con una respuesta tan sarcástica como la suya, pero me contuve. Merecía un premio por ello.

—¿Y qué me vas a preparar para cenar?

—¡Ja! —rio, al mismo tiempo que depositaba las provisiones sobre la encimera—. Sigue soñando. Eso no va a pasar.

Sonriendo, Sydney se reunió con Andrea y la ayudó a extraer las compras de los paquetes.

—Mala suerte, Tanner, porque Andrea cocina de maravilla.

—Sí. —Ella guardó un gran paquete de ternera picada en la nevera—. Es verdad.

Recostado contra la encimera, cerca del fregadero, Kyler echó mano de una botella de agua de las compras que su novia intentaba llevar al frigorífico.

—Prepara una lasaña de muerte.

Fruncí el ceño.

—¿Te ha preparado lasaña?

Kyler agitaba la botella con una mano.

—Sí, señor.

—Ya te digo —murmuré, presa de unos... celos extraños.

Mirándome por encima del hombro, Andrea soltó una risita.

—Te arrepientes de no haberme tratado mejor, ¿eh? —Me dio la espalda otra vez para guardar el lote de cervezas en el estante inferior de la nevera—. Si lo hubieras hecho, ahora lo sabrías todo sobre mi lasaña.

—A mí me interesa otra clase de lasaña —rezongué por lo bajo.

Ella se quedó de piedra.

—¿Qué?

—Nada. Solo estaba carraspeando. —Hice caso omiso de la mirada atónita de Kyler y recogí el equipaje—. Pero ¿sabes qué? Tengo tus cosas, así que voy a escoger tu habitación.

Ella se dio media vuelta, con los brazos en jarras.

—No vas a escoger mi habitación.

—Ya lo creo que sí.

Retrocedí un paso y esperé. Sydney y Kyler intercambiaron una mirada.

Andrea entornó los ojos.

Nuestras miradas chocaron. En ese momento, di media vuelta y salí corriendo hacia las escaleras, sin intentar siquiera reprimir la sonrisa cuando la oí maldecir. Me comportaba como un chaval de catorce años que trata desesperadamente de llamar la atención. Y así era. Deseaba captar la atención de Andrea, es verdad. Igual que un niño con un juguete nuevo, no quería compartirla con Kyler y Sydney. Un segundo más tarde, corría tras de mí.

—Yo elegiré mi habitación —insistió.

—Eso dices tú.

Remonté las escaleras a paso rápido.

Ella gimió.

—Eres un borrico. Y tienes las piernas demasiado largas. Y andas demasiado deprisa.

Me reí según llegaba al rellano. Cuando miré hacia abajo, descubrí que todavía le llevaba ventaja.

—Si tienes las piernas cortas, no es culpa mía.

—Yo *no* tengo las piernas cortas. —Por fin me alcanzó. Tenía las mejillas enrojecidas—. Es que tus piernas son más largas de lo normal. Tienes piernas de bicho raro.

—Ya sabes lo que dicen de las piernas largas...

Adoptó una expresión exasperada.

—*Nadie* dice eso de las piernas largas.

—La gente que yo conozco, sí. —Me detuve ante la primera puerta y la empujé con el codo. Al otro lado apareció un enorme dormitorio con una cama que ofrecía espacio de sobras para los cuatro. Enfrente de la cama, un televisor gigante colgaba del techo—. Este debe de ser el principal.

—Mejor se lo dejamos a Syd y a Kyler. —Andrea cerró la puerta y correteó hacia delante para abrir la puerta siguiente. Yo no vi el interior, pero ella resopló y volvió a cerrar. Reaccionó igual con la siguiente, y supongo que a la tercera va la vencida, porque lanzó un gritito y abrió la puerta de par en par—. Este es el mío.

La seguí al interior enarcando las cejas y tuve que inclinarme ante ella. Tenía buen gusto. La cama era grande, pero no tanto como la del dormitorio de matrimonio. Estaba decorado al estilo rústico: vigas vistas en el techo, paredes forradas de madera pintada de gris.

Se adentró en la habitación y dejó un bolso del tamaño de un bebé en la silla que había en una esquina. Sin perder un minuto, se encaminó hacia una puerta grande y blanca. Cuando la abrió, batió las palmas.

—Ay, Dios mío. Qué baño. Viviría aquí dentro.

Tras depositar la maleta sobre un viejo baúl de madera que descansaba junto a la puerta, dejé caer mi bolsa al suelo, que aterrizó con un golpe sordo, y la seguí al cuarto de baño.

—Maldita sea. —Me apoyé contra la jamba—. Podrías dormir en esa bañera.

—¡Desde luego que sí! A lo mejor lo hago.

Se volvió y me miró sonriendo de oreja a oreja.

Noté una opresión en el pecho que me obligó a erguir la espalda. Mientras tanto, ella bailoteaba por el baño.

—La bañera tiene patas. Nunca he usado una de estas ni había visto ninguna tan grande. Le dan un aire como... romántico —comentó en tono soñador.

Yo no respondí. Andrea abrió otra puerta.

—Ah, las otras dos habitaciones deben de compartir este baño. —Cerrando la puerta, pasó por mi lado para volver al dormitorio. Dejó tras de sí una estela que olía a melocotón, como un señuelo—. Esta casa es preciosa. La madre de Kyler tiene buen gusto.

—Sí. —Bajo mi atenta mirada, se acercó a un espejo de cuerpo entero. Como es natural, me fijé en el gesto con que los ceñidos vaqueros abrazaban su sinuoso trasero. Tampoco le faltaba nada en ese aspecto.

Negando con la cabeza, di media vuelta y me encaminé al banco que había a los pies del lecho. Volví la vista hacia ella. Andrea enarcó las cejas. Yo me tiré en la cama y desplegué brazos y piernas. Apenas tuve que esperar tres segundos antes de que Andrea reaccionara.

—¿Qué haces?

—Ponerme cómodo. —Enlacé las manos por debajo de la cabeza mientras ella se quedaba petrificada delante de un tocador—. La cama no está nada mal.

—Es mi cama.

—No, no lo es. Pertenece al dueño de esta casa —argüí para chincharla.

—No me digas, Sherlock, gracias por la aclaración. —Echó un vistazo a la puerta abierta antes de buscar mis ojos con los suyos color whiskey—. Gracias por subirme el equipaje.

Le hice un guiño.

—De nada.

Curiosamente, se mordió el labio inferior un instante.

—Era una manera amable de decirte que te largues de mi cuarto.

—Ya lo sé.

Enarcó las cejas al máximo.

—Y sigues aquí.

—Aquí sigo.

Avanzó un paso, pero se detuvo.

—¿No tienes nada mejor que hacer? ¿Como explorar el resto de la casa? ¿Enviar fotos de tu pene a tus ligues? ¿Fastidiar a otra?

—La verdad es que no. —Se hizo un silencio. Sobra decir que nunca he enviado fotos de mi pene a nadie, pero ahora, como que me apetecía enviarle una a ella—. ¿Qué pasa?

Me fulminó con la mirada según se acercaba despacio a la cama.

—Un burro por tu casa.

Entre risas, me tendí de lado para mirarla.

—Eso ha sido patético.

—Es verdad. —Se encogió de hombros sin dejar de avanzar—. No me avergüenzo. Se me da de maravilla ser patética.

—Qué va, no es eso lo que se te da de maravilla.

Un ceño ensombreció su expresión.

—Si vas a decir que se me da bien emborracharme, no respondo de mis actos.

—Se te da bien desconcentrarme y volverme loco. No necesariamente en el mal sentido. A veces, pero no siempre —reconocí. Agrandó los ojos. Nada de lo que yo estaba diciendo era mentira—. También se te da bien ser guapa.

Separó los labios.

—Serás... —negó con la cabeza— No te hagas ilusiones. No habrá revolcón.

Me reí con ganas, y entonces mi mirada se desplazó por sí sola a la camiseta azul, de tirantes, que llevaba. La tensión de sus generosos pechos contra la tela atrapó mi atención. Con sumo esfuerzo, levanté la vista.

—Me quedo con la habitación contigua.

Se ruborizó.

—Cómo no.

—Me parece genial que compartamos baño. Eso nos ayudará a conocernos mejor. —Le sonreí con la clase de sonrisa que atraía a las chicas en la barra de los bares como abejas a la miel—. Nos vendrá bien conocernos mejor.

—Yo... no estoy de acuerdo —replicó, y me percaté de que mi sonrisa no funcionaba con ella. Ya me lo imaginaba.

—Sí, estás de acuerdo.

Se cruzó de brazos y el abultamiento de la camiseta se tornó más pronunciado. Mierda. Tenía que dejar de mirarle los pechos.

—Hay otras habitaciones con su propio baño.

—Me gusta esa.

—Ni siquiera has visto el otro dormitorio, Tanner.

Esbocé una sonrisa irresistible.

—Sé que me gustará.

Obviamente exasperada, me miró y sacudió la cabeza una vez más. Los bucles rebotaron en todas direcciones. Durante un instante, guardó silencio.

—¿Qué estás tramando, Tanner?

—Nada. —Con unas palmaditas a la cama, le pedí que se sentara a mi lado—. Ven aquí.

Enarcó una ceja cobriza.

—¿Por qué?

—Porque quiero preguntarte una cosa.

—¿Y no me la puedes preguntar estando aquí de pie? —Desplazó el peso de una pierna a la otra.

Haciendo un mohín, la invité a sentarse de nuevo.

—No puedo. Necesito que estés aquí, cerca de mí. No puede ser de otro modo.

—Eres bobo. —Hablaba en tono dulce.

—Puede.

Un instante se alargó entre los dos y por fin, con un suspiro cansado, obviamente irritado, se acercó a la cama y se sentó junto a mis piernas.

—¿Ya estás contento?

—No. —Le agarré el brazo y la obligué a tenderse a mi lado antes de que pudiera hacer nada—. *Ahora* estoy contento.

En parte esperaba que Andrea se apartara y se levantara a toda prisa, pero no hizo ninguna de las dos cosas y yo lo interpreté como una señal positiva. Cuando sus sonrosados labios se despegaron para inhalar con suavidad, la necesidad de saborearlos se apoderó de mí; de besarla de verdad, sin que cayera en el olvido. Me sorprendió la intensidad de mi deseo. No lo entendía, pero no quería hacerme preguntas ahora mismo. Estaba cerca. Olía de maravilla. Y no estábamos saltando al cuello del otro.

—¿Qué querías decirme? —preguntó.

Repasé con la mirada el contorno de sus labios.

—No quería decirte nada. Quería preguntarte una cosa.

Las comisuras de sus labios bailaron como si reprimiera una sonrisa.

—¿Qué querías preguntarme?

Apenas unos centímetros separaban mi rostro del suyo cuando alcé la vista.

—¿Qué me vas a preparar para cenar?

Andrea parpadeó y luego se echó a reír; con ganas, a carcajadas, una risa contagiosa y franca que me caldeó la piel.

—Voy a preparar unas hamburguesas que vi en *Pesadilla en la cocina*. Con cebolla picada, pan rallado y más cosas. Están riquísimas.

Ay, jo, también era adorable en ese aspecto. Copiaba recetas de un *reality show* de la tele.

—Las asaré en la barbacoa.

—Tendrás que pelearte con Kyler por el control de la barbacoa.

—Puedo con él.

El hombro de la camiseta se le deslizó por el brazo y dejó a la vista el tirante azul claro del sujetador. Alargué la mano e introduje el dedo por debajo de la tela. Según la devolvía la prenda a su lugar, el dorso de mis dedos resbaló por la piel de Andrea. El gesto le arrancó una súbita respiración que elevó su pecho.

Agrandó los ojos y yo contuve un gemido cuando se humedeció el labio inferior con la punta de la lengua. Ninguno de los dos habló mientras yo le ajustaba la camiseta. Animado ante la ausencia de protestas, deslicé la mano por su brazo, hacia abajo, deleitándome en el tacto de su piel. Me detuve al llegar a la mano, apoyada en la cadera.

—¿Qué..., qué estás haciendo, Tanner? —preguntó de nuevo.

Una pregunta trascendental, y sin embargo yo no lo sabía en realidad, porque no se trataba de lo que estuviera haciendo en ese instante. Era más que eso y, tal como había comprendido hacía un rato, algo había cambiado entre el viernes y este día, y yo no estaba seguro de qué significaba ese cambio, ni por qué se había producido, ni de nada.

Así que le propiné una palmada en el culo.

Me pareció que estaba en mi derecho.

Lanzó un grito y se sentó deprisa y corriendo. Me fulminó con la mirada más adorable de mundo. Ahí estaba otra vez, esa palabra.

—La madre que te...

—Sí, Andy, me parió una madre, igual que a ti. —Me desplacé al borde de la cama, me levanté de un salto y la obsequié con una gran sonrisa—. Y ahora mismo voy a echar un vistazo a esa piscina que aún no hemos visto.

Se quedó un momento inmóvil, callada, y yo no estaba seguro de que estuviera respirando siquiera, pero al cabo de un momento volvió a tenderse de espaldas. Levantando el brazo, me enseñó el dedo corazón.

Me reí con ganas.

6

Andrea

Las hamburguesas se estaban refrescando en la nevera, aderezadas y listas para asarlas en la barbacoa. Había tardado un buen rato en prepararlas. Los demás estaban en la piscina y yo deambulaba por la cocina. Para matar el tiempo, había puesto las noticias de la tele, pero solo me había enterado de que alguien le había pintado un bigote a una estatua de la que nunca había oído hablar.

Últimas noticias por estos lares.

Me acerqué a la puerta que daba al jardín medio abrazada a un botellín de limonada con vodka. Desde mi posición ventajosa veía a todo el grupo. El porche conectaba con la zona de baño mediante un diseño sumamente interesante, un puente que discurría desde la terraza hasta la plataforma de la piscina de obra, que se encontraba a un nivel inferior. Habiendo crecido en una casa con una buena piscina en el jardín, cuyo paisajismo imitaba una playa rocosa, sabía que los propietarios habían pagado una pasta solo por aquella zona.

Syd y Kyler jugaban a las ahogadillas en el agua, o eso me pareció. Desplacé la vista hacia la izquierda y solté un taco para mis adentros.

Tanner.

Maldita sea.

Separé los labios. Es muy posible que me cayera la baba, pero, la verdad, no creo que nadie me lo pueda reprochar.

Tanner parecía estar posando para la sección de «tíos buenos» de Tumblr, sobre todo la que incluye gatitos. Cielos, me encanta la página de tíos buenos y gatitos de Tumblr. Quienquiera que idease esa página merecía un premio; un galardón al conjunto de su carrera.

Estaba apoyado sobre los codos en un lateral de la piscina, de cara a la extensión de agua. Se le marcaban los bíceps y los músculos de los hombros. Recorrí con la mirada su pecho ancho y bien definido, los tensos abdominales que se hundían en el agua. Con la cara vuelta hacia el cielo, la cabeza recostada contra el reborde, el sol besaba sus mejillas y sus bonitos labios. Sonreía con un gesto privado, como si supiera que yo estaba allí escondida, observándole como una colegiala enamorada.

Sin embargo, yo no estaba enamorada.

Y *sí* me escondía.

Antes de preparar las hamburguesas me había puesto el bañador y me había vuelto a vestir. No atinaba a comprender por qué diablos había juzgado buena idea traer bikini. Por alguna estúpida razón había discurrido que, al ser negro, me haría parecer más delgada. Lo que es una solemne estupidez, porque todo el mundo sabe que ningún bañador adelgaza, digan lo que digan los anuncios.

En ese momento, Syd salió de la piscina, con el cabello oscuro y brillante, el cuerpo... Suspiré. Era una chica menuda y ofrecía un aspecto impecable en bikini, cómoda a más no poder. Yo debería haber llevado un bañador de una pieza al viaje, pero no creo que tuviera ninguno.

Aferrando la botella contra el pecho, miré a Tanner nuevamente. No se había movido, y me sentí como esos personajes de los dibujos animados que sacan una lengua hasta el suelo. Los dos chicos de ahí fuera estaban buenísimos, pero Tanner... siempre atrapaba mi mirada.

Y yo nunca atrapaba la suya, hasta ahora.

¿Qué demonios se proponía? ¿A qué venía lo del coche? ¿Y lo del dormitorio, hacía un rato? Sí, era raro que se hubiera presentado en mi casa para disculparse y asegurarse de que no les estropeásemos el viaje a Kyler y a Syd, pero su intempestiva visita no me había preparado para su extraña conducta. Y dudaba mucho que «portarnos bien» equivaliera a acostarnos juntos.

¿Sería capaz de acostarme con Tanner?

Por lo visto, era muy capaz de besarle estando bebida.

Bajó la barbilla y sus labios se alargaron cuando respondió con una carcajada a lo que Kyler le gritaba desde el otro lado de la piscina. No oía su risa, pero de todos modos noté mariposas en la barriga.

Uf, sí, claro que sería capaz de acostarme con él.

Y en ese instante, de improviso, lo noté: las mariposas se habían desplazado de la barriga al pecho. Y no fue una sensación placentera y deliciosa. Oh, no, fue una conmoción brusca y desagradable que me aceleró el corazón.

No. No. No. Esto no puede pasarme ahora.

Me alejé de la puerta, me apoyé contra la encimera y cerré los ojos. Intenté respirar profunda y lentamente, pero una opresión en el pecho me lo impidió. En realidad no estaba pasando nada. Todo sucedía en mi cabeza. Estaba siempre en mi cabeza y nada más. La opresión se tornaba más intensa, pero no era real. Obligué a mis pulmones a expandirse, haciendo caso omiso de los pensamientos que invadían mi mente. Me dolían los nudillos de tan fuerte que me aferraba a la botella. Una serie de escalofríos me ascendieron por la nuca hacia el cogote como un ejército de hormigas.

Noté un dolor penetrante en el pecho y sacudí la cabeza. Apreté los labios con tanta rabia que me dolió la mandíbula. ¿Y si me sucedía ahora? ¿Y si no podía detenerlo? En ese caso...

Corté en seco esos pensamientos y abrí la boca de par en par para respirar. No me iba a pasar nada. No me había pasado nada. La súbita y violenta angustia no guardaba relación con nada. Todo estaba en mi mente. Un puñado de segundos mudó en un minuto y ese minuto se multiplicó por dos. Por fin, mi pulso se normalizó y el cosquilleo desapareció de la nuca. Temblando, levanté la botella y bebí un trago.

La puerta corredera se abrió y abrí los ojos. Lancé un suspiro de alivio cuando advertí que se trataba de Syd. Con el pelo retorcido sobre un hombro, se ataba una toalla de playa a las caderas.

—Estás aquí —dijo—. Te estábamos esperando.

Mi sonrisa flaqueó tanto como mis piernas.

—Quería dejar preparadas las hamburguesas.

Echó un vistazo a la cocina.

—¿Ah, sí?

—Sí. Acabo de terminarlas —mentí, al mismo tiempo que me despegaba de la encimera—. Están en la nevera.

Una expresión perspicaz asomó a su semblante.

—Te estabas escondiendo.

—No. No me estaba escondiendo.

Cruzó los brazos, enarcó una ceja y aguardó. Yo suspiré.

—¿Te encuentras bien? —quiso saber.

Syd sabía que, de vez en cuando..., de vez en cuando *no* me encontraba bien. Al principio traté de ocultárselo, pero, habida cuenta de que Syd se estaba doctorando en psicología, pocas veces se le escapaban mis conductas extrañas. Es una de esas personas que saca conclusiones acerca de ti a los cinco minutos de conocerte y siempre da en el clavo.

—Estoy bien. —Bebí otro trago y dejé la botella en la encimera. Eché mano de la goma elástica que llevaba en la muñeca y me hice una coleta a toda prisa—. *Me estoy* escondiendo. Más o menos.

—Cuenta.

Se encaminó a la nevera y extrajo un refresco. No era muy aficionada a beber.

Volví la vista hacia la puerta.

—Tanner... se está comportando de una manera rara. —Sabía que en ese momento tenía toda la atención de mi amiga—. La verdad es que anoche pasó por mi casa.

—¿Qué? —Agrandó los ojos—. No me lo habías dicho.

—No pensé que fuera importante. No se quedó mucho rato. En realidad se disculpó por haberse portado como un idiota el otro día. —Me interrumpí e hice un mohín. No estaba en absoluto preparada para confesar que el sábado por la noche nos habíamos besado—. Bueno, yo tampoco lo traté muy bien, pero da igual. Pasó por casa para disculparse. No le di demasiada importancia.

—Pues a mí sí me llama la atención —observó ella—. Podría haberte llamado. O haberte comentado algo al llegar aquí. No hacía falta que fuera a tu casa.

—Ya lo sé. —Recogí mi botella y caminé despacio hacia las puertas de cristal del jardín. Chorros de rocío se elevaban de la piscina según Kyler y Tanner retozaban por el agua—. Está coqueteando conmigo. O sea, *mucho*.

—Ya me he dado cuenta. No me sorprende.

La fulminé con la mirada.

—¿Qué? Lleváis jugando al ratón y al gato desde que os conocéis.

Noté un vuelco el estómago.

—Pero ¿por qué ahora? ¿Sin venir a cuento?

—No lo sé. ¿Tiene que ser por algún motivo?

Me reí.

—Sí.

—Cuando Kyler y yo pasamos de ser amigos a algo más, no sucedió nada en concreto. Sí, estábamos aislados en la cabaña, pero pudo ocurrir en cualquier otro momento. Sucedió entonces y ya está. Puede que vuestro caso sea parecido —me explicó—. Es posible que necesitaseis coincidir en alguna parte, en un sitio como este, romántico y tal.

—Yo no creo que Tanner esté buscando un romance. —La miré a los ojos—. Creo que solo busca un revolcón.

Puso los ojos en blanco con expresión aburrida.

—¿Cómo lo sabes?

—Hum, a ver. Va por ahí diciendo que no quiere una relación. Y a juzgar por las chicas con las que ha salido, o más bien por los rollos que ha tenido, porque en realidad nunca sale con nadie, yo apuesto por lo del revolcón.

—La gente cambia. Kyler lo hizo.

—Porque siempre ha estado enamorado de ti.

Syd me dirigió una sonrisa radiante.

—Es verdad. Pero puede que Tanner siempre haya...

—Ay, Dios mío, ni se te ocurra terminar esa frase —la interrumpí entre risas—, porque no tiene ningún sentido.

—Vale, muy bien. ¿A ti te gustaría tener una relación ahora mismo? —me desafió.

Abrí la boca para responder que no, pero volví a cerrarla. No tenía ni idea. No la estaba buscando de manera activa, pero si algo bueno me salía al paso, no lo descartaría sin más. Y si bien es probable que tampoco descartase a Tanner, no podía referirme a él como «algo bueno». Bueno, estoy mintiendo. Él era el premio gordo, pero tenía muy claro que alguien como él se cansaría muy pronto de mí, de mis chorradas. A veces ni yo misma me aguantaba.

Me encogí de hombros y devolví la vista al exterior. Tanner estaba plantado junto a la piscina con los brazos en jarras. Miraba en dirección a las puertas de cristal, y yo retrocedí. Noté las mejillas encendidas. Gracias a Dios que no nos oía.

—No lo sé. O sea, ¿quién no estaría dispuesta a zorrear con Tanner?

Su risa resonó por toda la cocina.

—¿Zorrear? Acostarte con alguien no te convierte en una zorra.

—Eso ya lo sé.

Le dediqué una sonrisita por encima del hombro y ella soltó otra carcajada.

—No sé. Es que me parece raro. —Me mordí el labio inferior—. Nunca te he contado esto porque, sinceramente, no me parecía necesario y sucedió antes de conocerte, pero... Conocí a Tanner en primero de carrera.

Se hizo un silencio y luego:

—*¿Qué?*

Me encogí. Su voz había alcanzado un decibelio por encima de lo normal, lo juro. Observé cómo Tanner se zambullía en la piscina.

—Bueno, en realidad no nos conocimos. Él no sabía quién era yo. Solo coincidíamos en un par de clases, pero yo estaba loca por él.

—¿Y por qué no me lo habías mencionado?

Me encogí de hombros y me volví a mirarla.

—Cuando te digo que él no tenía ni idea de quién era yo, hablo en serio. No creo que volviera a verlo después de aquel primer año, alguna vez por el campus quizás, hasta la noche aquella en que apareció en el bar con Kyler.

Me miró con atención.

—Vale. Ahora entiendo mejor tu actitud hacia él, y sé que hay algo más que el hecho de que no te viera o no te prestara atención. ¿Qué hizo?

Me ardían las mejillas.

—¿Te acuerdas de Clara Hansen? Fue mi compañera de cuarto en primero y en segundo.

—Hum. Sí. Más o menos. No paraba mucho por allí. De eso sí me acuerdo.

Syd se acercó a la puerta para estar cerca de mí.

—Bueno, íbamos juntas a una de las clases que compartía con Tanner. Clara tenía que saber que yo estaba colada por él, porque se me caía la baba cada vez que entraba en el aula. O sea, nunca se lo confesé, pero... Bueno, da igual. —Bebí otro trago, paladeando el calor que bajaba por mi garganta—. Una noche me quedé estudiando en la biblioteca y volví tarde a la residencia. Clara no estaba sola. La encontré en la cama, y saltaba a la vista que lo estaba haciendo con un chico.

—Oh. Oh, no —gimió Syd—. A ver si lo adivino. ¿Estaba con Tanner?

—Sí.

—¡Qué zorra!

—Como ya te he dicho, nunca le confesé que Tanner me gustaba y ni siquiera había hablado con él.

La rabia arrugó el bonito rostro de mi amiga.

—¿Y qué? ¿Cómo es posible que no se acuerde de ti, si lo pillaste en plena faena?

—Estaba, bueno..., estaba ocupado, y tan pronto como descubrí quién era, me largué de allí a toda mecha. Nunca he corrido más deprisa en toda mi vida. —Apuré la bebida—. Tuvo que darse cuenta de que alguien abría la puerta, pero no sabe que fui yo. Y ya sé que es una bobada, pero la situación siempre me ha incomodado.

—Lo entiendo —respondió con voz queda.

Me acerqué al cubo de la basura y tiré el botellín vacío.

—Pero es una tontería. Él no me conocía. Soy muy consciente de eso. Me gusta pensar que he madurado un tanto desde entonces. —Me reí cuando Syd me miró arqueando las cejas—. Pues, sí, esa es la historia.

—¿Y qué vas a hacer al respecto? —quiso saber.

Negué con la cabeza.

—No lo sé.

Una sonrisa se extendió lentamente por sus facciones.

—Bueno, me parece que ya lo averiguarás. Pero solo si sales y dejas de esconderte.

Tanner

Las hamburguesas que había preparado Andrea eran literalmente las mejores malditas hamburguesas que he probado en mi vida, e intenté decírselo, pero se pasó la mayor parte de nuestra pequeña fiesta pegada a las faldas de Syd, y cuando cayó la noche apenas habíamos intercambiado un puñado de palabras.

Si no supiera que era imposible, habría jurado que me evitaba.

Yo no estaba de humor para eso y andaba muy necesitado de atención en aquel momento, sobre todo desde que los dos agapornis se habían enredado los cuerpos en la parte poco profunda de la piscina. Syd estaba sentada en el regazo de Kyler, y esperaba con toda mi alma que no estuvieran haciendo cochinadas.

Sentado en el borde de la piscina con las piernas hundidas en el agua, me incliné hacia delante cuando vi salir a Andrea. Con los brazos cruzados por debajo del pecho, se acercó al borde y me miró.

La saludé de lejos.

Ladeó a la cabeza. A la luz del anochecer, su cabello mostraba un color caoba encendido y yo pensé en la estación que estaba al llegar. Con los labios fruncidos, echó un vistazo en dirección a Kyler y Syd.

—Andy —la llamé antes de que los interrumpiese.

Volvió la cabeza hacia mí.

—¿Tanner?

—Ven aquí. —Le indiqué por gestos que se sentara a mi lado. Me invadió la sorpresa cuando, tras titubear un momento, accedió. Vista su actitud de la tarde, pensaba que tendría que ponerme de rodillas y suplicarle. Cuando se acomodó junto a mí y hundió sus bonitos pies en el agua, apenas podía apartar los ojos del bonito contorno de sus piernas—. Te he echado de menos.

Riendo con ganas, ella unió las manos en el regazo.

—No me has echado de menos.

—Sí, ya lo creo.

Me eché hacia atrás, apoyado sobre las manos. Andrea miraba el agua. Tenía una peca debajo de la oreja izquierda. Me habría encantado saborearla.

—No me he movido de aquí —respondió, y levantó salpicaduras de agua con los pies.

¿Qué haría si pasara la lengua por esa pequita?

—Igualmente te he echado de menos.

—Mentiroso —replicó, aunque sonreía, un gesto que interpreté como una buena señal. No tan buena como para lamerle la peca. Seguramente me habría pateado las pelotas si me hubiera atrevido. Se volvió a mirarme con una ceja enarcada—. Menos mal que también eres mono.

—¿Me consideras mono? —Le estiré el cordón negro que le rodeaba el cuello, con suavidad.

—A veces. —Me abofeteó la mano.

Sonriendo, hice tamborilear los dedos sobre los suyos.

—Será porque el resto del tiempo te parezco el colmo de la sensualidad.

—Claro. —Sus ojos se posaron en los míos—. Si eso te hace sentir mejor...

Me reí con ganas.

—¿Sabes lo que me haría sentir mejor?

—¿Qué?

—Ver lo que hay debajo de tu camiseta y tus pantaloncitos —le dije—. Llevas bikini, y verte en bikini me haría sentir mejor el resto de mi vida.

Sacudiendo la cabeza, devolvió la atención a la piscina, a sus propis pies, que seguían agitando el agua.

—Estás en vena, ¿eh?

—No tengo ni idea de por qué dices eso. —Sabía perfectamente por qué lo decía. Apoyando el brazo contra el suyo, me deleité en el calor de su piel y en su manera de morderse el labio inferior—. Así pues..., has cambiado de carrera, ¿no?

Asintió y ladeó la cabeza hasta casi rozarme el hombro.

—Sí.

—¿Y qué tienes pensado hacer? —le pregunté, con una curiosidad genuina—. ¿Vivir del cuento?

En el instante en que esa pregunta salió de mis labios me entraron ganas de darme de cabezazos. Lo había dicho en plan de broma, pero el comentario tenía tanta gracia como un accidente en la carretera de circunvalación.

Andrea torció la cintura para mirarme. Sus ojos castaños se habían ensombrecido y ahora auguraban tormenta.

—A diferencia de lo que suele pensar la gente, capullo, no me paso todo el día mano sobre mano ni me llevan en palmitas.

Traté de desdecirme.

—Andrea...

—Me he pasado a educación y, como ya sabes, los profesores no se pegan la vida padre. Y, cuando no estoy en clase, no me dedico precisamente a hacerme la manicura. Dedico casi todo el tiempo a colaborar en el hospital de la Cruz Roja. Y tampoco soy una simple voluntaria. —Retiró los pies del agua y se levantó a toda prisa. Con demasiada precipitación—. Tú no...

Resbaló en los charcos que había en la plataforma de la piscina y se golpeó la rodilla en el borde. Me apresuré a sujetarle el brazo cuando salió volando, pero no llegué a tiempo. Hacía un momento estaba de pie a mi lado y, un instante después, daba manotazos en el agua.

—¿Pero qué...? —Kyler se despegó de Syd y se volvió a mirarnos. La incredulidad impregnaba su voz—. ¿La has empujado?

Haciéndole caso omiso, salté en la piscina justo cuando la cabeza de Andrea emergía a la superficie.

—¿Cómo estás?

Boqueando de la impresión y del frío, Andrea apartó el agua mirándome con los ojos muy abiertos. La ira asomó su semblante, seguida de un rubor encendido que se propagó rápidamente por sus mejillas. Dudé de que fuera rabia. Oh, no, esa emoción era totalmente distinta. Sacudiendo la cabeza, se alejó de mí y nadó hacia la escalerilla. Chorreando y con pelo pegado a la cara, salió de la piscina. La ropa le marcaba las curvas del cuerpo.

La seguí, pero cruzó la plataforma como una exhalación, sin mirar atrás. Maldiciendo por lo bajo, nadé hasta el borde y salí a pulso de la piscina.

—¿Qué ha pasado? —preguntó Sydney, que ya se acercaba a la escalerilla.

—Se ha caído. —Les lancé una mirada de advertencia—. Yo me encargo.

Sydney frunció el ceño.

—Pero...

—Yo me encargo —repetí, y gracias a Dios que se detuvo, porque Kyler me habría dicho de todo si se lo hubiera repetido a gritos.

—Tanner —me avisó Syd.

Perdiendo la paciencia, me volví a mirarla.

—Yo...

—Trabaja como voluntaria en la sección de salud mental del hospital —me informó, revelándome que había oído parte de la conversación—. Y también en el teléfono de la esperanza de Georgetown cada vez que la necesitan.

Estupefacto, la miré de hito en hito.

—¿Qué?

Kyler observaba a Syd con tanta atención como si acabara de crecerle una tercera teta.

—¿Lo dices en serio?

Ella asintió.

—No lo va pregonando por ahí, pero he pensado que debías saberlo.

Durante un momento, según asimilaba ese bombazo, no pude ni moverme. Y yo que la consideraba la típica niña bien, un tanto mimada y que no pensaba en nada más que en salir de fiesta. Jamás, ni por un momento, se me había pasado por la cabeza que colaborase como voluntaria en ninguna parte, a menos que involucrara beber y comprarse bolsos.

—Mierda. No tenía ni idea —dije, pero eso no era excusa.

Sydney no respondió y el sentimiento de culpa estalló en mi estómago como una granada. Me di cuenta una vez más de que apenas si sabía nada sobre la verdadera Andrea. Le di las gracias en murmullos y eché a andar por la plataforma de la piscina.

Pequeños charcos de agua me indicaron el camino a seguir una vez que entré en la casa. Andrea había subido a la planta superior y yo remonté los escalones de dos en dos. Me encaminé directamente a su cuarto para reconocer que me había portado como un idiota.

—Andy, yo... —abrí la puerta y las palabras que estaba a punto de pronunciar se largaron por la ventana sin despedirse. De golpe y porrazo, mi cerebro dejó de funcionar. No parpadeé. Nunca volvería a parpadear y jamás me quitaría la imagen que estaba viendo de la cabeza. Tampoco quería hacerlo, porque allí, plantada en mitad de la habitación, estaba Andrea completamente desnuda salvo por una toalla, muy pequeñita. Buena parte de su sonrosada piel quedaba a la vista, suave y sinuosa, sobre todo aquella que se dejaba entrever por debajo de la toalla.

El deseo, la clase de deseo más primitiva que existe, loco, ardiente, se apoderó de mí y gemí:

—La hostia.

7

Andrea

Fue igual que si alguien hubiera puesto la vida en pausa. Estaba plantada a pocos pasos del baño, con los brazos colgando, mirando a Tanner de hito en hito. Durante unos instantes, ninguno de los dos se movió, pero el corazón me latía desbocado mientras un fuerte calor me recorría las mejillas, bajaba por mi garganta y descendía por debajo de la toalla. El agua seguía adherida a su pecho denudo y corría en pequeños ríos por los surcos de sus abdominales.

Tanner... me miraba con un ardor y una intensidad difíciles de malinterpretar. Me flaquearon las rodillas por primera vez en mi vida. En ese momento no me estaba observando como si me hubiera descalabrado delante de él y hubiera caído a la piscina. Ahora mismo no me miraba como si yo fuera una estúpida niñata que solo piensa en ir de fiesta.

Me contemplaba como quien ve a la mujer que desea... y *necesita*.

Entonces se movió.

Cerró la puerta tras él de una patada y avanzó directamente hacia mí. El golpe de la puerta me arrancó de mi estupor.

—¿Qué carajo? —grité, y me aferré el nudo que ataba la toalla por encima de mis pechos al tiempo que retrocedía un paso. Estaba completamente desnuda, salvo por la toallita, y nunca me había sentido tan expuesta delante de Tanner. La situación me superaba—. ¿Qué haces aquí arriba? ¿No sabes llamar?

Tanner no dio muestras de haberme oído.

—He subido a hacer algo, pero ya no recuerdo qué.

—¿Qué... qué? —farfullé—. Seguro que has subido para seguir insultándome.

En ese momento, su mirada buscó la mía. Una parte del ardor se evaporó de sus ojos.

—Lo siento. No quería insultarte pero lo he hecho. Por eso he subido. Para disculparme.

Durante un segundo olvidé que tan solo llevaba una toalla encima o que él se había colado en mi habitación sin permiso. Era la segunda vez que se disculpaba. Y nunca antes me había pedido perdón. Ni yo a él. Parpadeé despacio, sin saber qué decir.

Tanner volvió a bajar la mirada y despegó los labios. Un sonido ininteligible surgió de su boca, una especie de gemido ronco que me hizo doblar los dedos de los pies contra el entarimado del suelo y me anudó las entrañas. Fue más o menos entonces cuando me di cuenta de que la toalla dejaba parte de mi cuerpo a la vista.

Maldición.

Como no uso una talla 34, ni siquiera una 40, una toalla normal no me tapa por completo. La tela se abría justo por debajo de mi seno izquierdo revelando parte de mi barriga, la cadera y todo el muslo. Sabía que Tanner alcanzaba a ver la parte inferior de mi pecho y, si se fijaba bien, sabe Dios qué más. Ni siquiera podía engañarme a mí misma diciéndome otra cosa. Si me movía deprisa, hasta mis tetas quedarían a la vista.

Por poco suelto una carcajada, porque hacía un rato me había puesto frenética ante la idea de que me viera en bikini y ahora estaba delante de él prácticamente desnuda. Pero me ardían la garganta y los ojos y, si me reía ahora, me tomaría por loca.

Tanner suspiró con fuerza. El sonido me arrancó un estremecimiento.

—Eres preciosa, Andrea.

La rabia y el deleite bregaron dentro de mí. Ya lo había dicho antes, pero yo no le había dado importancia. Había enterrado sus palabras tan profundamente en mi pensamiento que me sentí igual que si las oyera por primera vez.

—No me vengas con rollos. No me gustan esas bromas.

Frunciendo el ceño, Tanner buscó mis ojos.

—Lo digo en serio.

Tragando saliva con dificultad, negué con la cabeza. Aferré el nudo de la toalla con fuerza. No sabía qué responder.

—No deberías estar aquí.

—Ya lo sé. —Pero no hizo ademán de marcharse—. Te has lastimado la rodilla.

—¿Eh? —Bajé la vista y comprobé que tenía razón. Gotitas de sangre salpicaban mi rodilla izquierda—. Me habré rascado al caer.

Por imposible que parezca, el rubor de mi rostro aumentó de intensidad.

—Déjame ver —se ofreció.

—Da igual. Solo es un arañazo.

Las largas piernas de Tanner salvaron la breve distancia que nos separaba y, de súbito, estaba plantado a mi lado.

—Seguro que no es nada, pero me quedaré más tranquilo si le echo un vistazo. No me puedo creer que esté diciendo esto, pero ¿por qué no te vistes y me dejas mirar la herida?

Quería que se largara de mi habitación, pero ahora, cuando menos, me estaba ofreciendo una vía de escape. Me acerqué a la cama con pequeños pasitos y recogí la ropa que había dejado allí antes de que Tanner entrara en mi dormitorio. Al llegar a la puerta del baño, me detuve para mirar por encima del hombro. Él seguía en el mismo sitio, con los puños cerrados, los brazos colgando. Su postura me intranquilizo, no sé por qué.

En realidad, ahora mismo me ponía de los nervios todo aquello que guardaba relación con Tanner.

Con las piernas flojas, entré en el baño. La imagen que me devolvió el espejo confirmó que mi rostro estaba casi tan colorado como mi cabello. Cielos, menuda nochecita. Primero resbalaba y me caía en la piscina como una idiota y luego me pillaban envuelta en una minúscula toalla. Me habría encantado meterme en la cama y taparme hasta la cabeza.

O trincarme media botella de tequila, porque, si acaso hay momentos que exigen una buena curda, este era uno.

Recogí la ropa y me di cuenta de que había olvidado el sujetador. Mierda. En serio. Tal vez tuviera suerte y a Tanner se lo tragara un agujero negro o algo así. Me enfundé a toda prisa un pantaloncito de algodón y una camiseta. Me encogí al descubrir que se me marcaban los pezones a través de la tela. Dios no estaba de mi parte ese día. Estaba claro que la había tomado conmigo.

Me dolía un poco la rodilla y busqué un pañuelo de papel. Acababa de sentarme en el borde de la bañera cuando llamaron a la puerta.

—¿Estás vestida? —preguntó Tanner.

—Sí. —Comprendí al momento que debería haber dicho otra cosa, porque al segundo siguiente la puerta se abrió y Tanner entró en el baño. Todavía sin camiseta. Aún empapado. Cielos, qué atractivos son unos abdominales mojados. Molesta, negué con la cabeza y lo fulminé con la mirada—. Podría haber estado haciendo pis.

Enarcó una ceja según se detenía delante de mí.

—Supongo que me lo habrías dicho.

—¿Y por qué te iba a decir que estaba meando? —le espeté—. No tengo por qué decirte nada. No deberías entrar en los dormitorios a tu bola.

—¿A mi bola? —Torció la boca. Juro que si en ese momento se hubiera reído le habría pateado las pelotas al estilo kung-fu. Me arrebató los pañuelos de papel y se arrodilló—. ¿Te encuentras bien?

Al principio no supe a qué se refería.

—Sí. ya te lo he dicho.

Ladeó la cabeza al mismo tiempo que me envolvía con la mano la pantorrilla izquierda. Pegué un bote. Se detuvo para mirarme a través de las pestañas, largas y oscuras.

—¿Te duele? —me preguntó con voz grave, sedosa como terciopelo.

Tuve la clara impresión de que se refería a algo más que a mi pierna. Intenté imaginarlo haciendo eso mismo en su trabajo. A diferencia de ahora, iría vestido de pies a cabeza, pero apuesto a que provocaba más de un desmayo cuando iba de uniforme.

Tanner me limpió la piel con tiento para retirar la sangre. Tras un largo silencio, dijo:

—No iba en serio lo que te he dicho ahí fuera. No pienso que te pases el día tumbada a la bartola.

Le miré la coronilla. Mojado, su cabello tenía un tono castaño oscuro. Me fijé en las gotitas que se adherían a los cortos mechones.

—¿Estás seguro? Porque siempre me lo estás echando en cara.

Su mano se detuvo a pocos centímetros de mi rodilla y luego alzó la barbilla. Sus ojos de color cobalto me escudriñaron.

—¿Sabes qué? Tienes razón al preguntarlo. —Se sentó sobre los talones, sin apartar la vista—. Y mereces que sea sincero. Hasta hace pocos días, estaba convencido de que no hacías nada en tu tiempo libre. No tenía ni idea de que colaborabas en el teléfono de la esperanza.

Contuve una exclamación.

—¿Syd se ha ido de la lengua?

Tanner asintió.

Cierta morenita se iba a enterar. No entendía por qué había tenido que revelarle a Tanner esa información. Por otro lado, es posible que hubiera oído nuestra discusión de la piscina, lo que demostraba su capacidad para la multitarea mientras le comía la boca a Kyler. No me avergonzaba hacer un voluntariado. Sencillamente, nunca había pensado que a Tanner le interesara.

—Me parece alucinante —prosiguió él, esbozando una sonrisa rápida—. No hay mucha gente dispuesta a hacer algo así.

—No. —La mayoría de la gente no soporta estar rodeada de enfermos ni escuchar las llamadas de personas que necesitan ayuda desesperadamente. A decir verdad, ni yo misma sabía cómo reunía fuerzas para ello, pero supongo que sentía la necesidad de hacer algo con... bueno, conmigo misma—. ¿Y qué? ¿Has decidido sustituir «superficial» por «genial»?

Esbozó una sonrisa socarrona.

—Siempre me has parecido genial, a pesar de mis prejuicios, obviamente infundados.

Fruncí los labios.

—Me cuesta creerlo.

—Es la verdad. —Se echó hacia atrás y tiró los pañuelos sucios a la papelera de mimbre—. Siempre he sabido que eras inteligente. Estudiabas medicina y no sacabas malas notas, que digamos. Eres divertida. No conozco a nadie tan ocurrente como tú. Y en ciertos momentos emanas una dulzura muy especial.

Ay, Dios, otra vez el nudo en la garganta. Tuve que desviar la vista. Acabé mirando nuestro reflejo en el espejo y fue rarísimo verlo allí, arrodillado delante de mí, con la cabeza echada hacia atrás, mirándome.

—Y, para que lo sepas, siempre he pensado que estás buenísima —añadió—. Por favor, eres pelirroja. Solo por eso ya entras en la categoría de sexy de la muerte.

Proferí algo entre tos y carcajada.

—No es eso lo que dicen de las pelirrojas.

—Que les den. —Deslizó la mano por debajo de mi rodilla, lo que me arrancó una respiración repentina. Una larga serie de estremecimientos recorrió mi cuerpo—. Deberías limpiar la herida con agua oxigenada, pero sobrevivirás.

Noté una nube de mariposas en el estómago cuando me acarició despacio el dorso de la rodilla. Mis sensaciones estaban en plena revolución. No tenía ni idea de que esa zona fuera tan sensible.

—Ya lo sé.

Me rodeó la pierna con la mano, a la altura de la pantorrilla, y alzó nuevamente la vista hacia mí. Una sonrisa de medio lado asomó a su atractivo semblante. Luego se levantó y me soltó la pierna. En lugar de incorporarse, me rodeó la cara con las manos, con ternura. El corazón me latía a mil por hora.

—Empecemos de cero. ¿Vale? —propuso dulcemente—. Me llamo Tanner Hammond.

Le dediqué lo que esperaba fuera una atractiva mirada irónica. Lo decía de veras. No podía obviar el aire de seriedad que emanaba su semblante. ¿De verdad es posible empezar de cero? Yo no lo creía. El pasado no iba a desaparecer solo porque nosotros nos lo propusiéramos, pero no pasaba nada por fingirlo. Eso también se me daba de maravilla.

—Me..., me llamo Andrea Walters.

Su incipiente sonrisa se fue extendiendo por su rostro hasta que me besó la punta de la nariz.

—Me alegro mucho de conocerte por fin.

* * *

El martes por la noche fue distinto. No raro ni nada, pero sin duda distinto. Los cuatro nos sentamos en el porche, bajo las estrellas, y charlamos de todo y de nada. Todos bebimos pero no nos emborrachamos, y a mí no me importó. Puede que lo propiciara la placidez del paisaje. O tal vez la compañía. En cualquier caso, no sentí la necesidad de hacer nada más para pasarlo bien y relajarme.

Kyler estaba deseando empezar la carrera de veterinario. Syd no veía el momento de acabar el doctorado, aunque ni siquiera lo había comenzado. Tanner y yo éramos los patitos feos, ambos en pausa hasta la primavera.

No discutimos ni una vez.

Vale. No es del todo cierto. Nos chinchamos, pero al menos no nos enzarzamos en esas discusiones largas y demoledoras que solo concluían cuando yo le amenazaba con poner fin a su capacidad de reproducción. Por más que hubiéramos decidido empezar de cero, yo no creía que nunca superáramos la costumbre de lanzarnos pullas.

Permanecimos despiertos hasta las tantas y, al final de la noche, yo me desplomé en la cama y dormí como un tronco sin necesidad de tomar nada. El miércoles por la mañana, Kyler y Syd prepararon el desayuno antes de partir a su primera aventura en la montaña.

Yo me quedé en casa porque, bueno, los osos. Y los coyotes. Y los ciervos. Y la actividad física. Además, estaba segura de que pararían cada dos por tres para besuquearse y, la verdad, no me apetecía presenciarlo.

Tanner se acercó a grandes zancadas al taburete de la cocina que yo ocupaba. Me estiró un bucle y, recostándose contra la mesa, se inclinó hacia mí.

—Y bien, ¿qué planes tenemos para hoy?

—¿Por qué no has ido a caminar con ellos? —pregunté en lugar de responder. No hacía falta mirarlo dos veces para deducir que se sentía a sus anchas al aire libre.

Encogió un hombro. La desvaída camiseta se le tensó a la atura del pecho.

—No me han dejado acompañarlos, así que tendrás que cargar conmigo.

Me extrañó que hubieran rechazado su compañía, pero, conociendo a Syd, es probable que lo hubiera obligado a quedarse a mi cuidado, al descubrir que yo no iría a la excursión. Sin embargo, tras nuestro pequeño cara a cara del día anterior, pasar el día a solas con Tanner no me parecía tan mala idea.

—Eso parece.

—Sí. Así pues, ¿por qué no subes, te pones el bikini y pasamos el día haciendo el vago y tomando el sol?

Me dispuse a inventar una excusa, pero, habida cuenta de que me había visto envuelta en una toallita de nada, me pareció una tontería andar con tantos remilgos. Pese a todo, titubeé.

—Venga, Andy. —Envolvió mi mano con la suya y me obligó a levantarme—. Pasa un rato conmigo.

Absorta en unos ojos que me recordaban al cielo estival antes de la tormenta, me sorprendí a mí misma asintiendo. Esbozando una sonrisa desenfadada y contagiosa, me atrajo contra su pecho. El contacto con su cuerpo me disparó el corazón, pero él, sin darse ni cuenta del efecto que me provocaba, me rodeó con los brazos. Abrazándome con fuerza, me levantó en vilo y me zarandeó.

Chillé como el juguete de un perro.

—¡Tanner!

—Perdona. —No parecía que lo lamentara en absoluto—. A veces me emociono sin más. —Me devolvió al suelo—. Date prisa. Te espero fuera.

Hice exactamente lo que me pedía para no tener tiempo de arrepentirme. Corrí escaleras arriba, me puse el bikini y me enfundé un vestido tipo tubo de toalla. No me entretuve a mirarme al espejo ni a considerar el hecho de que estábamos jugando a las parejitas. Kyler y Syd, Tanner y yo. A menudo salíamos juntos los cuatro, como es natural, pero nunca antes de ahora había tenido la sensación de que Tanner y yo formáramos una pareja.

¿Pareja?

Solté una risita y me peiné con los dedos para retirarme el pelo de la cara. Al llegar abajo, pasé por la cocina y, sin pararme a pensar, me planté delante la nevera, a punto de echar mano de una cerveza Miller Lite. Supuse que me ayudaría a relajarme, así que me arrodillé para alcanzarla.

Me detuve y resoplé con suavidad. ¿Qué estaba haciendo?

Aferrada al tirador, apreté los labios con desaliento. ¿De verdad necesitaba una cerveza para relajarme? No. No la necesitaba. Me *apetecía*. Hay una gran diferencia. Resoplando con más fuerza esta vez, cerré la puerta de la nevera y retrocedí un paso. Al darme la vuelta, contuve una exclamación.

Tanner estaba en la cocina, delante de la puerta de cristal. Ni siquiera le había oído entrar y no tenía ni idea de cuánto rato llevaba allí plantado, pero estaba claro que me había pillado *in fraganti*.

Me sonrió, y nada en su talante sugirió que me estuviera enjuiciando, pero seguramente lo hizo. Yo me estaba juzgando a mí misma.

—¿Estás lista?

Separándome de la nevera, me acerqué a él y esbocé una sombra de sonrisa según él abría la puerta corredera. Cuando salí, la cálida y brillante luz del sol me inundó. En parte me sentía una persona distinta, como si me hubiera despojado de una envoltura rasposa e incómoda.

Caminando delante de mí con parsimonia, Tanner se despojó de la camiseta. Ay, mi madre. El bañador azul, apenas un par de tonos más claro que sus ojos, le colgaba de las caderas con indecencia. ¿Cómo diablos se mantenía en su sitio? Cuando se volvió hacia mí, desplacé involuntariamente la vista a las hendiduras en forma de V de sus caderas. Dios mío, era imposible no mirar.

Me hizo un guiño, dio media vuelta y se tiró al agua como un maldito profesional. Entornando los ojos, suspiré. Incluso eso lo hacía con elegancia.

Me acerqué al borde de la piscina por el otro lado, buscando las escaleras, y bajé con cuidado de no resbalar y caer nuevamente como una borrica. Tanner nadó hacia el extremo contrario. De espaldas a mí, gritó:

—¿Entras?

Pensando que se daría la vuelta, esperé un momento, pero entonces me percaté de que estaba..., santo Dios, me estaba dando tiempo para quitarme el vestido y su gesto me pareció... el colmo de la delicadeza. Hala, ese gesto sí que era amable por su parte. Me temblaban los dedos cuando me despojé del vestido por la cabeza. Observé el agua y descubrí que Tanner estaba buceando. Con el corazón desbocado, dejé la prenda cerca del borde y, cuando apenas había llegado al primer peldaño, con el agua por los tobillos, la cabeza de Tanner emergió.

Me quedé petrificada.

Nadó hacia la zona poco profunda y sacó el pecho del agua. El sol se reflejaba en su brillante piel, pero no fue eso, sino su manera de contemplarme lo que me arrebató el aliento.

Su mirada se me antojaba una caricia, y todo mi cuerpo vibró en respuesta.

—Andy —murmuró con una voz profunda y queda—. Tengo que confesarte un secreto.

Sintiéndome sofocada y tonta, contuve el impulso de cruzarme de brazos.

—¿Y es un secreto interesante?

—Oh, sí. —Esbozó una sonrisa mínima—. En realidad, Kyler me ha invitado a acompañarlos.

Enarqué las cejas.

—¿Ah, sí?

Tanner asintió.

—He rehusado. Prefería pasar el día contigo.

8

Tanner

Ni aunque hubiera empezado a nevar en ese preciso instante habría sido capaz de apartar la mirada de Andrea. Las curvas que se adivinaban la noche anterior apenas si sugerían la realidad, y yo no estaba preparado para ella.

Andrea no solo era guapa. Era hermosa..., un pibón despampanante.

Mostraba curvas en las zonas apropiadas. Sinuosa allí donde deseas que una mujer lo sea. Tenía unos pechos generosos que la tela del bikini no lograba cubrir del todo, y su cintura se estrechaba para dilatarse a continuación en las caderas, con dulzura. Su cuerpo me recordaba a las típicas modelos *pinup* de la vieja escuela que me obsesionaban en secundaria. Era una maldita diosa y yo ni siquiera lo sabía. El deseo se abatió sobre mí como una apisonadora. Estaba tan quieto, el cuerpo tan tenso, que respirar me requería un esfuerzo imposible. Hasta el último músculo de mi cuerpo vibraba de pura necesidad, de puro deseo de salvar la distancia que nos separaba y rodearla con los brazos para notar su suavidad en la piel.

Jo, estaba loco por ella.

Agitó las manos a la altura de las caderas y luego las hundió en el agua que le lamía los muslos.

—¿Por qué me miras con esa cara?

La pregunta, pronunciada en tono quedo, me recorrió de arriba abajo.

—No puedo apartar la vista.

Las mejillas de Andrea se ruborizaron bajo el sol.

—Qué raro.

—Uy, no, lo raro sería mirar a otro lado. No. No solo raro —decidí—. Sería un maldito sacrilegio.

Sus labios se separaron y entonces sonrió y, carajo, yo me sentí como si me hubiera tocado el premio gordo. Se desplazó despacio por mi lado y yo apreté tanto los dientes que me dolió la mandíbula, al mismo tiempo que ahuyentaba las ganas de alargar la mano y... joder, sencillamente tocarla.

La vi hundirse en el agua, con mi hambrienta mirada clavada en ella según Andrea nadaba hacia el otro extremo de la piscina. Cuando quebró la transparencia del agua y echó un vistazo por encima del hombro, se me disparó el corazón.

Igual que si fuera una especie de sirena, su mera imagen me atraía hacia ella. Acabé a su lado, con los brazos de ambos apoyados en el borde de la piscina, los pies hundidos sin tocar el fondo.

Un nubarrón oscureció el sol y Andrea miró al cielo frunciendo el ceño.

—¿Crees que habrá tormenta?

—No lo sé. —Yo seguía devorándola con los ojos, convertido a esas alturas en poco menos que un acosador—. He visto en las noticias que esta semana habrá tormentas. Estamos en agosto. No me extrañaría.

Sus piernas flotaban rozando las mías. El mero contacto, el leve roce de su piel contra la mía me ponía a cien.

—Espero que no los pille la lluvia. Sé que tenían pensado salir de excursión otra vez el jueves o el viernes.

—¿Y tampoco irás entonces?

Negando con la cabeza, soltó una carcajada. Un bucle resbaló hacia su cara y se le pegó a la mejilla.

—No.

—Yo tampoco.

Acercando la mano a su rostro, tomé el rizo entre los dedos y se lo recogí detrás de la oreja.

Su mirada saltó a mis ojos, una caricia castaña. Había infinidad de preguntas en su expresión. El silencio se alargó mientras nos estudiábamos mutuamente, y yo habría sacrificado un dedo por saber qué pensaba en ese momento. Tenía muy claro lo que yo estaba pensando. Deseo y más deseo. Me moría por besarla. Quería saber si sus ojos se oscurecían cuando sentía placer. Quería saber qué expresión tenía cuando se corría. Y quería saber cómo sonaba mi nombre cuando ella lo gritaba. Entonces apartó la vista y agachó la barbilla. La conexión se había roto.

Jo, tenía que controlar mis pensamientos. Y mi cacharro. Sobre todo mi cacharro, porque, si acaso Andrea miraba hacia abajo, me resultaría imposible disimular hasta qué punto estaba excitado, y no quería que sustituyera «pene» por «*pen*oso».

Buscando algo que alejara mi mente de la erección del siglo, carraspeé.

—¿Y cómo se te ocurrió ofrecerte como voluntaria para un teléfono de ayuda como ese?

Ladeó la cabeza.

—Pues... no lo sé. Supongo que... —Dejando la frase en suspenso, suspiró. Transcurrieron varios segundos, el tiempo que tardó en buscar una respuesta adecuada, o eso me pareció—. Esas personas, ¿sabes?, son como tú y yo. Están pasando una mala racha y, en su mayor parte, solo buscan alguien con quien hablar, alguien que les escuche. Que les oiga de verdad. Eso sé hacerlo.

Presentí que había algo más.

—Pero debe de ser duro.

—A veces —respondió con voz queda. Entornó los ojos cuando el sol asomó nuevamente—. En un par de ocasiones han llamado personas que buscaban hablar. Al principio piensas que será una llamada normal, y de repente te das cuenta de que ya han tomado las pastillas o algo así. Esas... Esas son las más duras —reconoció—. No llegamos a saber qué ha sido de ellas. Si la policía ha llegado a tiempo; si siguen vivas siquiera. Si lo han intentado de nuevo o si han encontrado a alguien más con quien hablar. Y, sí, esa parte es dura, pero ¿qué me dices de ellos? ¿De las personas que llaman? Su situación es infinitamente más complicada que cualquiera de mis problemas cuando respondo a las llamadas.

Yo también había visto lo mío trabajando en el cuerpo de bomberos. Accidentes de coche. Víctimas de incendio. Ahogados en el río. Y a veces nos avisaban cuando la policía o los técnicos de emergencias no podían acceder a una vivienda. Había encontrado un montón de víctimas por sobredosis en esas situaciones.

—¿Y por qué no estudias psicología? —La curiosidad me consumía—. Oyéndote, cualquiera pensaría que esa es tu verdadera vocación.

Esbozó una sombra de sonrisa.

—No sé si soy tan empática como para dedicarme a eso cada día de la semana durante los próximos cuarenta años. Syd, sí. Yo, no.

Yo no estaba tan seguro.

—¿Y tú? —me preguntó—. ¿Por qué quieres ser poli? Te gusta mucho ser bombero, ¿no?

Sonreí de medio lado.

—Es mi sueño. Desde niño.

—¿Por tu padre?

La pregunta me pilló por sorpresa. No sabía que estuviera al tanto de la profesión de mi padre. Se lo habría dicho Kyler.

—Sí, pero no por lo que estás pensando.

Torció el cuerpo hacia mí, con sus muslos de cara a los míos.

—¿A qué te refieres?

Lo último que me apetecía en el mundo era hablar de mi padre, pero empecé a largar de todos modos.

—Walter..., mi padre..., era una porquería de marido y de padre, y un poli todavía peor si cabe.

Andrea me miró de hito en hito, perpleja.

Me reí entre dientes y desvié la vista hacia los bosques que rodeaban la piscina.

—No sabía mantener la bragueta cerrada ni las manos limpias, ¿entiendes a qué me refiero? Hacía la vista gorda si le podían devolver el favor o facilitarle algún chanchullo. Nada de drogas ni porquerías por el estilo, pero te sorprendería lo que la gente es capaz de hacer por librarse de una multa. Cuando era niño, no entendía por qué mi madre lloraba tanto ni por qué me padre no siempre volvía a casa al salir del trabajo. No sabía que era un mal poli; y seguramente no lo habría sabido de no ser por su compañera. Ella me enseñó lo que significa ser un buen policía, respetar el uniforme y tu misión en la sociedad. No me explico cómo aguantó tanto tiempo a mi padre, ni tampoco mi madre, pero si decidí ser policía fue por ella. —Inspiré. Me ardía la punta de la orejas—. Da igual, supongo que quiero ser poli para compensar por lo mal que lo hizo mi padre.

—Hala —exclamó Andrea, posando su mano caliente del sol sobre mi hombro—. No tenía ni idea.

Desplacé la mirada a su pequeña mano, tan elegante y delicada que podría empuñar un bisturí con destreza, no para hundirlo en mi corazón, esperaba.

¿Corazón?

¿Por qué carajo pensaba en mi corazón y en ella haciéndolo papilla?

Y todavía estaba empalmado.

Deslizó la mano a mi antebrazo. Cuando llegó a la muñeca, me la estrechó con suavidad.

—¿Sabes?, no tienes por qué pagar por sus errores.

—Ya lo sé. —Ahora mi voz sonaba más tensa, áspera.

Su sonrisa se ensanchó.

—Pero serás un poli excelente. Eres un buen tío. Casi siempre —bromeó.

Un buen tío no estaría pensando lo que yo pensaba ahora mismo. Para nada. No podía evitarlo. Tenía que acariciarla. Lo necesitaba, tanto, que mi control menguó y por fin estalló. Así que lo hice.

Andrea

Advertí el cambio al instante. Los ojos azul cielo de Tanner mudaron en un tono violento, más intenso, y yo me quedé paralizada, casi incapaz de respirar. Una parte de mí quería sumergirse en el agua, pero era una parte mínima. El resto prefería quedarse donde estaba.

Me dio un brinco el corazón cuando Tanner empezó a moverse, pero no se acercó a mí. Se alejó del borde. Sin embargo, apenas me invadió la decepción, se desplazó hasta colocarse detrás de mí, con los brazos apoyados en el borde de la piscina, junto a los míos.

Inhalé a toda prisa, tensa, con el pecho pegado al resbaladizo lateral. ¿Qué narices estaba haciendo? Mi imaginación dibujó a toda prisa un montón de imágenes picantes mientras las nubes oscurecían el día nuevamente.

Noté su cálido aliento en el hombro cuando habló.

—¿Te puedo decir una cosa?

Cerrando los ojos, asentí.

—Claro.

—Me alegro de que no hayas ido a la excursión. Me gusta tenerte toda para mí.

Despegó una mano del borde y la posó en la piel desnuda de mi costado, bajo el agua. Yo di un respingo hacia atrás y entré en contacto con su poderoso cuerpo. No me moví. Ni siquiera cuando su pecho se elevó bruscamente contra mi espalda.

—¿Quieres?

Todos mis pensamientos huyeron en desbandada cuando su mano se deslizó hacia mi cadera. La pequeña tira de tela no me impidió notar los callos en la palma de su mano.

—¿Andy?

Yo tenía el aliento entrecortado.

—Sí..., sí.

—Me alegro mucho de oírlo. —Desplazó la mano por mi cadera hasta el vientre y se detuvo por debajo del ombligo. Yo no tuve ni tiempo para pensar en esconder la barriga. Tenía la mente en blanco por el contacto y me temblaban los brazos.

—¿Te parece bien? —me preguntó a la vez que desplegaba la mano.

Yo apenas si podía de articular palabra.

—¿Si me parece bien qué?

—Esto. —Se apoyó contra mí. Con la parte delantera del cuerpo pegada a mi espalda, me aferraba por el estómago para mantenerme en el sitio. Notaba su erección en el nacimiento del trasero y la sangre me ardía en las venas.

—¿Lo notas? ¿Te parece bien?

El deseo nublaba mis pensamientos, que se mezclaban confusos. Si bien mi cuerpo estaba listo para el viaje —demonios, iba a bordo un tren que ya había partido—, yo no entendía por qué Tanner quería estar conmigo, por qué me deseaba ahora. Pero no estaba segura de que importase, de que el pasado tuviera cabida en el momento presente. ¿Y cuándo me había parado a pensar en las consecuencias de nada? Obviamente, casi nunca.

Ascendiendo por mi costado, su mano me arrancó escalofríos que se proyectaron a todo mi cuerpo.

—¿Andy?

Por lo general odiaba que usara ese nombre, pero en ese momento habría podido llamarme cualquier cosa y me habría parecido bien, sobre todo teniendo su mano tan cerca del pecho.

—Lo noto —susurré—. Me parece bien.

Emitió un gruñido profundo, salvaje, y creí notar el roce de sus labios en el hombro.

—Gracias. A. Dios. —Su mano se detuvo justo debajo del nacimiento de mi pecho—. Porque, si hubieras dicho que no, me habría echado a llorar.

Una sonrisa bailó en mis labios.

—Qué exagerado.

—No tienes ni idea de lo mucho que deseaba acariciarte. En realidad, me parece que ni yo lo sabía —murmuró, y posó la mano sobre mi pecho—. No lo sabía.

Arqueé la espalda al mismo tiempo que soltaba un gemido.

—Oh, sí...

Me empujó con las caderas y yo temí por un momento hundirme al fondo de la piscina. Una tempestad de sensaciones me inundó, como la tormenta de verano que se preparaba en el cielo. Cerró la mano sobre mi pecho y me palpó con suavidad.

—Daría cualquier cosa por verlas —dijo, al mismo tiempo que deslizaba el pulgar por la cima de mi pecho cubierto—, pero eso tendrá que esperar.

Yo no quería esperar.

Y no tuve que hacerlo.

Con increíble destreza, deslizó los dedos por debajo de la tela del bikini. Sentí un calor explosivo cuando mis pezones se tensaron hasta extremos dolorosos y mi cuerpo chisporroteó, vivo y despierto. No sabía que tuviera los pezones tan sensibles. Normalmente, me traía sin cuidado que me los acariciaran, pero ahora...

Cuando un calambre de placer viajó de mi pecho a mi vientre, lo empujé con la pelvis.

—Tanner.

—Joder. Me encanta que digas mi nombre con ese tono.

Posó los labios debajo de mi oreja mientras me apresaba el pezón entre los dedos.

Yo lancé un gritito, perpleja ante la fuerza de las sensaciones que recorrían mi cuerpo. Me dolía el pecho, lo notaba hinchado de ansia. Sin dejar de palparme, deslizó los labios hacía mi hombro trazando un camino de besos húmedos y calientes.

Agaché la barbilla y abrí los ojos. Aturdida de placer, le miré la mano. Él desplazó las copas del bikini para dejar mis pechos a la vista, por encima del agua pero protegidos tras el lateral de la piscina. En realidad, Syd y Kyler podían regresar en cualquier momento, pero yo no quería que Tanner se detuviese.

—Me moría por verlas. Son preciosas, maldita sea —dijo, besándome el cuello, y yo fui consciente del momento en que levantó la cabeza y miró por encima de mi hombro—. Por favor. *Son* perfectas.

En ocasiones me sentía insegura respecto al tamaño de mis pechos. Syd no entendía por qué y me repetía una y otra vez que ojalá ella tuviera lo que yo tenía, pero los pechos grandes implican mayores problemas. No son respingones como los pequeños. Y unas venas azuladas se transparentan a los lados. La piel se arruga y a veces hace cosas raras. Sin embargo, él me tocaba con reverencia, y entre el contacto de sus dedos y el agua que jugaba con las puntas, mis inseguridades se alejaron flotando a toda prisa.

Tanner murmuró algo contra mi cuello. Su mano izquierda abandonó mi pecho para resbalar hasta el vientre. Cuando la yema de sus dedos alcanzó la goma de la braguita, yo contuve el aliento, y sus minúsculos besos ascendieron por mi cuello con un efecto abrasador.

Él aguardó.

—¿Qué quieres?

Oh, Dios mío. No podía pensar nada más. Una y otra vez. *Oh, Dios mío.* Y luego ya no pensaba nada, mientras su mano se desplazaba por mi trasero, entre los muslos. Sus dedos juguetearon por encima de la tela del bikini, y yo me contraje contra el brazo que usaba para mantenerse a flote.

—¿Qué quieres, Andrea? —volvió a preguntarme con voz ronca.

—Por favor —susurré, y ni siquiera estoy segura de lo que estaba pidiendo, pero mi cuerpo se movía por sí solo, buscando alivio a la tortura que me estaba provocando.

Soltó otra maldición y ahora deslizó la mano por debajo de la fina tela de la braguita. Mientras me besaba la mandíbula, me tocó. Me tocó *de verdad*. Me cubrió con sus largos dedos.

—Eres tan cálida —dijo—. Tan hermosa.

Ay, Dios mío, lo estaba haciendo... allí mismo, en la piscina, a plena luz del día. Estaba sucediendo realmente. ¿Y no le había dicho ayer mismo que no tenía la más mínima posibilidad de pegarse un revolcón? Caray, yo no había opuesto demasiada resistencia, pero le deseaba; le deseaba desde hacía tanto tiempo que no quería pensar en *nada* de lo que pudiera venir después.

Nunca en toda mi vida había estado tan excitada.

No tuve ocasión de expresar en voz alta ninguno de esos pensamientos. Presionó con el pulgar el haz de nervios y yo grité su nombre, temblando cuando un placer inaudito me inundó con violencia. Él ni siquiera me hundió el dedo, ni tan solo lo intentó. Empleó la presión mientras amasaba mi centro con el otro dedo.

—Andrea. —Su voz sonó ronca, primitiva en mi oído. Yo movía las caderas contra su mano, casi con frenesí, y gemí, al borde del clímax.

—Venga. Suéltate.

Y lo hice.

Me solté. Cada músculo de mi cuerpo se tensó y el éxtasis me azotó con tanta fuerza, tan súbitamente, que me quedé sin aliento y mareada, inundada de una sensación de libertad que la botella nunca podría proporcionarme. Mis brazos perdieron cualquier consistencia y yo me habría hundido en el agua de no ser por Tanner, que presionaba mi cuerpo para sostenerme contra el borde de la piscina.

Eché la cabeza hacia atrás, contra su hombro, con la respiración desatada según el pulgar de Tanner dejaba de moverse. Ni siquiera sé cuánto tiempo pasó antes de que extrajera la mano de la braguita, pero yo todavía lo notaba contra mi cuerpo, duro y prácticamente ardiendo. Me ajustó el bikini sin pronunciar palabra, demorando el contacto del modo más delicioso.

—Tú —le dije con voz ronca a la vez que me humedecía los labios—. ¿Y tú?

Se desplazó hacia atrás lo justo para que pudiera darme la vuelta entre sus brazos. Privada de apoyo, me aferré de sus hombros. Mis ojos buscaron los suyos y permanecieron ahí. Me clavó la mirada un instante. Entonces nuestras piernas se enredaron y él se pegó a mí. Sentí su contacto, justo contra mi centro. Un extraño sonido brotó de mis profundidades, en parte gemido y en parte deseo.

—¿Yo? —Apoyó la frente contra la mía. Sus caderas trazaron el más increíble y lascivo de los contoneos—. Yo puedo...

Una luz súbita e intensa surcó el cielo. Di un respingo, y Tanner me sujetó con más fuerza. Al cabo de un momento, un trueno retumbó con tanta fuerza que me repiquetearon los huesos.

—Ay, Dios mío —exclamé con los ojos muy abiertos.

Tanner ya me estaba dando la vuelta. En un impresionante alarde de fuerza, me levantó con un solo brazo.

—Tenemos que salir del agua antes de que acabemos fritos.

No sería yo la que lo discutiera, para nada.

Salimos de la piscina y yo me detuve a recoger el vestido en el mismo instante en que una nube lanzaba su gélida descarga. Grité. Tanner soltó una carcajada y, agarrándome del brazo, me obligó a correr por la plataforma, ambos resbalando por los charcos que rápidamente se formaban sobre la madera.

Ninguno pronunció palabra cuando nos miramos en el frío interior de la casa, empapados y chorreando. Pero no había nada que decir. La verdad estaba allí al descubierto, entre los dos.

Todo había cambiado.

9

Tanner

Nos miramos según la borrasca arreciaba en el exterior y el trueno estallaba con tanta fuerza que las ventanas tintineaban. La tormenta era un reflejo de lo que yo sentía por dentro. Aún sentía cosquillas en los dedos, allí donde mi piel la había tocado, y ella tenía las mejillas arreboladas, los ojos todavía brillantes de placer.

Maldita sea, estaba más duro que una piedra.

Quería acercarme a ella, pero Andrea trastabilló hacia atrás y se enfundó el vestido a toda prisa por la cabeza. Una vez que se hubo tapado, tragó saliva con dificultad a la vez que miraba por la ventana. La lluvia se encharcaba en el porche.

—Cielos —exclamó con voz chillona—. Syd y Kyler están ahí fuera con la que está cayendo.

—No les pasará nada. Kyler se asegurará de eso.

Me lanzó una mirada rápida por encima del hombro. Un recelo nervioso había sustituido la pasión en su semblante.

—Y también Syd. Sabe cuidar de sí misma.

—Yo no he dicho lo contrario.

Me pasé las manos por el empapado cabello y eché mano de una toalla olvidada en el respaldo de un taburete. Escurrí toda el agua que pude de mi pelo y luego tiré la toalla al charco que había dejado a mis pies. El vestido de Andrea absorbía la humedad de su cuerpo y se le adhería a las curvas de un modo tan sensual que se me hizo la boca agua, pero ella ya había dado por terminada la diversión.

No se lo reprochaba. Yo no había planeado nada de eso. Vale. Quizá sí tenía pensado besarla, pero no creía que llegaríamos tan lejos, y eso que al final ni siquiera nos habíamos besado. Cuando se dio media vuelta, evitando mi mirada, me pregunté qué estaría pensando.

—Creo que voy a echarme una siesta —anunció, todavía sin mirarme.

Me dio un vuelco el corazón.

—Andrea, lo que ha pasado...

—Tranquilo. O sea, ha sido genial. —Se le encendieron las mejillas según rodeaba la isla para no pasar junto a mí—. No tenemos que hablar de ello ni nada.

Frunciendo el ceño, la seguí por la cocina.

—Pero yo *sí* quiero hablar.

Ella se encaminó a la sala, pero se detuvo al llegar a la escalera.

—Ningún chico quiere hablar de... lo que sea. No me hago unas ilusiones locas, así que no hace falta que me aclares las cosas ni nada parecido.

Abrí la boca de par en par.

—¿Qué?

Su cara estaba tan colorada como el pelo.

—Ya sé que lo que ha pasado entre nosotros no significa nada. Sé que no...

—¿Perdona? —Alcé la voz, infinitamente molesto—. ¿No significa nada?

El desconcierto arrugó su bonito rostro cuando se detuvo al pie de las escaleras.

—¿Significa algo?

¿Que si significaba algo? Maldita sea, la miré con atención y lo único positivo que saqué en claro fue que mi intensa y durísima erección se había esfumado.

—Pues claro que no —le espeté.

Andrea se encogió. Mierda, *se encogió* como si hubiera herido sus sentimientos o algo. Asintió entrecortadamente, dio media vuelta y subió las escaleras a toda pastilla, descalza como iba. Yo salí corriendo también, en parte por miedo a que se partiera la crisma y en parte para seguirla.

Sin embargo, me detuve, consciente de que estaba demasiado enfadado como para entablar una conversación que no derivara en pelea. Regresé cansinamente a la cocina y me planté ante las puertas de cristal con los brazos en jarras.

¿Pero qué narices? ¿No significaba nada? ¿Por quién me había tomado? ¿Por el típico que le tira los tejos a la primera que pilla para conseguir un polvo y unas risas? Bueno, seguramente era eso lo que pensaba.

—Mierda —gemí, agachando la barbilla.

Si se basaba en lo que sabía de mí —en lo que había visto cuando salíamos por ahí—, yo no era mejor que un ligón oportunista. Diablos, ¿por qué se iba a considerar distinta al montón de chicas que la habían precedido? Pero ella era distinta y tenía que saberlo, maldita sea. No se me ocurriría tontear con una amiga de Sydney. Eso saltaba a la vista, porque, de ser así, habría intentado meterme entre esos bonitos muslos la primera vez que me soltó una impertinencia.

Al oír unos ruidos en la puerta principal, me di la vuelta y avisté a Kyler y a Sydney. Viéndolos, pensarías que habían cruzado un río a nado para llegar allí, pero sonreían.

—Mierda —dijo Kyler al mismo tiempo que dejaba la mochila junto a la puerta de cristal. Riendo, agitó la cabeza para librarse del agua. Las gotas salieron disparadas en todas direcciones—. Qué locura de tormenta.

—Sí —murmuré yo, encaminándome a la nevera—. Ha estallado de repente.

Sydney se acercó al fregadero para escurrirse la melena.

—Hemos consultado las previsiones antes de salir. No anunciaban lluvia hasta la noche.

—Ni siquiera hemos llegado muy lejos —se quejó Kyler—. En cuanto hemos visto los nubarrones, hemos dado media vuelta.

Extraje una botella de agua de la nevera y me obligué a prestar atención a la conversación pero, sinceramente, me importaba un carajo.

Sydney se irguió y se dio media vuelta con expresión extrañada.

—¿Dónde está Andrea?

—Ha ido a echarse una siesta. —Estrujé la botella de agua hasta arrugarla.

Enarcó las cejas.

—Mejor voy a saludarla.

Me llevé la botella a la boca. No tenía ni idea de lo que Andrea le iba a contar a Sydney. Solo Dios lo sabía. Cuando sus pasos se perdieron escaleras arriba, Kyler me miró.

—¿Qué pasa?

—El tiempo —repliqué yo.

Puso los ojos en blanco.

—¿Nos hemos perdido algo interesante?

Si pensaba que le iba a contar algo, lo tenía claro.

—Hemos pasado un rato en la piscina, antes de que empezara a llover.

—Ya. —Una expresión perspicaz asomó a su rostro—. Supongo que Andrea estaba agotada tras el esfuerzo de tomar el sol.

—Supongo —musité yo, y apuré el agua—. Tengo que quitarme esta ropa mojada.

Kyler dijo algo, pero yo no le prestaba atención. Subí las escaleras mientras los truenos seguían retumbando en el exterior. Estuve a punto de encaminarme al cuarto de Andrea, pero supuse que Sydney estaría con ella. Despojándome del bañador empapado, eché mano de unos pantalones cortos y me los enfundé. Me senté al borde de la cama y resoplé enfadado.

Masajeándome las sienes, cerré los ojos. Por lo visto, no daba pie con bola en lo concerniente a Andrea. Sí, me deseaba y hoy lo había demostrado, pero eso no implicaba que quisiera más. Espera un momento. ¿Yo quería más? Ya conocía la respuesta.

—Joder —murmuré.

Esa única palabra lo resumía todo.

Andrea

La tormenta amainó una pizca y luego regresó con furia. La lluvia azotaba el tejado y la piscina empezaba a desbordarse. El agua, tras rebosar los bordes, se colaba por los tablones de la plataforma. Los rayos rasgaban el negro cielo y los truenos sacudían la cabaña.

Yo me quedé junto a la ventana, viendo iluminarse el cielo como si alguien disparara fuegos artificiales desde la cumbre de Seneca Rocks. Resoplé y observé cómo el vaho de mi aliento empañaba la ventana.

Pues claro que no.

Cerré los ojos con fuerza e intenté borrar de mi mente esas tres palabras. En ningún momento había considerado en serio que el súbito interés que Tanner mostraba hacia mí tuviese futuro. Era... un tipo muy masculino, y yo me había tornado plastilina en sus manos. Literalmente. No debería arrepentirme, pero lo hacía.

Siempre me pasaba lo mismo.

Porque, por una vez, quería ser..., quería ser algo más que un rollo de un día. Quería sentir... que valía más que eso. No quería experimentar la necesidad de bajar a hurtadillas a buscar una copa. No quería sentirme así. Apoyando la cabeza contra el cristal, suspiré.

Lo cierto es que deseaba estar con Tanner. Quería perderme en él, entregarle una parte de mí misma y no pensar en nada más allá de ese momento.

La cena no resultó demasiado incómoda, por cuanto Tanner parecía haber olvidado que yo estaba sentada en la misma habitación que los demá y después todos bajamos a la sala de juegos. Los chicos se enzarzaron una partida épica de hockey de mesa, pero yo me marché al cabo de un rato, alegando que estaba agotada. No me volví a comprobar si Tanner se percataba de que me iba, pero estaba segura de que no.

El discursito que le había largado en la cocina sobre no darle importancia a lo sucedido pretendía a despejar el ambiente, pero ahora tenía la clara sensación de que había empeorado las cosas. Además, era mentira. Sí que tenía importancia. Su manera de acariciarme, su manera de tocarme, habían borrado cualquier las experiencias anteriores. Me habían ayudado a olvidar. Todo. Y eso no tiene precio. Las oportunidades como esa no se dejan escapar.

Sin embargo, tenía la sensación de que la había fastidiado sin querer.

Me alejé de la ventana, me senté al borde de la cama y estiré las piernas. Era mi especialidad. Estropear las cosas sin proponérmelo. Igual que cuando cambié de carrera. Si me hubiera pasado al grado de enfermería, no habría tenido la sensación de tirar por la borda casi cuatro años de educación. Podía encontrar otros ejemplos, pero tampoco me apetecía hundirme en la miseria. Me levanté y me encaminé al tocador, donde había dejado el bolso. Lo abrí y rebusqué entre los frascos rojos hasta encontrar el que contenía pastillas para dormir. Acababa de extraer la tapa cuando oí unos suaves golpes en la puerta de mi dormitorio.

Supuse que sería Syd, así que devolví el frasco al bolso y me dirigí a la puerta para abrirla. Agrandé los ojos.

No era Syd, *para nada.*

Tanner ocupaba el umbral, con las manos plantadas en la jamba, la cabeza gacha. Tardó un instante en levantar la barbilla. Sus ojos exhibían un tono azul cobalto y una expresión intensa cuando buscaron los míos. Me quedé sin aliento.

—Te he mentido —dijo.

—¿Qué?

Soltó el marco de la puerta y se irguió.

—Antes te he mentido. Lo que ha pasado entre nosotros en la piscina sí ha significado algo para mí.

10

Tanner

En el instante en que esas palabras salieron de mi boca, supe hasta qué punto eran sinceras y que ya no podría desdecirme.

No tenía pensado pasar por el cuarto de Andrea cuando subí, pero parece ser que mi cerebro echó la persiana y yo acabé ante su puerta sin darme ni cuenta. No podría conciliar el sueño si ella seguía pensando que me importaba dos pimientos.

Y ahora allí estaba, y Andrea me miraba como si nunca antes me hubiera visto, y yo no tenía ni idea de qué pensar al respecto, pero transcurrió un segundo tenso y Andrea retrocedió un paso, y luego otro.

Consideré su gesto una invitación.

Entrando en su dormitorio, le sostuve la mirada.

—Dime que para ti no ha significado nada y fingiré que no ha sucedido. Solo tienes que decirlo, Andy. Si quieres, lo olvidaremos todo, pero si no es así, si ha sido importante para ti, ni de coña voy a comportarme como si no pasara nada.

Su pecho se desplazó bruscamente cuando levantó las manos para recogerse los bucles detrás de las orejas.

—Tanner, yo... —Cerró los ojos un momento—. Ha significado algo para mí, pero...

—No tiene que haber ningún «pero» ahora mismo —la interrumpí, sintiéndome como si me hubiera tocado la maldita lotería. Estaba hablando a la desesperada—. ¿Vale? No tenemos que...

—¿Pensar más allá del ahora? —susurró con una voz tan queda que apenas si pude oírla. Levantó las pestañas—. Yo no puedo pensar más allá del ahora.

Sinceramente, no sabía a qué se refería con eso, pero entonces enredó las manos con la orilla de su camiseta. Se me paró el maldito corazón cuando se despojó de la prenda por la cabeza. La tela resbaló por sus dedos y cayó al suelo.

Andrea llevaba un sujetador blanco con un delicado encaje alrededor de las copas y un minúsculo lazo en el centro. La había visto en bikini, así que su aspecto en ropa interior no habría debido pillarme por sorpresa, pero la sensación fue distinta. Más íntima. Tenía otro significado.

Cerré la puerta a mi espalda, respirando con dificultad, como si acabara de correr dos kilómetros. Incapaz de apartar la mirada, pensé que jamás vería nada tan hermoso como lo que tenía delante, esa imagen de Andrea allí de pie. Por mucho que me costase, tenía que decirle que no había llamado a su puerta para meterme entre sus piernas.

—Andrea, yo no...

—No. —Su pecho se elevó con otra respiración, que tensó las copas del sujetador—. No hace falta que hablemos.

—Yo creo que sí —mi voz se había tornado más profunda, más ronca.

Sacudiendo la cabeza, Andrea caminó hacia mí con un paso lento e insinuante. Yo estaba clavado al suelo. Se detuvo cuando sus pies rozaron los míos.

—No recuerdo haberte besado. —Buscando mis ojos, echó la cabeza hacia atrás—. Y tú no me has besado hace un rato.

—Es verdad—. Yo apenas si reconocía mi propia voz.

Andrea posó las manos en mi pecho y yo noté el suave temblor que las recorría.

—Quiero besarte y recordarlo.

Maldita sea.

—Yo también quiero que te acuerdes.

Cuando se inclinó hacia mí, sus senos presionaron mi pecho. Tenía las mejillas encendidas.

—¿Me vas a besar ahora?

Jo, tío, yo no tenía pensado nada de esto cuando había subido. Solo quería hablar con ella. Aligerar el ambiente y aclarar mi postura en relación con lo nuestro. Pero tampoco era un santo. Mi fuerza de voluntad escaseaba en los días buenos, y ahora mismo mi autocontrol acababa de romperse como una goma demasiado tensa.

Mi mano buscó su cadera mientras la otra rodeaba su nuca para incitarla a echar la cabeza hacia atrás. Posé los labios sobre los suyos y esta vez... sí, fue un beso *de verdad*.

Noté su boca dulce y suave contra la mía y, cuando abrió los labios, no saboreé la menor traza de alcohol. Diablos, no, el sabor era cien por cien Andrea e igual de dulce. Deslizó una mano hasta mi hombro y cerró los dedos contra mi camiseta mientras yo le pasaba la lengua por la línea de los labios.

Abrió la boca y yo me perdí en el interior. Jo. La calidez de su boca me incendiaba. Su manera de pegar el cuerpo al mío me ponía a cien. Y el tacto de su piel cálida y desnuda contra mi mano según acariciaba el contorno de su cintura me estaba matando.

Poniéndose de puntillas, acercó sus caderas a las mías, y cuando la restregó contra mi cuerpo, gemí sin dejar de besarla. Como si una nube hubiera empañado mis pensamientos, me inundaba la necesidad de darle placer de nuevo, de oír sus grititos junto al oído y de notar cómo su cuerpo se derretía de un modo infinitamente hermoso una vez más.

La guie de espaldas, directamente a la cama, y la empujé para que se tendiera conmigo. Me miró con las mejillas encendidas, el pecho subiendo y bajando con fuerza sin despegar los ojos de mí. Me despojé de la camiseta y la lancé hacia atrás.

Andrea bajó la vista hacia mi pecho y yo me erguí para que pudiera contemplarme a sus anchas. Me gustaba; mierda, *me encantaba* su manera de mirarme como si fuera a llegar por la vista únicamente. A mi ego le sentaba de maravilla.

Me incliné hacia ella, planté las rodillas a ambos lados de sus caderas y deslicé las manos por debajo de su cintura. Separé su espalda de la cama y la desplacé hacia arriba para que las piernas no le colgaran por el borde. Y ahogué su exclamación sorprendida con un beso cuando me tendí a su lado.

Envolviéndole la mejilla con la mano, empujé su rostro hacia el mío y alargué el beso hasta que nos faltó el aire.

—Maldita sea, Andrea, podría vivir del sabor de tu boca.

—Eres un cuentista —susurró ella, y buscó mis labios nuevamente.

Sujetándole la cara con más fuerza, la detuve.

—*No* soy ningún cuentista. —Le acaricié el labio inferior con el pulgar—. Te lo voy a demostrar.

Ella tragó saliva con dificultad.

—A ver si es verdad.

Sonreí de medio lado.

—Pero mírala. Qué mandona.

—Mucho hablar pero no me estás demostrando nada..

Se me escapó una risa.

—Muy bien, tú lo has querido.

Antes de que pudiera contestar, me apoderé de su boca una vez más, con más ímpetu que antes, para dejarle muy clara mi posición. Nuestros labios se mezclaron, nuestros dientes entrechocaron. Me habría preocupado de no ser porque su mano, curvada en torno a mi cuello, me pedía más.

Con el pulso desbocado, despegué la mano de su barbilla y la desplacé por el delicado arco de su garganta y entre los pechos. Seguí bajando hasta alcanzar la cintura de sus vaqueros. Desabroché el botón. Acto seguido liberé los tirantes del sujetador, primero uno y luego otro. Mientras mi lengua se retorcía en torno a la suya, aferré el sujetador por el centro y se lo arranqué. Ella profirió ese maravilloso gemido y lo devoré al instante.

Yo era puro fuego cuando alcé la cabeza para romper el beso. Bajé la mirada. Hostia. Por más veces que hubiera imaginado el aspecto de sus pechos, ninguna de mis fantasías se podía comparar con la realidad. Eran llenos y perfectos, con las aureolas sonrosadas, las puntas duras. Acaricié el pezón con el dedo pulgar y quise gritar cuando, arqueando la espalda, Andrea despegó los labios para emitir un suave gemido.

—Eres preciosa. Jo, qué guapa eres —le dije a la vez que jugueteaba con la pequeña protuberancia. Mi cuerpo se tensó cuando volvió a soltar el gemido. Agaché la boca y rodeé el pezón con la lengua, a punto de golpearme el pecho con los puños cuando ella gritó y me aferró la nuca con fuerza para que no me detuviera.

La absorbí con todo mi ser, deleitándome en los maravillosos gemidos y grititos que escapaban de sus labios. Estaba en el séptimo cielo cuando desplacé la boca al otro pecho y palpé el peso del primero, pero quería usar los dedos para mucho más.

Alzando la cara, le rodeé la muñeca con la mano para guiar la suya hacia su seno. Sus ojos se oscurecieron cuando le cerré los dedos en torno a la carne.

—Tanner —susurró con las mejillas encendidas.

Me humedecí los labios.

—Mírate. —Envolví sus dedos con la mano para incitarla a masajear su propio pecho—. Nunca olvidaré el aspecto que tienes ahora mismo.

Ella respiraba con dificultad mientras yo usaba sus dedos para pellizcar el pezón.

—¿Qué..., qué haces? —me preguntó.

—Hacer realidad una fantasía. —La punta de su pecho se endureció aún más si cabe, y yo acerqué la boca para saborearla—. No retires la mano. Promételo.

—Yo...

La miré a los ojos.

—Promételo.

Andrea temblaba.

—Lo prometo.

Cubrí sus labios con mi boca, ronroneando de satisfacción al ver que seguía acariciándose el pecho. Al principio titubeó, pero no se detuvo cuando deslicé la mano por su vientre hacia la cintura de los vaqueros. Exploré por debajo de las braguitas y, cuando palpé la humedad entre los muslos, estuve a punto de perder la cabeza.

—No dejes de tocarte —ordené un segundo antes de introducir un dedo en su calidez—. Maldita sea, no pares.

Ahora respiraba entrecortadamente.

—No lo haré... si tú no paras tampoco.

—Nada en este mundo podría obligarme a parar.

Y era la pura verdad. Nada en absoluto. Desplacé la mano de modo que la palma presionara esa zona que la volvía loca. Devoré sus labios y su lengua como un hombre hambriento y la penetré con los dedos. Estaba tan tensa, tan húmeda y perfecta que podría haber llegado al final sin bajarme siquiera los pantalones.

Creo que no me habría importado.

Cuando introduje otro dedo, las caricias a su pecho se intensificaron, y yo alcé la vista para mirarla.

—La hostia —gruñí. Estaba soñando. Tenía que estar soñando.

Mis dedos penetraban su cuerpo y noté que empezaba a temblar, y quería beberme su grito cuando llegara. Busqué su boca cuando levantó las caderas al ritmo de mis embestidas. Los movimientos se tornaron frenéticos según ella se tensaba en torno a mis dedos. El primer espasmo me sorprendió restregándome contra su muslo. Andrea había despegado la cadera de la cama y todo su cuerpo empezó a temblar. Yo empujé una pierna entre las suyas, montado sobre ella, imitando sus movimientos.

Estaba entregado a Andrea.

Arqueó la espalda y dejó de moverse cuando llegó al final. Sus músculos internos encerraron mis dedos. Yo ahogué sus gritos con la lengua, pero los sentía en cada célula de mi ser. La acompañé hacia la cama y apacigüé el movimiento de los dedos cuando ella se dejó caer en el colchón. Despegando la mano del pecho, la posó lánguida en la cama, junto al muslo.

Retirando los dedos de su cuerpo, la besé con suavidad. Diablos..., con ternura. Sí, fue un beso tierno. Un lento roce de labios contra labios, a pesar de que me hervía la sangre y de que estaba tan empalmado que me dolía. Pero cuando me incorporé para mirar su congestionado rostro, me quedé absorto en los labios abiertos y en las densas pestañas que acariciaban las mejillas. Supe en ese momento que nunca me cansaría de ella. Comprendí, por absurdo que parezca, que no había otra como Andrea.

Y, por brutal que suene mi manera de expresarlo, era verdad pese a todo. Andrea era *mía*.

Andrea

Recuperé los sentidos despacio, con los músculos exangües y un hormigueo en la piel. Ninguna bebida ni medicamento podía proporcionarme una sensación de paz, de calma, como la que experimentaba ahora mismo.

Tanner me besó la comisura del labio y dibujó una estela de besos cálidos y minúsculos por mi garganta, hasta el hombro. Si no llevaba cuidado, acabaría por volverme adicta a eso.

Abrí los ojos con languidez. Miré mi cuerpo —nos miré a los dos— y perdí el poco aire que aún retenía en los pulmones. Por debajo de Tanner asomaba uno de mis pechos, la curva de mi vientre y, siguiendo la trayectoria de su brazo, su mano. Ahora asomaba entre mis piernas. Tragué saliva con dificultad. Cielos, la imagen de nuestros cuerpos quedó grabada a fuego en mi mente.

Acariciándome la barriga y la cintura, Tanner se desplazó, y su erección fue más que evidente. Estaba *muy* excitado. La había notado antes, en la piscina y cuando estaba pegado a mí, hacía un momento. Dura y poderosa, y era la segunda vez que me llevaba al paraíso sin buscar su propio placer.

Yo no había podido pensar en nada más que en su presencia en mi habitación, diciendo lo que había dicho. Cuando me miraba con esa expresión, cuando me tocaba como lo hacía, me abandonaba la sensación de que sostenía la realidad con la punta de los dedos. Me sentía segura de mí misma, sofisticada, valiosa y guapa. Me sentía feliz y tangible. Por encima de todo, me sentía normal.

Sin embargo, una parte de mí era consciente de que me estaba metiendo en algo estúpido y peligroso. Tanner me había asegurado que lo sucedido entre los dos era importante para él, es verdad, pero eso no implicaba que fuera a quedarse una vez que supiera más sobre mí. No lo haría, estaba segura.

Y no esperaba que lo hiciera, no si arrancaba unas cuantas capas más. En ocasiones mi cabeza no funcionaba a derechas, y lo último que necesitaba nadie era enredarse en ese tipo de problemas.

Pese a todo, dejando de lado toda sensatez, le empujé los hombros para que se tendiera de espaldas, a mi lado.

—¿Qué haces? —me preguntó con su voz sensual y profunda.

—Devolverte el favor.

Me senté y le pasé una pierna por encima. Posó las manos en mis caderas, con tiento.

—No tienes que hacerlo.

Echando un vistazo a la tirantez que delataban sus pantalones de deporte, enarqué una ceja.

—Más bien sí. —Mordiéndome el labio, me acomodé a horcajadas sobre sus piernas—. A menos que no tú no quieras.

—Nena, yo quiero hacer lo que a ti te más te apetezca —me dijo, con una mirada pesada—. Y, créeme, me encantaría que hicieras lo que sea que estás pensando, pero no te sientas *obligada*.

Ay, Dios, agaché la barbilla cuando noté un picor en la garganta.

—No *espero* que lo hagas.

Mantuve la mirada gacha mientras tragaba saliva para deshacer el nudo de mi garganta. No podía ni recordar la última vez que un chico no esperaba eso de mí tras un par de copas y unas cuantas palabras bonitas. Diablos, no podía ni recordar la última vez que alguien me había dado placer antes de hoy, y menos con tanta facilidad como con él.

—Quiero hacerlo —respondí en tono desenfadado.

Emitió un sonido profundo que me hizo vibrar la sangre.

—Pues soy tuyo.

Ojalá.

Empecé a ponerme el sujetador, pero me detuvo.

—Me gustas así —declaró, con los ojos como fuego azul—. Nunca olvidaré lo guapa que estás.

Respiré entrecortadamente.

—Quién iba a pensar que tuvieras siempre las palabras adecuadas.

—Ya. —Rio por lo bajo—. Normalmente estoy mejor calladito.

Esa frase servía para los dos, pero yo no estaba para charlas. Éramos un desastre en ciernes pero, según descendía por su cuerpo, no podía detenerme. Ninguno de los dos podía. Ya lo pensaría más tarde. Se me daba bien dejar las cosas para luego. Se me daba de maravilla.

Noté sus pectorales duros y suaves contra mi boca. Saboreé su piel y me deleité en la mezcla salobre mientras me abría paso a besos hacia sus abdominales. Cerrando los ojos, dibujé un trazo húmedo hasta la goma de sus pantalones. Su cuerpo se me antojaba una obra de arte: duro y parecido a seda extendida sobre acero. Habría dedicado la vida entera a admirarlo.

Le bajé los pantalones con tiento y él levantó las caderas para ayudarme.

—¿Has visto qué servicial soy? —bromeó.

—Qué raro —murmuré con una risita.

La risa se apagó en mis labios cuando lo contemplé a mis anchas por primera vez. Con los pantalones bajados a la altura de los muslos, se mostraba en toda su gloria. Y, madre mía, qué gloria. Cada parte de su cuerpo competía en tamaño, y esa en concreto era enorme.

Le acaricié con un dedo, hacia abajo, y sonreí cuando todo su cuerpo se crispó ante el contacto.

—¿Te gusta?

—La respuesta es un inmenso sí.

Sonriendo, cerré la mano en torno a la base. Noté su latido contra mi palma. Yo sabía qué hacer. Lo había hecho antes, muchas veces, cuando no quería... Bueno, esas otras veces no importaban, porque ahora sí lo deseaba. Quería *hacerlo*.

Desplacé la mano a un ritmo lento, mirando a Tanner a través de las pestañas. Él tenía los ojos casi cerrados, la mandíbula tensa. Seguía mi ritmo con las caderas. Me resultaba todo tan natural que no pensé en nada cuando agaché la cabeza. Mis pezones rozaron sus muslos cuando hice girar la lengua por la parte gruesa.

Tanner gimió con toda su alma:

—Sí.

Sí. Sí. La palabra resonaba en mi mente una y otra vez. Cerré los labios sobre su erección y la hundí en mi boca. Sin dejar de recorrerlo con la lengua, la absorbí más adentro.

—Mierda. Tu boca —gimió—. Qué gusto. Maldita sea. No voy a durar nada.

Me habría reído, pero estaba demasiado concentrada en el acto de complacerle. Esto, por lo general..., se me antojaba un trabajo. Con Tanner me resultaba sensual y prometedor. Mutuo. Dar y recibir. Sexy y hermoso.

Enredó los dedos en mi cabello, pero no dirigió mi movimiento, y eso fue... una diferencia de agradecer. Se movía, agitaba las caderas, pero se contenía, y tenía razón, no duró demasiado.

—Estoy a punto. —Intentó retirarse, pero no le dejé. Cerrando los ojos, lo hundí hasta el fondo—. Andrea —gimió, con las caderas en vilo.

Nunca olvidaré la sensación de tenerlo dentro cuando llegó al final. El sabor almizclado y salobre, sus latidos y su manera de sujetar mi cuello con suma suavidad; fue tan estremecedor como el placer que él me había proporcionado a mí.

Cuando suavicé los movimientos y levanté la cabeza, descubrí que me miraba con los ojos muy abiertos de un modo que no supe descifrar. No cambié de postura cuando él se sentó y me rodeó el rostro con las manos, y estoy segura al cien por cien de que no respiré en el instante en que me arrastró contra su pecho y me besó. Y no fue un beso mínimo. Fue tan profundo y abrasador que me incendió.

Nos despegamos por fin. Tanner apoyó la frente contra la mía y soltó un breve suspiro.

—Bueno, Andy, esta ha sido, con mucho, la mejor excursión a una cabaña *de mi vida*.

Una sonrisa pausada bailó en mis labios antes de extenderse por toda mi fisonomía, antes de que mudase en una sonrisa de verdad. Instantes después me estaba riendo a carcajadas, y tuve la sensación de que me reía con ganas por primera vez en mucho tiempo.

11

Andrea

Nos quedamos tendidos, juntos, con las cabezas apoyadas en la profusión de almohadones que se amontonaban en la cabecera de la cama. El sujetador había regresado a su sitio por fin y me había enfundado la camiseta otra vez, pero Tanner seguía exhibiendo su impresionante torso desnudo y a mí me parecía bien.

En algún momento había bajado a buscar dos refrescos. Yo solía tomar *light*, pero me bebí el clásico tan ricamente. También había traído una porción de queso que cortó con los dedos, y es muy posible que me enamorara de él una pizca en ese momento.

Porque el queso equivale a felicidad.

No tenía la menor idea de dónde andaban Syd y Kyler. Tampoco sabía si sospechaban que mi dormitorio acababa de convertirse en un antro de perdición, pero intentaba no pensar demasiado, porque pensar me llevaba a estresarme y el estrés me inducía a hacer tonterías.

Tanner me estaba contando cómo habían discurrido algunos de los avisos que había atendido en el cuerpo de bomberos. Los divertidos, como una pareja que se quedó encerrada en el balcón, los dos desnudos como llegaron al mundo. O un niño hiperentusiasta, que acababa de aprender en el colegio qué hacer en caso de emergencia y quiso demostrárselo de sus padres.

Se reía mucho, y a mí me encantaba que lo hiciera. Tenía una risa agradable, que había procurado obviar anteriormente, pero ahora podía sonreír cuando la oía. Había tardado en darme cuenta de que siempre estaba riendo. Solo tenía que espabilarme y prestar atención.

—¿Y qué te dijeron tus padres cuando decidiste cambiar de carrera?

Agrandé los ojos.

—Madre mía, alucinaron. Piensan que he tirado toda mi educación por la borda y que hacerme maestra equivale a arruinar mi vida.

—Yo no creo que ser maestro sea arruinarse la vida —objetó—. Además, es una profesión tan importante como la de médico.

Levantando una mano, froté el índice contra el pulgar.

—Es cuestión de dinero. Los maestros ganan menos.

—¿Y eso es lo único que les importa?

¿Lo era?

—Es una pregunta difícil, la verdad. El dinero les importa. Pero no creo que sea lo único. —Fruncí apenas el ceño—. Creo que quieren asegurarse de que... pueda vivir bien, ¿sabes? Que no voy a pasar estrecheces.

—Es comprensible, pero si eres maestra tampoco te vas a morir de hambre.

Me reí con suavidad a la vez que doblaba una pierna.

—Sí, y también les hacía ilusión que fuera cirujana plástica, como ellos. Eso pensaba hacer Brody. A menos que decidiera especializarme en intervenciones de emergencia, me habría pasado la vida arreglando narices y aumentando tetas.

—¿Brody ha cambiado de idea? Aún estudia medicina, ¿no?

La sorpresa revoloteó en mi interior. Me extrañó que recordara los estudios de mi hermano. Lo había visto una vez, pero brevemente.

—Ya no quiere ser cirujano plástico. Se ha pasado a trauma. Le van las emociones fuertes, creo yo.

Y también pienso que le atraía el complejo de Dios que acarrea el trabajo. Le va que ni pintado.

—Mis padres lo han aceptado —proseguí, agitando los dedos de los pies—. A regañadientes, pero, oye, al menos Brody no los ha decepcionado, así que se aferran a eso.

Ladeando la cabeza, me miró.

—Tú tampoco los has decepcionado.

Lo declaró como si estuviera convencido de ello, pero yo sabía la verdad. Los había decepcionado. Algún día lo superarían, y sin duda no era la única de mis decisiones que les molestaba o les molestaría en el futuro. Pero en realidad no quería pensar en eso.

Era tan... distinto estar así con Tanner, charlando sin más. Y conste que no era la primera vez que pasábamos un rato en compañía del otro sin sentir deseos de asesinarnos mutuamente. Habíamos compartido buenos momentos, muchos. Pero ahora tenía la sensación de que estábamos juntos, reamente *juntos*. Ya sabía que no, por supuesto, pero...

Me llevé la lata al pecho y la miré sonriendo. La risa de Tanner se había apagado.

—Te has quedado muy callada —observó, y me propinó un toque con la rodilla—. ¿Te pasa algo?

Negué con la cabeza y me volví a mirarlo.

—No me pasa nada. Me siento bien. Es que... esto es muy agradable —aclaré en plan cutre—. O sea, hacía siglos que no paso un rato así con un...

—¿Con un chico? —apuntó.

Asentí.

—Siglos.

—¿Cuánto tiempo?

Tosí una risa apurada.

—Tanto que me da vergüenza confesarlo. No desde que salí con un *quarterback* muy tonto en el instituto. —Ahora estaba colorada como un tomate—. Sí, todo ese tiempo.

Tanner no respondió.

Uf. Le lancé una ojeada, pensando que me estaría mirando como si fuera el ser más patético del mundo, pero... tan solo me observaba con expresión tierna.

—¿Qué? —susurré.

—En ese caso, me alegro de que haber sido el escogido —dijo al cabo de un momento.

Mi corazón aleteó como un pajarillo.

—Más bien te has escogido tú mismo.

—Lo que sea —replicó entre risas, e, inclinándose por encima mí, dejó los restos del queso y su refresco en mi mesilla.

—¿Sabes que en tu lado también hay una mesilla? —protesté.

Se recostó de nuevo contra los almohadones y se encogió de hombros con dificultad.

—La tuya es mejor —respondió, y yo me reí de esa respuesta tan absurda—. Pero me cuesta creer que no estés con chicos más a menudo. O sea, en este plan.

—Pues así es. —Encogí un hombro y solté la frase más idiota del mundo—. Me ha encantado hacerte eso de antes.

Una sonrisa se extendió despacio por sus labios.

—A mí también. *De verdad*, me ha encantado. O sea, cada vez que sientas la necesidad de hacerlo, házmelo saber. No importa dónde estemos o lo que tengamos entre manos. Te daré todas las facilidades del mundo.

Riendo, negué con la cabeza.

—Lo tendré en cuenta.

—Hazlo. —Guardó silencio un instante y cruzó las piernas por los tobillos—. En serio, no me lo esperaba. Ha sido un gesto muy tierno.

Ahí estaba otra vez, la frase más adecuada del mundo. Desvié la vista y clavé los ojos en la lata de refresco.

—Nunca había tenido esa sensación. O sea, hasta ahora siempre lo había hecho porque me sentía obligada, ¿sabes?

Se hizo un silencio.

—No, no sé. ¿Me lo explicas?

—Los chicos esperan que lo hagas —aclaré, jugando con la lengüeta de la lata—. Nadie se marcha contigo de un bar para charlar.

El silencio se alargó nuevamente.

—Puede que no sea buena idea marcharse con nadie si piensas que tendrás que dar algo a cambio.

Ahora hablaba en tono tenso, serio.

Levanté la cabeza a toda prisa. Nuestras miradas se encontraron.

—No sé si tomármelo como un insulto.

Frunció el ceño.

—No es un insulto. No deberías tener la sensación de que le debes nada a un tío. En ningún caso. Da igual si te comen de arriba abajo o te pagan un millón de dólares.

Enarqué las cejas.

—¿Si me comen de arriba abajo o me pagan un millón de dólares? Menudos ejemplos. No sé, Tanner. Creo que si me pagaran un millón de dólares estaría dispuesta a hacer casi cualquier cosa.

El ceño de su frente se tornó más pronunciado.

—Era broma —añadí con languidez.

Tanner me miraba con atención inquietante.

—¿Alguna vez te han... obligado a hacer eso, Andrea?

La pregunta me arrancó un respingo.

—¿Qué? ¡No! No me refería a eso. Es que, a veces... —Dejé la frase en suspenso según asimilaba lo que realmente implicaban mis palabras. El refresco se agrió en mi estómago y lamenté haberme zampado los enormes trozos de queso. Mi pensamiento voló a las noches en que había regresado a casa sabiendo que el chico buscaba un revolcón aunque yo no lo deseaba. Y lo complacía, porque, en ese momento, pensaba que no tenía más opciones. Qué tonta. Siempre hay más opciones. Como decir «no», por ejemplo.

Por no hablar de esas noches que ni siquiera recordaba.

Dios mío. Sentí náuseas. No me gustaba el cariz que tomaban mis pensamientos. Me sudaban las palmas de las manos. No se puede decir que... Ni siquiera podía completar el pensamiento. No sabía lo que implicaba... hacer cosas porque te sientes obligada o no recordar siquiera lo que has hecho. O puede que sí y, sencillamente, no deseara explorar esos pensamientos.

Necesitaba una copa.

Vale. Seguramente no era la reacción más apropiada a la situación.

Tanner alargó la mano e hizo tamborilear los dedos sobre mi brazo.

—Estoy pensando muy mal ahora mismo.

Yo no podía mirarlo.

—Espero que solo sea mi imaginación sacando conclusiones precipitadas.

Cuando volví a respirar, noté un escozor en la garganta.

—Estás sacando conclusiones.

Su mano se detuvo. Me rodeó la muñeca con los dedos y me presionó una pizca.

—Eh —dijo con suavidad—. Mírame.

Inspirando con dificultad, levanté la mirada. Nuestros ojos se encontraron. Transcurrió una milésima de segundo y me sentí desnuda, más expuesta que antes, cuando habíamos estado juntos.

—Solo quiero que sepas que si alguna vez necesitas hablar con alguien, aquí me tienes. Cualquier día, a cualquier hora. ¿De acuerdo?

Y entonces lo vi en su mirada, claro como el día. El sentimiento era inconfundible. No era solidaridad. Eso habría podido aceptarlo, en parte, pero vi algo más detrás de esos ojos.

Vi compasión.

Me miraba con pena. Hasta el último músculo de mi cuerpo se crispó. Noté un cosquilleo en la piel, caliente y desagradable. Me invadió la necesidad de salir corriendo. No podía podía continuar con eso.

Tanner

Percibí el instante exacto en que Andrea se cerraba. Tan pronto como le dije que podía hablarme de lo que quisiera, las persianas oscurecieron sus ojos. La chica que charlaba y reía conmigo se había marchado. La chica que me hacía confidencias sobre sus padres había abandonado la habitación. Y la chica que había gritado mi nombre, que se había entregado, había desaparecido.

Mierda.

—Andy...

—Estoy muy cansada. —Apoyó los pies en el suelo y se levantó antes de que pudiera responder—. Será mejor que duerma un poco.

Echó a andar hacia la puerta, recordó que estábamos en su habitación, se detuvo y dejó el refresco en una cómoda. Me daba la espalda.

Con el alma en los pies, me levanté de la cama y procedí a marcharme. Tenía la sensación de que insistir en el tema solo serviría para empeorar las cosas.

—Andrea, yo no quería...

—No has hecho nada. —Despacio, se volvió a mirarme y pegó una sonrisa a su bonito rostro. Falsa. De plástico—. Es que de repente estoy muy cansada. Me has dejado agotada. —Su risa sonó estridente—. Tengo que descansar para estar guapa.

Abrí la boca, pero volví a cerrarla según su sonrisa se ensanchaba; la clase de sonrisa que exhiben los médicos cuando dan malas noticias a un paciente.

Recogió un montón de ropa de la silla y, deteniéndose ante la cama, lo estrechó contra su pecho.

—¿Nos vemos por la mañana?

Una enorme parte de mí quería preguntarle qué carajo estaba pasando, pero saltaba a la vista que había levantado un muro. La vi apresurarse hacia el cuarto de baño y cerrar la puerta en silencio.

Me planteé brevemente si plantar allí el trasero y esperarla, pero había tocado una zona sensible sin pretenderlo y, sinceramente, estaba demasiado enfadado como para mantener una conversación al respecto ahora mismo. No enfadado con ella, pero si de verdad se había liado con chicos porque se sentía obligada y no porque le apetecía, iba a estampar el puño contra la pared.

Gracias a Dios que no tengo una hermana.

Si no podía soportar la idea de que un idiota cualquiera tratara a Andrea de cualquier manera, ¿qué puñetas sería capaz de hacer si tuviera una hermana? Mierda, acabaría en la cárcel.

Furioso y frustrado a más no poder, me marché, no sin antes recoger las bebidas y los restos del queso para devolverlos a la cocina. En la planta baja reinaban la oscuridad y el silencio. Tras echar mano de una botella de agua, me encaminé a la primera planta y me encerré en mi dormitorio.

Mierda.

Desplomándome en la cama, me froté la cara. La relación con Andrea era complicada, pero tenía la sensación de que habíamos avanzado. No solo por la sesión en la cama sino por lo sucedido antes, durante y después. Pero ¿y ahora? No podía ahuyentar la impresión de que acabábamos de dar un enorme paso atrás.

12

Andrea

Enarqué las cejas al ver que Syd dejaba una mochila junto a la isla de la cocina. Debía de pesar más que ella.

—¿Vas a salir a caminar con eso? —le pregunté.

—Sí. —Se recogió el pelo con un coletero—. No pesa tanto como parece, y es mejor que vayamos preparados por si pasa algo.

—¿Por si os ataca un oso rabioso?

Sonrió.

—No creo que vayamos a toparnos con ningún oso rabioso. Y no solo vamos a caminar. Pensamos acampar una noche.

La miré de hito en hito.

—¿En serio?

Se acercó a la encimera para echar mano de la cafetera y procedió a verter el humeante líquido en un termo.

—Sí. —Me miró por encima del hombro y soltó una carcajada—. ¿A qué viene esa cara? Cualquiera diría que voy a acampar en el Everest o algo así.

Me senté en un taburete.

—¿Y cuándo lo habéis decidido?

—Anoche. Después de que te fueras a la cama. —Enroscó la tapa del termo y se volvió a mirarme—. Después de que Tanner subiera *también*.

Poniendo cara de póquer, recogí mi taza.

—Vale.

—Sí. Kyler y yo pensamos que será divertido. Siempre íbamos de acampada cuando éramos niños, así que nos hace ilusión. —Syd brincó hacia mí y dejó el termo en el mostrador—. Pensábamos invitaros a ti y a Tanner.

—¿Ah, sí? —murmuré.

Asintió.

—En realidad, Kyler subió ayer por la noche al cuarto de Tanner para preguntarle si le apetecía ir de acampada con nosotros.

Mi mano se crispó alrededor de la taza caliente.

—Y es muy raro, porque Tanner no estaba en su dormitorio. —Syd se interrumpió y bajó la voz—. Lo más curioso es que oyó unos ruidos procedentes de tu habitación...

—Para ya —la interrumpí, colorada como un tomate—. Ya sé por dónde vas.

Entornando los ojos, se encaramó al taburete contiguo.

—Pues empieza a largar ahora mismo, y date prisa porque Kyler está al llegar.

En cualquier otra ocasión le habría proporcionado todos los detalles jugosos, pero me revolví en el asiento, incómoda. Tanner podía entrar en cualquier momento. Inspiré hondo y dije con voz queda:

—No lo hicimos.

Me miró con su expresión más grave.

—No te atrevas a mentirme, Andrea.

Puse los ojos en blanco.

—No digo que no hiciéramos otras cosas, pero no hicimos eso.

—¿Qué otras cosas? —Una enorme sonrisa se extendió por su rostro al mismo tiempo que me propinaba una palmada en el brazo—. Cuenta. Venga, cuenta.

—Cosas. Ya sabes. Imagínatelo.

Se cruzó de brazos y esperó.

—No tengo imaginación. Necesito ayuda.

Volví la vista hacia la escalera.

—Con sus manos y mi boca. ¿Te basta con eso?

—¡Hala! —canturreó—. Qué chica más mala. Y qué chico más malo. Vaya par de cochinos.

—Ay, Dios mío —gemí, y me recogí un rizo perdido—. Mira quién fue a hablar. Sé muy bien las porquerías que hacéis Kyler y tú.

—Porras, sí —replicó, soltando una risita—. Anoche hicimos cosas bastante raras. Lo pasé de miedo.

Mi limité a mirarla con atención.

Echó la cabeza hacia atrás y se rio con ganas. Yo hice un gesto de aburrimiento.

—Pasamos la mayor parte del tiempo charlando, si te digo la verdad —reconocí al cabo de un momento—. Fue muy bonito.

—Seguro que sí. —Sus palabras emanaban sinceridad—. Tanner es un buen chico y tú eres alucinante. Tuvo que ser bonito.

Estuve a punto de negar esa última parte. Tanner era un chico alucinante, y yo..., bueno, yo ni sabía quién era la mayor parte del tiempo.

—Lleváis meses jugando al ratón y al gato —prosiguió, arrancándome de mis pensamientos—. Ya va siendo hora de que olvides lo sucedido en primero y de que Tanner se dé cuenta de lo que tiene delante de las narices desde hace más tiempo del que imagina.

Me dio un vuelco y luego se me aceleró el pulso. Me acordé de la expresión con me había mirado Tanner la noche anterior.

—No sé, Syd. Yo... Me da miedo dejarme llevar. No quiero hacerme ilusiones.

Me posó la mano en el brazo.

—Tú no te pongas nerviosa, ¿vale? Y si te apetece, dale una oportunidad. Pruébalo. Dedica este tiempo a solas con él para ver qué pasa. Kyler y yo no tenemos pensado volver hasta mañana por la noche. Tendréis dos días para estar juntos.

Empecé a atar cabos.

—Os vais de acampada para dejarnos solos...

—Nos vamos de acampada porque nos apetece. —Su sonrisilla insinuaba otra cosa. Se dejaron oír unos pasos en el piso superior, en dirección a las escaleras. Syd saltó del taburete y se inclinó para plantarme un besito en la mejilla—. Que te diviertas.

Yo no pronuncié palabra cuando se alejó brincando hacia la escalera. Allí sentada, me quedé mirando la taza. Ahora tenía el pulso desbocado. Me sudaban las palmas de las manos, pero procuré calmarme mediante profundas respiraciones antes de que la angustiosa sensación se apoderara de mí y me invadiera como un virus.

Cuando oí la profunda voz de Kyler, alcé la vista y cerré los ojos. En muchos sentidos, era una cobarde. Y ese era un defecto mío que no me gustaba. En absoluto, pero me daba miedo..., me aterraba la idea de dar una oportunidad a lo nuestro sin tener la seguridad de que Tanner estaba por la labor.

Por otro lado, no podía olvidar lo sucedido la noche anterior, ni el día de la piscina. Y había sido importante para él, o eso me dijo, y puede que... no hubiera visto lo que creí ver en su manera de mirarme. Tal vez estuviera demasiado centrada en su expresión y muy poco en sus palabras. Abrí los ojos y decidí intentarlo, cuando menos.

Tanner

No suelo ser desconfiado, pero la repentina acampada de Kyler y Sydney me olía a chamusquina. Si ellos no estaban, Andrea y yo tendríamos toda la casa para nosotros solos.

Y no sería yo el que protestase.

Cuando volviéramos a Maryland, invitaría a Kyler a una copa, o quizás a Sydney..., al autor del maquiavélico plan, quienquiera que fuese.

Se habían marchado hacía cosa de tres horas y yo opté por darle un respiro a Andrea. Ella pasó buena parte del tiempo en la planta principal. No se estaba escondiendo, cuando menos, y yo tampoco. Llevaba un rato cambiando de canal en el sofá cuando Andrea reapareció en el salón.

Mi pulgar se paralizó sobre el mando a distancia. Volví la vista hacia ella. Se había recogido el cabello con una pinza, así que era imposible pasar por alto el atractivo rubor que le cubría las mejillas.

Con los dedos enlazados sobre el pecho, desplazó el peso de una pierna a la otra. La falda de sus vestido color lavanda se mecía justo por encima de sus rodillas. Iba descalza, y advertí que el tono de las uñas de los pies había cambiado. Ahora las llevaba pintadas de azul pálido.

Jamás hasta este momento me había fijado en el esmalte de los pies de una chica.

—Iba a salir un rato. —Su mirada buscó la mía y luego se desvió—. Quería saber si te apetecía, hum, acompañarme.

Me apetecía pegar un salto y levantar el puño con gesto triunfante, pero me las arreglé para apagar tranquilamente el televisor, dejar el mando en el sofá y levantarme.

—Sí, por qué no.

Su sonrisa duró apenas un instante, pero fue hermosa de todos modos. Según daba media vuelta y se encaminaba a las puertas de cristal, eché a andar detrás de ella, a punto de ponerme a recitar poesía o qué sé yo. Frotándome la mandíbula, sacudí la cabeza cuando llegamos al jardín. Se dirigió a un lado de la piscina, se sentó y hundió los pies en el agua. La lluvia de la noche anterior había aumentado el nivel del agua, que ahora casi la desbordaba.

Me arremangué las perneras de los pantalones y la imité. La temperatura había bajado tras la tormenta de la noche anterior. Si bien hacía calor, resultaba más agradable estar fuera; podías sentarte tranquilamente sin acabar empapado en sudor en partes del cuerpo un tanto incómodas.

Andrea observó las lánguidas ondas del agua.

—Y... cuando vayas a la academia de policía, ¿cuánto tiempo pasarás fuera?

La pregunta me pilló desprevenido, porque me sorprendía y me alegraba que quisiera saberlo, pero me recompuse a toda prisa.

—Unos seis meses.

Me miró sorprendida, con los ojos muy abiertos.

—¿Tanto?

Asentí.

—Pero tenemos días libres. Nos dejan volver a casa al cabo de un tiempo y podemos recibir visitas de vez en cuando. No pasamos seis meses aislados. —Al principio no estaba seguro de por qué le estaba contando eso, pero entonces me di cuenta de que deseaba informarla de que seguiría ahí, accesible. Para ella—. En fin, andaré por aquí.

Andrea meditó la respuesta.

—¿Te hace ilusión?

—Sí —reconocí, al mismo tiempo que levantaba salpicaduras con los pies—. Tengo la sensación de que llevo toda la vida preparándome para este momento.

—No piden estudios universitarios para entrar en la academia, ¿verdad?

Negué con la cabeza.

—No, pero me da ventaja sobre los que no han estudiado. Además, tener un grado en justicia criminal y experiencia en el cuerpo me facilitará el acceso a la policía federal.

—¿Es lo que quieres? ¿Ser agente federal?

—Algún día. —Le propiné un codazo y sonreí—. Porque, si bien soy consciente de que el uniforme de policía me sentará de muerte, imagina el aspecto que tendré de traje.

Echando la cabeza hacia atrás, Andrea rio con ganas.

—Tienes toda la razón.

—Ya te digo.

Sonriendo, agitó los pies en el agua.

—Cuando le des el alto a un coche lleno de chicas, se van a alegrar de que las multes.

Reí entre dientes, encantado con los cumplidos que me hacía, lo reconozco. Mierda. Estaba a punto de tumbarme de espaldas y dejar que me rascara la barriga.

—Pero es muy peligroso. El trabajo. —Andrea se puso a juguetear con la orilla de su falda—. ¿No te da miedo?

Lo pensé un momento.

—Creo que sería de tontos o de imprudentes decir que no. Hay un nivel de miedo sano. Te ayuda a mantener los pies en el suelo.

Ella asintió despacio.

—Es un modo interesante de considerarlo.

—¿Y tú? —le pregunté—. Debes de estar aterrorizada también.

Torció hacia abajo la comisura de los labios.

—¿Y eso?

—Vas a trabajar con niños —expliqué—. No hay nada más aterrador.

Andrea soltó una risita.

—Pero, ¿sabes qué? No tendré que llevarme el trabajo a casa.

—Y yo tampoco —observé. Busqué sus ojos y sostuve la mirada—. Me costará, pero me niego a hacerlo.

Ella no apartó los ojos.

—Tu padre... ¿lo hacía?

Encogí un hombro.

—No creo que supiera cómo separar ambas cosas, pero ese era el menor de sus problemas.

—¿Mantienes el contacto con él? —quiso saber.

—En realidad, no. Pero no me importa. Sigo viendo a mi madre. —Me recosté sobre los codos—. ¿Y tú? ¿Estás muy unida a tus padres? Nunca te he oído comentar nada.

—Lo estoy. Cenamos juntos los domingos. Todos. A mi madre le gusta cocinar, así que lo considera una gran ocasión. —Un bucle perdido le acarició la mejilla—. Aguardo esas cenas con ilusión, más o menos.

Mi mirada se desplazó por su cara.

—Qué bien. —Me incorporé para capturar el rizo entre los dedos. Ella permaneció muy quieta mientras se lo recogía detrás de la oreja. Sus grandes ojos se clavaron en los míos—. Si no recuerdo mal, tu hermano no es pelirrojo. ¿Y tus padres?

—Mi madre, sí —contestó ella, y tragó saliva—. Mi padre es moreno con los ojos azules. Brody se parece a él.

Las yemas de mis dedos tenían voluntad propia. Recorrieron la suave curva de su pómulo.

—¿Y tú te pareces a tu madre?

Abrió los labios.

—Sí.

—Pues debe de ser muy guapa.

Los ojos de Andrea se oscurecieron un tono.

—¿Sabes qué?

—¿Qué? —sonreí, según mi dedo alcanzaba la comisura de sus labios.

—Cuando quieres, eres encantador.

—Y quiero serlo. —Inclinándome hacia ella, sustituí el dedo por los labios y le besé el ángulo de la boca—. Contigo.

Andrea se retiró, solo un poco. Hundiendo la barbilla, me miró a través de sus largas pestañas.

—No sé qué hacer... contigo.

No la dejé pensarlo demasiado. Rodeándole la nuca con la mano, pegué mi frente a la suya.

—Sí, Andy, sí que lo sabes. Haz lo que más te apetezca.

Andrea cerró los ojos con fuerza.

—Me refiero a que no sé cómo estar contigo.

El corazón me latía ahora con fuerza.

—Lo haces de maravilla. —Me interrumpí—. Casi todo el tiempo.

Una sonrisa bailó en la comisura de sus labios.

—Sí, como el cincuenta por ciento de las veces.

Posando mi otra mano en su mejilla, le acaricié la mandíbula con el pulgar. Con Andrea nunca acababa de tener claro en qué punto estábamos. Igual se mostraba dulce como la miel que me atizaba un mordisco con más veneno que una serpiente cabeza de cobre. Pese a todo, yo confiaba en mi instinto. Nunca me falla. Sabía que yo le gustaba, y tenía el presentimiento de que algo más que una mera amistad o las ganas de pasar un buen rato se cocía entre los dos. Tendría que ser yo el que diera el primer paso, el que expresara, sin dar lugar a malentendidos, lo que quería o esperaba de lo nuestro.

Me retiré una pizca y le sostuve el rostro entre las manos.

—Cuando nos marchemos al final de la semana, me gustaría que siguiéramos viéndonos.

Pestañeó una vez.

—Nos veremos.

Sonreí.

—Ya lo sé, pero no me refiero a eso. Quiero que nos veamos tú y yo, Andrea. ¿Entiendes lo que te digo?

La mirada de Andrea buscó la mía y yo empecé a preguntarme muy en serio si tendría que ponérselo por escrito. Como hacíamos en el colegio: *¿Te gusto? Marca sí o no.* Pero entonces suspiró profundamente y dijo:

—Entiendo lo que me dices.

Gracias a Dios.

—¿Y qué me respondes?

—Sí —susurró—. Yo también quiero que nos veamos, Tanner.

B

Andrea

—No estás prestando atención.

Reprimiendo una sonrisa, negué lo evidente.

—Pues claro que presto atención.

—Mentirosa.

Pues sí, mentía como una bellaca, y apenas contuve las risitas tontas cuando devolví la atención a la película que Tanner, después de comer, había escogido de la colección que los dueños de la casa guardaban en un mueble. Yo solo sabía que era de los *Transformers*, pero aún no había visto ni un solo Dinobot.

El día había sido uno de los más... apacibles que había pasado en mucho tiempo. Después de nuestra charla en la piscina, temiendo salir flotando hacia el sol, nos quedamos allí unas horas, hablando de todo y de nada hasta que nos rugieron las tripas de hambre. Sí, nos lanzábamos alguna que otra pulla, pero se trataba de un juego y no de una pelea o de lastimar al otro. Casi tenía la sensación de que estábamos juntos, en plan juntos *de verdad*. Y hacía años que no me sentía así.

En algún momento, cosa de cinco minutos después de que empezara la peli, Tanner me agarró las piernas y se las plantó en el regazo. Y fue más o menos entonces cuando empecé a distraerme. Yo no tenía la culpa.

Tanner había empezado.

Al principio tenía los brazos cruzados y no me tocó en absoluto. Yo estaba apoyada en la almohada que había colocado entre mi espalda y el brazo del sofá. Pero entonces posó las manos sobre mis tobillos y yo di un respingo al sentir el contacto. No tuvo que hacer nada más que esbozar una sonrisa traviesa para que yo notara un revuelo en la barriga. Al principio se limitó a rodear mis tobillos con las manos, y como yo fingía prestar atención a la película, él simulaba que no pasaba nada.

Me mordí el labio cuando empezó a masajearme la piel con los pulgares, y prácticamente me hice sangre cuando una de sus manos ascendió por mi pantorrilla. Sus dedos, trabajando con destreza, aliviaban la tensión de mis músculos, pero creaban un tipo de tirantez muy distinta en el resto de mi cuerpo. Cuando llegó a la cara interna de la rodilla, ahogué un gemido que me habría puesto en evidencia.

Cada caricia, cada contacto me provocaban oleadas de calor que me ascendían por la pierna. La sangre me ardía en las venas según intentaba desesperadamente sofocar las reacciones de mi cuerpo. No sé ni por qué me esforzaba. Cuanto más subía, más me costaba seguir quieta, sin retorcerme.

Tanner tenía la mirada clavada en las numerosas explosiones que aparecían en la tele y, a juzgar por su aspecto, cualquiera habría pensado que no era consciente de lo que hacía, pero yo dudaba mucho de su inocencia, y también dudaba de que yo pudiera seguir fingiendo mucho rato indiferencia.

Sin embargo, lo más alucinante de la situación tenía poco que ver con el placer que me embargaba por dentro y mucho con el hecho de estar allí sentada. Lo estaba intentando, como me había prometido, y no permitiría que mi cabeza se interpusiera o me inundara con dudas sobre mí misma. Yo estaba allí —allí, no en otro sitio— y no pensaba largarme a ninguna otra parte. Y tampoco había influencias externas. Bueno, aparte de la enorme influencia que Tanner ejercía.

Su mano alcanzó la zona de mi entrepierna, y juro que mi corazón se detuvo un instante cuando descubrí dónde la había posado. Despacio, alcé la mirada. Tanner ya no prestaba atención a la película. Nuestras miradas se encontraron y, aun a la luz tenue del salón, esos ojos soñolientos desprendían ardor.

Estrujándome el labio inferior con los dientes, abrí las piernas para ceder el paso a su inquieta mano. Una sonrisa de medio lado bailoteó en su boca. No desvió la vista según seguía ascendiendo, con las yemas de sus dedos a punto de rozar la sensible hendidura del vértice.

El corazón me latía con desenfreno mientras él movía la mano por debajo de mi falda. Apenas si podía respirar cuando Tunner devolvió la atención a la película. Yo, en cambio, había perdido el mundo de vista. Ya no fingía. Cerré los ojos y apoyé la cabeza en el grueso almohadón. Sus dedos me acariciaban el interior del muslo, suaves como una pluma, pero igualmente me estaban volviendo loca. Con cada roce se acercaba peligrosamente a mi centro. Nunca llegaba a tocarlo, y era la tortura más dulce que se pueda imaginar. Me invadió un cosquilleo cálido que aceleró mi respiración. Tanner palpaba, exploraba y acariciaba sin llegar nunca a ese *punto*, pero mi deseo se había disparado. Un delicioso estremecimiento bailaba por mi piel. Le deseaba, necesitaba que colmase mi ansia.

Perdida la noción del tiempo, abrí los ojos y descubrí que me estaba mirando. Durante un instante me quedé traspuesta, incapaz de respirar profundamente siquiera. Pero al momento me puse en movimiento sin pensar siquiera lo que hacía, y esa sensación, la libertad, se me antojó hermosa.

Me arrodillé, y Tanner debía de estar pensando lo mismo, porque me agarró las caderas y me ayudó a sentarme a horcajadas en su regazo. Una milésima de segundo después nuestras bocas se buscaron, y ya no hubo tiempo para más seducción pausada.

Nos devoramos mutuamente, y cuando me pegué contra su cuerpo noté hasta qué punto estaba excitado. Puede que fingiera mirar la televisión, pero había estado muy pendiente de lo que hacía.

Deslizó las manos de nuevo por debajo de mi falda. El roce de sus callosas manos sobre mis caderas se me antojó lo más sensual del mundo.

—Me preguntaba cuánto tiempo tardarías en rendirte —susurró contra mis labios—. Empezaba a sentirme un poco decepcionado.

Me reí con suavidad, pero la risa mudó en gemido cuando empujó la pelvis contra la mía. Yo le aferré las mejillas, deleitada con el roce áspero de su barba de dos días en mis manos.

—Me estabas volviendo loca.

—¿Estaba?

Le besé.

—Me vuelves loca.

—Eso ya me gusta más.

Sus manos recorrieron mi trasero. Cuando me lo amasó con fuerza, el placer me anudó el vientre.

Mecí el cuerpo contra el suyo mientras él rompía el beso para dibujar un camino ardiente por mi cuello. Sus manos se movían con destreza por debajo de mis piernas, y luego buscaron la parte superior de mi vestido. Sin darme tiempo a recuperar el aliento, arrugó hacia abajo la tela para dejar mi cuerpo al descubierto.

El vestido llevaba un sujetador incorporado y nada me separaba de su mirada hambrienta. Grité y eché la cabeza hacia atrás cuando su boca buscó la punta de mi pecho. Lamió y jugueteó con la carne hasta ponerme a cien.

Hubo otra explosión en la televisión y yo estaba a punto de estallar también. Cerrando la boca, Tunner sorbió con avidez mientras a mí me inundaba un huracán de sensaciones. Me movía encima de él, lo cabalgaba con tanto ímpetu que maldije la presencia de la ropa.

Una de sus manos —no fui consciente de cuál— se abrió paso por debajo de mi vestido una vez más, y me encantó adivinar a dónde se dirigía. Sus dedos entraron las braguitas, jugaron allí un instante y luego volvieron a salir. No me dio tiempo a sentir decepción, porque antes de que me diera cuenta me había tumbado en el sofá con sus manos sobre mis rodillas.

—Quiero notar tu sabor —dijo con voz ronca, y yo me estremecí.

Se me secó la boca, y no dudé ni por un instante a qué se refería. No protesté cuando me separó las rodillas. Exponerme así era tan íntimo, casi *demasiado*. El aire se agolpó en mi garganta, y luché contra el impulso de cerrar las piernas.

Vi alzarse sus pestañas cuando sus ojos buscaron los míos.

—¿Quieres?

Nerviosa y excitada, apenas pude pronunciar la palabra.

—Sí.

—Menos mal, joder, porque me muero por saber qué se siente cuando te corres en mi lengua.

Cielos, las palabras bastaron para ponerme a cien. Me arremangó la falda del vestido a la altura de las caderas y deslizó las manos por el lateral de mi pierna. Alcanzó mis braguitas y las arrugó por un lado.

Noté una corriente fría cuando abrió los labios.

—Mierda. Quiero estar ahí.

Yo quería que estuviera ahí, quería tenerlo en todas partes. Cuando me cubrió con su boca y me besó con suavidad, el corazón se me agrandó en el pecho. Fue un beso sencillo, precioso.

Y entonces empezó a mover la mano otra vez, con absoluta precisión, buscando un punto concreto. Deslizó un dedo por el centro y yo agité las caderas sin pretenderlo. Repitió la caricia según descendía por mi cuerpo, demorándose al llegar a los pechos. Un instante después, su cabeza estaba entre mis muslos.

—Ay, por favor —susurré. La mera imagen, verlo ahí abajo, me llevaba al límite.

Ahora me besaba el muslo con detenimiento.

El corazón se me agrandó todavía más si cabe, y no me habría extrañado salir flotando hasta el techo o más allá, pero el tacto de su boca me devolvió a la Tierra.

—Tanner —musité sin aliento al mismo tiempo que mis manos buscaban su cabeza.

El íntimo beso despertó mis sentidos, y Tanner sabía *tan bien* lo que hacía. El contacto era húmedo, caliente y estremecedor. Él besaba, lamía y hacía cosas con la lengua que yo no creía posibles. Supe, por su manera de darme placer, que él disfrutaba también. No lo consideraba un deber; oh, no, no podría gustarle más.

Ni a mí tampoco.

Eché la cabeza hacia atrás y alcé las caderas contra el regular avance de su lengua. Yo acompañaba sus caricias, sin dejar de repetir su nombre. Me inundaron sensaciones puras y primitivas. Gemidos que no reconocía surgían de mi boca por sí solos, y entonces noté el paso de su dedo entre mi humedad. Todo mi cuerpo se crispó. Él avanzó más adentro, con más decisión.

Abrí los ojos y me asomé, y tan solo lo veía a él.

La culminación me pilló desprevenida, me golpeó con fuerza según me sentía arrastrada a un placer indescriptible. Calor líquido corría por mi sistema. Tanner retrocedió y me besó la cara interna del muslo, antes de erguirse ante mí con una mano apoyada en el brazo del sofá.

Respiraba con dificultad cuando me miró desde arriba.

—Nunca había oído nada tan hermoso como el sonido de tu voz pronunciando mi nombre de ese modo.

Cada pocos segundos, un espasmo recorría mi cuerpo, y yo seguía alterada y sin aliento.

—Nunca había sentido nada tan hermoso como esto —reconocí.

Juraría que el azul de sus ojos se había tornado más oscuro.

—En ese caso, ha sido la primera vez para los dos.

El corazón ya no me cabía en el pecho. La sensación se había tornado epidémica.

—Sí.

Me acarició el muslo y luego lo presionó con suavidad. Su manera de mirarme, por alguna razón, me hacía sentir la mujer más hermosa del mundo, y el gesto tenía un valor inexpresable. Solo era una mirada, pero ejercía un efecto más poderoso que cualquier palabra.

Y entonces, las palabras más locas que ha conocido este mundo avanzaron de puntillas hasta mi lengua. *Te quiero.* Oh, Dios mío, realmente tenía esas palabras en la punta en la lengua, listas para ser pronunciadas. ¿*Amaba* a Tanner? ¿De verdad era eso lo que sentía? ¿Esa sensación de que el corazón no me cabía en el pecho? ¿O se debía tan solo al deseo? No, había experimentado deseo otras veces. Conocía la diferencia. Esto..., este cosquilleo en los dedos y el calorcito en el corazón no era deseo. Era esperanza, anhelo e ilusión. Era ternura y aceptación y mil clases distintas de necesidad y pasión. ¿Cuándo, si se podía saber, había pasado? No tenía ni idea. ¿Lo venía arrastrando desde el primer curso de la carrera? ¿O había sucedido en el transcurso de unos cuantos días?

Te quiero.

Eran dos palabras de nada, pero tenían un efecto aterrador. Simbolizaban un poder inmenso, la capacidad de cambiarlo todo.

No podía pronunciarlas porque, por maravillosamente que Tanner se portara conmigo, sabía que no sentía lo mismo que yo. Imposible. Mi corazón ansiaba declarar lo que sentía, pero mi cerebro *se negaba en redondo.* Sin embargo, sí podía demostrárselo.

Darle lo mejor que tenía.

Podía expresar los sentimientos que me inspiraba sin necesidad de ponerlos al descubierto entre los dos, un gesto que con toda probabilidad lo estropearía todo.

Me temblaba la mano bajo el peso de lo que estaba sintiendo cuando la posé en su mejilla. Inspiré profundamente.

—¿Vamos arriba? ¿A la cama?

Tanner se quedó petrificado según se hacía la luz en su hermoso semblante. Cuando habló, su voz albergaba un matiz de contención que me arrancó estremecimientos.

—Nena, si vamos arriba y acabamos en la cama, voy a..., bueno, me va a costar horrores no meterme entre esas bonitas piernas.

Me ruboricé.

—No te pediré que pares.

Sus ojos se encendieron y varios instantes se alargaron entre los dos.

—¿Seguro?

Te quiero.

—Sí —susurré—. Seguro.

14

Tanner

Me quedé literalmente sin habla cuando Andrea rodeó mi mano con la suya, más pequeña, y me llevó al piso superior. Me sentía igual que si volviera a tener quince años y estuviera a pocos minutos de perder la virginidad. Va en serio. Así me sentía. Nervios. Ansiedad. Ilusión. Todos esos sentimientos se arremolinaban dentro de mí.

Jamás había pensado que volvería a sentirme así.

Ni siquiera estaba seguro de si debía alegrarme.

Cuando doblamos la esquina en lo alto de las escaleras y Andrea me miró por encima del hombro, sonriendo con timidez, me di cuenta de que sí, debía alegrarme, *ya lo creo*.

Hizo ademán de encaminarse a su dormitorio, pero la detuve. Quería estar con ella en mi cuarto, en mi cama. Abrí la puerta de mi habitación y la cerré detrás de mí. Ella se detuvo a pocos pasos del lecho mientras yo me acercaba a mi bolsa de deporte y hurgaba por el interior.

—¿Has traído condones? —preguntó, al ver que dejaba unos cuantos en la mesilla.

Sonreí con cierta timidez.

—Procuro llevarlos siempre encima. Nunca se sabe si los vas a necesitar.

Ella enarcó una ceja.

—No sé si tomármelo bien o mal.

—Tómatelo bien. —Me volví a mirarla—. Cuando menos, nos han venido bien ahora, pero, en serio, no pensaba que fuera a necesitarlos esta semana.

—¿De verdad? —La duda asomó a su rostro según caminaba hacia mí y jugaba con la orilla de mi camiseta—. No he olvidado la apuesta que hicimos.

—En realidad no hubo apuesta. Tú no quisiste participar.

Levanté los brazos para que me arrancara la camiseta por la cabeza.

Su mirada saltó a mi rostro y luego descendió a mi pecho. A juzgar por su expresión, le gustaba lo que veía.

—Recuerdo haberte dicho que esto no iba a pasar. —Sus manos resbalaron por mi torso hasta el botón de los vaqueros—. Y aquí estoy.

—Aquí *estamos*.

Se inclinó para besarme el pecho al mismo tiempo que cubría mi erección con la mano, por encima de los vaqueros. Todo mi cuerpo se tensó ante ese contacto caliente como el infierno.

—¿Eso me convierte en una chica fácil?

—Joder, no. ¿De verdad lo piensas? —Porque, si lo pensaba, yo no quería seguir adelante. Le aferré la muñeca para detener su mano—. ¿Lo piensas?

Ella levantó la cabeza, torciéndola a un lado.

—No contigo. No —respondió al cabo de un momento. Retiró la mano y me empujó para que me sentara en la cama—. Es raro.

—¿Qué?

Su mirada viajó por mi cuerpo, ávida.

—Nunca hubiera pensado que me sentiría tan cómoda contigo.

Quise rodearla con los brazos y perderme en su calor.

—Me alegro de que te sientas así.

Andrea retrocedió un paso. Había devuelto el vestido a su sitio mientras estábamos abajo, un gesto que fue una auténtica decepción para mis sentidos, pero ahora me embargaba la emoción. Dejándome allí sentado, Andrea se plantó delante de mí y acercó los dedos a los finísimos tirantes del vestido. Estaba a punto de ver cómo se desnudaba, y vaya si el espectáculo merecía la pena.

Desplazó los tirantes hacia sus brazos y los dejó allí colgando mientras se llevaba las manos a la espalda. El susurro de la cremallera al bajar me volvió loco.

Alargué las piernas, pero no me sirvió de nada.

—Me estás matando.

Curvó los labios.

—Tú me has matado antes.

Los bucles sueltos que le enmarcaban el rostro se agitaron cuando asintió.

—¿Qué me has hecho ahí abajo, en el sofá? —El vestido se aflojó a su alrededor. Andrea cazó la tela antes de que dejara sus pechos al descubierto—. Por un momento, he creído que iba a morir.

Me eché hacia delante sin despegar los ojos de su cuerpo. Diablos, podría haber entrado un zombi hambriento y yo no habría desviado la vista.

—Me lo tomaré como un cumplido.

—Lo es —respondió ella con voz queda, y dejó que el vestido se deslizara hacia el suelo. Con un suave susurro, la leve tela cayó a sus pies.

Maldita sea, el pulso se me había multiplicado por cien. Mirarla era igual que estar viendo a una diosa de carne y hueso, y súbitamente no me sentía digno de posar los ojos en ella. La delicada piel del cuello se le tiñó de rosa y el rubor se propagó a sus generosos pechos. Se me hizo la boca agua cuando se le endurecieron los pezones, y noté un cosquilleo en los dedos solo de imaginar que los deslizaba por las costillas de Andrea y por la suave curva de su cintura hasta llegar a las braguitas de seda que cubrían sus redondeadas caderas.

—¿Es un lazo ese adorno de tus braguitas?

—Sí. Porque soy dulce y recatada.

Yo me reí entre dientes, pero me erguí de golpe cuando avanzó un paso hacia mí. Mantuve la mirada clavada en el lacito morado hasta el instante en que deslizó los dedos bajo los laterales de las braguitas.

Nunca en mi vida había estado tan excitado.

Andrea se inclinó una pizca hacia delante y yo ahogué una exclamación cuando sus pechos se columpiaron y la pequeña pieza de encaje morado, resbalando por las caderas, se reunió con el vestido. Ahora estaba completamente desnuda.

—Me va a dar algo —gemí yo. Sacudiendo la cabeza con incredulidad, la contemplé largo y tendido.

Ella se sujetó la cintura, por encima del ombligo.

—¿Te parece..., te parece mal lo que ves?

—No. Demonios, no. —Me levanté, con las piernas presas de una flojera extraña—. Andrea, eres preciosa.

Entornó los ojos y el rubor de sus mejillas se intensificó.

—Me siento hermosa cuando..., cuando me miras así.

—Siempre te voy a mirar así, de modo que ve acostumbrándote. —Mis ojos deambularon por su cuerpo, demorándose en unas zonas más que en otras, pero me sorprendí a mí mismo mirándole los pies. Tenía un pie vuelto hacia el otro, y los dedos doblados. Era una postura tan tímida y adorable que se me encogió el corazón.

Quería tratarla con todo el cuidado del mundo.

Proceder con tiento fue una de las cosas más difíciles que he hecho en mi vida, porque estaba tan empalmado, tan listo para entrar en ella, que el deseo me dolía, pero no deseaba apresurarme. Quería que recordara siempre este momento, y que la experiencia la hiciera olvidar a cualquier imbécil que me hubiera precedido.

Según me acercaba a ella, bajó la mirada y separó los labios. Le acaricié el contorno de la cara con la punta de los dedos, tiernamente, y empujé su cabeza hacia atrás. Cubriéndola con mis labios, la besé con suavidad, tomándome mi tiempo para explorar las profundidades de su cálida boca, su sabor dulce.

Me aproximé un poco más y me deleité en el contacto de su cuerpo, que se iba pegando al mío a medida que el beso se tornaba más apasionado, más erótico. Nuestras lenguas se enredaron y sus manos buscaron mis pantalones. Gemí cuando me bajó la cremallera, casi sin tocarme.

Retrocediendo, me despojé de los vaqueros y de los calzoncillos a toda prisa. Me incorporé y sonreí al reparar en la trayectoria de su mirada.

—¿Te gusta?

Su lengua se deslizó sobre el generoso labio inferior.

—Sí. Sí, me gusta.

Otra carcajada ronca surgió de mi garganta y entonces le tomé la mano para arrastrarla a la cama. Mientras ella se tumbaba, eché mano del condón de la mesilla y lo deposité a su lado.

Andrea arqueó una ceja, y yo sonreí mientras buscaba la base de mi miembro.

—No pierdas de vista el condón. Asegúrate de que no salga corriendo.

Bajó la mirada.

—No creo que vaya a ninguna parte.

—Nunca se sabe. —Apoyé una rodilla en la cama, a su lado, al mismo tiempo que desplazaba mi mano despacio por mi erección. Le gustó lo que veía, a juzgar por el movimiento brusco de su pecho—. Te gusta, ¿verdad?

—Si me gusta, ¿qué? —Su voz se había tornado más grave, más pastosa.

Aumenté la velocidad del movimiento.

—Esto. Te gusta mirarme mientras lo hago.

Maldición, me encantaba comprobar con qué facilidad se sonrojaba. Pensé que mentiría pero, pasado un instante, asintió.

—Me gusta.

Me dolía la mandíbula de tanto apretar los dientes.

—Tendré que aplazar esta pequeña revelación para más tarde.

—¿Más tarde?

Sonreí.

—Oh, habrá otras ocasiones. Montones.

Tuve la sensación de que Andrea se relajaba en ese instante. Hasta entonces no me había percatado de lo nerviosa que estaba.

—Me gusta cómo suena eso.

Contemplándola, noté un movimiento extraño en el pecho, igual que si me hubiera dado un brinco el corazón. Maldita sea, esa chica iba a acabar conmigo de todas las manera posibles.

Me obligué a tumbarme y me acosté de lado, junto a ella. Arrastrando la mano a lo largo de su cuerpo, acaricié con el pulgar la rosada cúspide de su pecho. Joder, cómo me gustaba su tacto. Me volvían loco esos gemidos tan femeninos que emitía cuando le pellizcaba el pezón. Me encantaba su manera de echar la cabeza hacia atrás y levantar el pecho como invitándome en silencio a continuar. Tío, me gustaba ella y ya está. El corazón me latía como un tambor cuando me incliné para besarle ese pequeño hueco que hay la base de la garganta.

—Eso me gusta —murmuró ella a la vez que acariciaba el brazo hacia el hombro—. Me gusta todo lo que me haces.

Sonreí contra su piel, encantado de oírlo. Retorcí el pequeño nudo de su pecho según cubría de besos sus maravillosos senos. Ella se estremeció, y nunca he visto nada tan dulce como ese gesto de nada. Podría haberla devorado a pequeños mordiscos, a lametones, pero ni en sueños iba a durar si seguía por ese camino.

Mi mano recorrió su piel con parsimonia, del pecho a la parte inferior del vientre. Levanté la cabeza para observar mis propios progresos mientras introducía la mano entre sus deliciosos muslos. Deslicé un dedo por la húmeda calidez. La noté tensa, caliente y mojada. Estaba lista.

Andrea ya me estaba tendiendo el paquetito de aluminio, y a mí se me escapó la risa cuando se lo arrebaté para rasgarlo con cuidado. Me temblaban las malditas manos según desenrollaba la funda y me erguía sobre Andrea. Forzándome a respirar despacio, dejé reposar el peso de mi cuerpo sobre un brazo y le separé las piernas con la rodilla.

Sus cálidos ojos castaños se clavaron en los míos. Al mismo tiempo, desplegó los dedos sobre mi mejilla.

—Te deseo.

Cerré los ojos un instante, abrumado ante mi propia necesidad.

—Nunca me cansaré de oírlo.

Palpando entre los dos, busqué su entrada, y luego así sus caderas para acercarla a la mía.

—Ansiaba esto desde el día que te conocí.

Una expresión extraña cruzó su semblante, pero desapareció tan deprisa que dudé de haberla visto.

—Pues no esperemos más.

Acababa de pronunciar las palabras mágicas.

Entrando en ella, gemí cuando su tirantez me envolvió centímetro a tortuoso centímetro. Estaba tan tensa y caliente que me tembló todo el cuerpo. Me detuve, sin aliento:

—¿Bien?

Las manos de Andrea buscaron mis caderas.

—Sí —susurró.

Me miraba con ojos oscuros y cálidos, y su rigidez se evaporó como humo. La embestí hasta llenarla por completo. Echó la cabeza hacia atrás cogiendo aire, y mi nombre cayó como una nota musical entre los dos.

La embestí, despacio y rítmicamente al principio, y Andrea levantó las piernas. Sus pies resbalaron por mis pantorrillas hasta que sus muslos apresaron mis caderas para mantenerme dentro al mismo tiempo que alzaba la pelvis para recibir cada embate. Jamás había experimentado tal intensidad, nunca esa sensación de estar haciendo lo correcto. No sabía que fuera posible sentirse así.

Arqueé la espalda para entrar en ella todavía más adentro y hundí una mano en su cabello para echar su cabeza hacia atrás. Nuestras bocas se encontraron. El beso fue salvaje cuando mi lengua buscó sus profundidades igual que hacía mi cuerpo. El sudor salpicaba mi frente y mi espalda. La cama se agitaba bajo el ímpetu de nuestra pasión. Devoraba a Andrea con un ansia que no creía posible experimentar.

Estaba perdiendo el control.

O puede que nunca lo hubiera tenido. La embestía poderosamente, clavando los dedos en la carne de su trasero. Intenté retraerme, mental y emocionalmente, pero no podía. En el fondo de mi mente temía lastimarla de algún modo, pero ella se tensó a mi alrededor y me apresó desesperada.

—Oh, Tanner —jadeó, los ojos abiertos y nublados de placer—. Tanner, me voy a...

—Sí —gemí—. Dios mí, sí, porque estoy a...

Andrea se soltó. Echando la cabeza hacia atrás, gritó. Su cuerpo se crispó en torno a mí, me clavó los dedos en la piel. Yo ya no me movía con elegancia ni con ritmo. Me abalancé contra ella y la violencia de nuestras embestidas nos desplazaron por la cama. Alzó las pestañas y nuestras miradas se toparon un instante. Lo que vi en sus ojos me demostró que Andrea no me había destrozado antes, porque en ese momento estallé en mil pedazos. Un orgasmo intenso, devastador, recorrió mi columna vertebral. Los sentidos me habían abandonado. La sensación era demasiado intensa como para soportarla.

Me corrí, presa de un estremecimiento salvaje, con la cabeza enterrada en su cuello. Los latidos de mi corazón desbocado y mis gruñidos roncos ahogaban sus gemidos de placer. Hostia. Mi orgasmo duró lo que me pareció una eternidad, los espasmos inacabables. Aferrado a su nuca, temblaba y me sacudía.

No sabría decir cuánto tiempo pasó antes de que mi cuerpo se apaciguara, pero cobré consciencia despacio de las caricias de su mano, que recorría mi espalda arriba y abajo. Lanzando un suspiro entrecortado, levanté la cabeza.

Su mirada adormilada buscó la mía.

—Eh —susurró.

Esbocé una sonrisa mínima.

—¿Bien?

—De maravilla.

Otro suspiro tensó cruzó mis labios.

—Te estoy aplastando.

Ella negó con la cabeza, despacio.

—Me da igual.

A mí también, pero, en serio, no soy un tío pequeño. Me apoyé en un brazo y, con cuidado, salí de Andrea. Me temblaban las piernas de un modo extraño cuando mis ojos buscaron su mirada. Una vez más, me había quedado sin palabras. Me incliné hacia ella y la besé con delicadeza.

Cuando nos despegamos, no quería levantarme, pero tenía que hacerlo.

—Vuelvo enseguida.

Ella asintió mientras yo me levantaba. Recorriendo el cuarto con los pies descalzos, me libré del condón y cumplí mi palabra al pie de la letra. Regresé a su lado sin perder ni un segundo.

Andrea, sin embargo, se había sentado y ahora se abrazaba las rodillas contra el pecho.

—Me puedo marchar ahora, si tú...

—¿Qué? —La miré estupefacto al mismo tiempo que alisaba un lado del edredón—. ¿Marcharte?

Ella me miró brevemente antes de desviar la vista.

—O sea, podemos quedarnos aquí charlando o puedo volver a mi habitación.

Durante un momento, la miré de hito en hito.

—Mete el culo debajo de la manta.

Arqueó las cejas y me miró con unos ojos como platos.

—¿Perdona?

—No vas a ninguna parte —le dije—. Quiero que te quedes aquí, conmigo. Así que mete ese bonito culo debajo de la manta. Quiero acurrucarme contigo.

—¿Acurrucarte?

Se quedó petrificada un momento y luego lo hizo. Negando con la cabeza, se acostó en la otra punta de la cama.

Yo me metí en la cama también y, en cuanto la piel de mi trasero tocó las sábanas frescas, le rodeé la cintura con un brazo para arrastrar su espalda hacia mi cuerpo.

—Acurrucarse —le expliqué— requiere que dos personas estén cerca.

—Entendido —contestó Andrea, y se contoneó una pizca, como si se estuviera acomodando—. ¿Tanner?

—¿Sí?

La oí respirar profundamente.

—Gracias.

Fruncí el ceño.

—¿Por qué?

—Por... Por todo esto.

Alzando la cabeza, la miré largo y tendido, y por un momento me quedé petrificado. Sus largas pestañas acariciaban sus mejillas y tenía los labios abiertos, todavía congestionados. El rubor le cubría los pómulos y, si bien acabábamos de hacerlo como dos animales salvajes, emanaba un extraño aire de... *paz*. No tenía sentido, pero eso fue lo que vi y sentí. No creo que Andrea mostrara a menudo un aspecto tan apacible.

Me tumbé nuevamente. Tenía muchas cosas que decirle cuando le besé el hombro. Experimentaba infinitos sentimientos cuando cerré los ojos y apoyé la cabeza en su espalda, pero, en ese momento, tenía las sensación de que ninguna palabra sería capaz de expresar lo que sentía, así que la estreché contra mi pecho e hice algo que no recuerdo haber hecho nunca con nadie.

Me dormí con Andrea entre mis brazos.

15

Andrea

Por primera vez en toda la eternidad, desperté enredada al cuerpo de un hombre. Según recuperaba despacio el uso de los sentidos, lo primero que pensé fue que nunca antes había pasado la noche con un chico. Ni siquiera con mi novio del instituto, por razones obvias.

Esta era... la primera vez y un paso inmenso.

Me quedé tumbada de lado. Tanner seguía pegado a mi espalda. Durante varios minutos no me atreví a hacer movimientos bruscos por miedo a despertarlo, porque me gustaba la sensación de sentirme envuelta en su abrazo. No. No solo me gustaba. Me *chiflaba*, y según miraba la pared que quedaba enfrente de la gran cama, supe que no me costaría nada acostumbrarme a eso. Y puede que debiera hacerlo, porque él había dicho que habría más ocasiones, *montones* de ellas, si no recordaba mal.

La noche anterior había sido una de las más increíbles de mi vida, y daba igual lo que pasara entre Tanner y yo, no pensaba arrepentirme ni de uno solo de los instantes que habíamos compartido. Ni hablar.

Así que permanecí allí tendida, absorbiendo cada segundo como una esponja, y no sé cuánto tiempo pasó pero noté cómo se empalmaba contra mi trasero. Ahogué una exclamación, sin saber si estaba despierto o no. Bueno, una *parte* de él sí estaba despierta, cuando menos.

El brazo que Tanner apoyaba en mi cintura se desplazó una pizca y yo abrí los ojos de golpe cuando su manaza se cerró sobre mi pecho. Sí. Estaba despierto.

Unos labios me rozaron el hombro.

—Buenos días —dijo Tanner con voz ronca.

—Buenos días —respondí yo, mirando su mano. Me rozó el pezón con el pulgar y presionó con suavidad.

—¿Has dormido bien? —Tanner se desplazó para introducir una pierna entre las mías.

Se me paró un instante el corazón.

—Como un bebé.

—Mm... ¿Por qué será? —Dejó resbalar los labios por la ladera de mi hombro—. ¿Sabes qué?

Titubeé un momento. Luego cubrí su mano con la mía.

—¿Estás caliente?

Sus profundas carcajadas agitaron el cabello de mi nuca.

—Tengo hambre.

—Oh. Vaya, qué corte.

Tanner me mordisqueó la delicada piel que hay detrás de la oreja. Al mismo tiempo, desplazó la mano de mi pecho a la entrepierna.

—Hambre de ti.

—¿Y no es lo mismo?

Arqueando la espalda, empujé el trasero contra él.

Su gemido me excitó aún más si cabe.

—Tienes razón. —Su mano exploró las profundidades de mis muslos. Las sensaciones palpitaban por mis venas—. Tienes toda la razón.

Abandonó mi entrepierna y noté que se movía a mi espalda. Oí que rasgaba un envoltorio y empecé a darme la vuelta, pero una mano me sujetó la cadera para que no me moviera. Me quedé inmóvil, mordiéndome el labio inferior, mientras esa misma mano me acariciaba el costado y luego se deslizaba por el centro de mi espalda. Como yo no veía lo que hacía, el ansia poseía un matiz afilado, casi desesperado.

—Tanner —susurré, embargada por el deseo.

—Maldita sea. —Su cuerpo ardía contra el mío otra vez, y noté su calor y su dureza en la parte baja de mi espalda—. Ya estás lista, ¿verdad?

Antes de que pudiera responder, se movió nuevamente. Sus manos se posaron en mis caderas cuando se irguió sobre mí. Yo estaba tendida de bruces, con las piernas abiertas, cuando él se dispuso a entrar en mí. Con el pulso desbocado, arrastré las manos por la sábana y me apoyé sobre los antebrazos. Volví la cabeza para mirar a Tanner por encima del hombro.

Dios mío, tenía un aspecto alucinante erguido detrás de mí. Todavía llevaba restos de sueño pegado a las facciones, pero sus ojos eran de un azul vibrante, impregnados de potente ardor y excitación. Empezó a besarme otra vez, comenzando por el hombro y bajando por la espalda, trazando un camino ardiente que concluyó justo encima de la hendidura en mi trasero.

Usó la mano que sujetaba mi cadera para atraer mi cuerpo hacia sí. Su cálido aliento bailó en mi nuca.

—Estas son las mañanas que me gustaría vivir una y otra vez. En realidad, este momento exacto —reveló, y noté cómo se posicionaba detrás de mí antes de penetrarme.

Arqueé la espalda y grité. La sensación... era más intensa, más plena y tensa. Cada una de mis terminaciones nerviosas estaba al límite. Pero no se debía tan solo al hecho de sentirlo dentro. No quedaba ni el más mínimo resquicio entre nuestros cuerpos. El suyo, mucho mayor, se curvaba sobre el mío, lo sellaba.

—¿Estás cómoda? —Su voz sonó densa, ronca.

—Sí —conseguí musitar—. Oh, por favor, Tanner...

Me besó la mejilla y desplazó los labios a mi oído.

—Necesito que aguantes, porque te lo voy a dar todo.

Me estremecí.

Y entonces hizo exactamente lo que había prometido.

Tanner se movía deprisa, entrando a fondo y reduciendo el ritmo lo justo para estrujarse contra mí antes de recuperar la marcha. En esa posición, yo apenas podía hacer nada más que acoger sus embestidas, y lo hacía de buen grado. Él tenía el control de la situación ahora, y yo me aferraba a la sábana mientras un revuelo de sensaciones me abrasaba.

—Oh, Tanner, cómo me gusta —gemí, empujando contra él—. Sí, sí, sí.

Él emitió ese gruñido suyo, como una especie de rugido complacido, y yo me dejé inundar por nuestros gritos. Yo jadeaba y él soltaba murmullos roncos. Me aferraba por debajo y empezó a tocarme entre los mulsos a la vez que arremetía. El placer era rápido, brusco, casi violento.

—Hostia —gruñó Tanner contra mi hombro.

Súbitamente, yo estaba de rodillas y empujaba con las manos el cabezal. Él me sujetaba por la cintura para que no perdiera el equilibrio al mismo tiempo que me embestía, con el otro brazo junto al mío, la mano cerrada sobre mis dedos en el cabezal. Aturdida, abrí los ojos y miré nuestras manos unidas.

Me quedé sin aliento y perdí un poco la cabeza ante la imagen, y luego acabé de perderme en sus movimientos. Y ya no sabía ni dónde estaba según la habitación se llenaba de los golpes que emitía el choque de los cuerpos, nuestros gemidos y suaves maldiciones. No había ritmo, tan solo una danza salvaje. La tensión ascendió en espiral, y yo estaba al límite. Eché la cabeza hacia atrás, contra su hombro, cuando mi cuerpo se cerró. Una descarga del más exquisito placer me inundó, pasmosa de tan intensa. Me azotó de arriba abajo, intensificada por cada poderosa arremetida. Me flojeaban los brazos, pero él me sujetó y me selló contra su cuerpo mientras se liberaba, con sus caderas presa de fuertes espasmos.

Hasta el último músculo de mi cuerpo se diluyó en esos maravillosos instantes de pura dicha. Temblaba, lánguida como un pétalo, cuando me acompañó al colchón y me dejó acostada para ocuparse del condón. Allí seguía, donde me había dejado, cuando regresó a la cama y acabamos cara a cara, su brazo en torno a mi espalda, con su mano acariciando mi congestionada mejilla. Me sentía completamente saciada. No sabía que te pudieras sentir así. Quería decírselo, pero me pesaba la lengua.

Tanner me estrechó contra sí.

—Creo... creo que necesito echar una cabezada.

Una carcajada cansada pero alegre escapó de mi garganta.

—Lo mismo digo.

—Pues ya tenemos un plan.

—¿Ah, sí? —murmuré.

—Sí. —Me besó la frente—. Como no tenemos nada que hacer y nadie nos va a decir nada, durmamos un rato.

Sonreí a la vez que me acurrucaba contra su cuerpo.

—Me parece un plan fantástico.

* * *

Ese mismo día, por la tarde, me planté delante de Tanner con un paquete de pollo crudo en las manos.

—Sé que tengo razón.

Él arqueó una ceja y se recostó contra la encimera.

—Nunca he oído nada parecido.

—Seguro que hay un montón de cosas que no sabes.

—Qué va —replicó en tono cansino.

Puse los ojos en blanco.

—Si hierves el pollo antes de asarlo, no tarda tanto en cocerse y así sabes que no quedará crudo.

—Entiendo lo que dices, pero me parece redundante.

—Pero no es lo mismo. No lo hierves del todo —intenté explicarle por enésima vez—. Olvídalo. Deja que yo me ocupe.

Sonriendo, agitó una mano como si me concediera permiso. Optando por no hacerle caso, dejé el paquete sobre el granito y puse una olla de agua al fuego.

—Al menos ha dejado de llover —comentó él. Cuando me di media vuelta, descubrí que estaba mirando por las puertas de cristal—. Apuesto a que Kyler y Sydney se arrepienten de haberse marchado.

—Seguro que están acurrucados en la tienda, fabricando niños igualitos a Syd.

Tanner sonrió y luego me hizo un guiño. Mi corazón dio un tropiezo.

—¿Más o menos lo mismo que hemos estado haciendo tú y yo?

Noté un intenso calor en la cara.

—Salvo que lo nuestro se parece más a entrenar para una maratón —prosiguió con una sonrisa sarcástica—. Aunque una Andrea pequeñita y pelirroja sería una monada.

Ay, mi madre. Agrandé los ojos. ¿De verdad había dicho eso? Noté un vuelco la mar de agradable en el estómago y mi corazón se puso a bailar, pero me di media vuelta y eché mano del paquete de pollo. Era imposible que hablase en serio, y no pensaba sacar conclusiones de ese comentario. Ni hablar. No permitiría que mi cerebro hiciese algo tan estúpido.

Hacía un rato, mientras Tanner se estaba duchando y yo le daba vueltas a la cabeza... bueno, los momentos de inactividad no eran tan fantásticos. Y mientras yo me duchaba, mis pensamientos habían recorrido parajes que conocía bien, llenos de dudas, zonas que me disparaban la imaginación.

A veces..., a veces tenía la sensación de que me estallaría la cabeza de tanto pensar, y fue uno de esos momentos. Mientras estaba debajo del agua, empezó a embargarme el pánico. ¿Se arrepentía Tanner de lo sucedido la noche anterior y por la mañana? ¿Significaba algo para él? ¿Qué pasaría si le dijera lo que pensaba..., que había muchas posibilidades de que estuviera enamorada de él? ¿Me conocía siquiera?

La respuesta a esa pregunta era la que más me asustaba. No creía que me conociese. Cuando menos, no a la Andrea que asomaba en los momentos de calma, a esa Andrea que yo no sabía cómo sobrellevar.

Y no tenían que ver únicamente con Tanner. Los sentimientos de pánico e inseguridad que me asaltaban. Ese tipo de sensaciones nunca nacían de un solo factor. De ser así, habría sabido afrontarlos mejor.

—¿Me he pasado de sincero? —preguntó, y su voz se dejó oír cerca, muy cerca.

Presa de un estremecimiento, abrí el paquete de pollo. Eché mano de las pinzas.

—Es que no creo que... hablaras en serio.

—¿Acaso estás dentro de mi cabeza? —Puso los brazos en jarras y yo di un respingo—. ¿Me lees el pensamiento?

Tanner no sabía hasta qué punto su broma me tocaba de cerca. De modo que me concedí un momento para extraer el pollo con las pinzas e introducirlo en el agua hirviendo.

—Me parece que no quiero saber lo que hay en tu cabeza.

—¿Ah, no? —Tanner me abrazó por la cintura, con un solo brazo. Me besó el cuello—. Pues a mí me parece que te gustarían las ideas que me rondan la cabeza.

A pesar de lo que venía pensando, sonreí según extraía la última pieza de pollo.

—Vale. Puede ser.

—Sin duda —murmuró, y me plantó un beso detrás de la oreja.

—Es posible.

Tanner retrocedió para que yo pudiera lavar las pinzas en el fregadero. Cuando me di media vuelta, miraba la olla con expresión asqueada.

—Es..., es repugnante. Toda esa carne blanca flotando en el agua.

Me reí cuando hizo una mueca de desagrado.

—No seas crío.

—¿Me estoy ganando una zurra?

—Ay, Dios. —Volví a reír, sacudiendo la cabeza.

El rato que dedicamos a asar el pollo y luego a cenar transcurrió entre pullas mutuas que al final llevaron a Tanner a soltar un comentario lascivo tras otro que, o bien me arrancaban una risita tonta, o bien me hacían sonrojar, o ambas cosas. No hubo momentos de inactividad, no durante unas horas, ni siquiera cuando Syd y Kyler llegaron a casa.

Sin embargo, la sensación de vacío regresó con virulencia renovada cuando nos sentamos todos en la sala de juegos.

Había empezado a llover nuevamente poco después de la llegada de Syd y Kyler y ahora veíamos cómo los chicos compartían otra partida de hockey de mesa. Kyler bebía cerveza. Tanner también. Incluso Sydney, que raramente bebía, se había preparado una clara.

Yo me moría por tomar una copa.

Tantas ganas tenía que estaba a punto de estampar la cabeza contra la pared, pero no quería que Tanner me viera beber. En realidad, *quería* que Tanner me prestara atención. Ese era el problema. Una vez que nuestros amigos habían aparecido, no había vuelto a mirarme ni... a hacerme caso.

Al principio pensé que me estaba portando como una tonta. Nada nuevo por ese lado. Sin duda debía ser eso, porque, si alguien tenía facilidad para hacer el tonto, era yo. Cuando Kyler y Syd habían aparecido, todos armamos mucho jaleo, y luego les entró hambre y quisieron hablar del viaje mientras comían las sobras de la cena. Yo estaba nerviosa, porque no sabía cómo comportarme, si debía acercarme a Tanner y meterle mano o qué sé yo, o esperar a ver qué hacía él, así que no hice nada en realidad. Y cuando Syd subió a ducharse, Kyler monopolizó a Tanner, y luego, al regreso de Syd, mi madre me llamó, y a mí me tocó escuchar hasta qué punto estaban orgullosos de Brody y cuánto se preocupaban por mí. Cuando por fin colgué el teléfono, necesitaba desesperadamente una copa, pero resistí.

Así que Tanner y yo, obviamente, no habíamos tenido tiempo para hacernos ojitos o para exponer nuestra súbita y eterna pasión mutua, pero, según la tarde fue cediendo el paso a la noche, la indiferencia que había comenzado a mostrar con la llegada de nuestros amigos se prolongó.

Puede que no fuera para tanto. No estaba segura. Sin embargo, pensaba que, cuando menos, me prestaría atención. Sinceramente, creo que apenas habíamos intercambiado cuatro palabras en todo ese rato. No hubo largas miradas lascivas ni caricias robadas. Y cuando subí a buscar un maldito refresco, no me siguió ni nada parecido.

Así pues, es posible que si me *estuviera* tratando de manera distinta, porque solíamos charlar..., o discutir..., o lo que fuera, pero ahora parecía que no quería...

Corté en seco ese hilo de pensamientos.

No sabía cómo interpretar su actitud.

Sin embargo, el corazón me latía de un modo un tanto desagradable y tenía un nudo en el estómago mientras veía a Tanner pavonearse a un extremo de la mesa, respondiendo con sonrisas a las pullas de Kyler.

Señor, cómo me apetecía una copa.

Sin embargo, no sabía si podría tomar solo una. O sea, seguramente sí, pero lo último que quería era que alguien, sobre todo Tanner, hiciera comentarios sobre mi consumo de alcohol. Y conste que ninguno de ellos tenía derecho a criticarme, porque todos estaban bebiendo. No era justo. ¿Por qué ellos podían beber y yo no?

Era cerca de medianoche cuando decidí retirarme. El partido de hockey de mesa había llegado a su fin y todos charlaban tranquilamente, pero yo estaba más que lista para dar la noche por terminada. El mañana se me antojaba mucho más prometedor que el presente.

Tras desearles buenas noches a todos, me encaminé a las escaleras. Tanner alzó la vista, y se me derritió el corazón cuando sonrió y dijo:

—Buenas noches, Andy.

—Buenas noches —repetí yo, y subí corriendo el tramo de escaleras a la planta principal y luego al último piso como una boba.

Buenas noches, Andy.

¿Sería su manera de decirme en clave «luego nos vemos» o, simplemente, me estaba deseando buenas noches? Debía de ser una clave. Sin duda, una clave. ¿Debería haber usado yo también una clave para sugerirle que me parecía bien? Daba igual. Tardé una eternidad en terminar los preparativos para meterme en la cama. Me cepillé los dientes y me peiné todos los enredos. Me lavé la cara y dediqué un rato a maquillarme por si las moscas: me apliqué máscara de pestañas y colorete. Para irme a dormir. Da igual. Luego me empapé en la loción que huele a melocotones. Buscar algo sensual pero no demasiado ostentoso me costó más de lo que esperaba. Al final me decidí por unos pantaloncitos supermonos y una camisola.

No cerré la puerta del dormitorio con llave antes de acostarme. Tanner acudiría. No podía ser de otro modo después de lo sucedido anoche y esta mañana. Tenía que acudir. Y hablaríamos, porque teníamos que acordar qué íbamos a hacer con lo nuestro. Había dicho que tendríamos *muchas ocasiones* de estar juntos y que le gustaría verme al volver a casa, aunque eso podía significar muchas cosas: amigos con derecho a roce en secreto o una relación de verdad.

Me dio un vuelco el corazón al pensar que quizás solo quería ser amigo mío con derecho a roce, y no pensaba fingir siquiera que me parecía bien. A decir verdad, no me sentía nada cómoda con los rollos de una noche, esos que solía protagonizar cuando bebía unas copas y no pensaba a derechas. En la oscuridad de la habitación, podía reconocerlo, por duro que resultase. Y si Tanner quería tener una relación conmigo, debía ser sincera con él y revelarle unas cuantas cosas sobre mí que no sabía. Debía darle la oportunidad de tomar una decisión informada, supongo.

¿Una decisión informada? Puse los ojos en blanco. Cualquiera diría que Tanner se disponía a votar o algo así.

Me tumbé de espaldas y miré el reloj. Noté escarcha en la barriga cuando me di cuenta de que había transcurrido una hora entera desde que había entrado en la habitación. Desplacé la mirada a la puerta. ¿No pensaba acudir? Es más, ¿me parecía bien que se colase en mi dormitorio, habida cuenta de que no me había hecho ni caso desde el momento en que nuestros amigos habían regresado?

Por otro lado, ¿le había hecho caso yo a él?

Me mordí el labio inferior con la mirada clavada en el techo. Tan solo distinguía la forma del ventilador, que giraba despacio. Para ser sincera, yo tampoco me había prodigado. O sea, no sabía qué hacer ni cómo comportarme con él.

Cerrando los ojos con fuerza, me dije que solo tenía que esperar. Tanner acudiría. Lo haría. Así que esperé.

Y esperé. Esperé hasta que los segundos mudaron en minutos, los minutos en horas y mi puerta no se abrió. Y Tanner... no apareció.

16

Andrea

Dos. No. Tres. ¿O serían cuatro? Diablos. Incliné la botella de cerveza a un lado y escudriñé la etiqueta con el ceño fruncido. Debería preguntárselo a Syd. Ella siempre lo sabía.

—Cinco —dijo Syd con un suspiro preocupado.

Devolviendo la botella a su posición normal, miré a mi amiga. Estaba sentada en la butaca del porche, enfrente de la tumbona mojada que yo ocupaba. Había llovido durante buena parte del día y solo hacía un par de horas que el sol había asomado por detrás de los nubarrones.

—¿Eh?

—Es la quinta cerveza que te tomas —me explicó al mismo tiempo que se recogía la gruesa melena (Dios, cómo me gustaría un pelo como el suyo) en una coleta—. Estás poniendo esa cara. La he reconocido. Intentas recordar cuánto has bebido.

Hice una mueca asqueada.

—¿Pongo una cara especial?

Syd asintió.

—Sí. Es la expresión que sueles adoptar antes de preguntarme cuántas copas te has tomado.

—Ja —me reí—. *Estaba* a punto de preguntarte eso. Uf.

Levantando la cerveza, bebí un largo trago. De inmediato sentí la necesidad de eructar, pero echando un vistazo a Tanner y a Kyler, que charlaban por allí cerca, decidí que sería un gesto muy poco femenino.

Tanner.

Ugh.

Eché otro trago y apoyé la cabeza contra el almohadón. Ni siquiera podía mirarlo sin revivir lo que habíamos hecho en, bueno, tiempo real, y eso me resultaba humillante. Lo más humillante del mundo, porque no podía evocar las travesuras que habíamos compartido sin recordar que prácticamente me había ignorado la noche anterior y no se había presentado en mi habitación. Y entonces no podía sino concluir que seguramente me la había jugado. Me la había jugado *bien*. ¿En qué demonios estaba pensando, para dejarme enredar así? No me había parado a pensar, ese era el problema.

—Pero si contamos el chupito de vodka que te has bebido entre la cerveza número dos y la número tres, diría que vas por la sexta o la séptima —añadió Syd.

La miré entornando los ojos.

—No entiendo tu lógica.

Ella volvió la vista hacia los chicos. Como la tormenta había escampado, habíamos decidido preparar carne a la brasa. Entrecots, gruesos y grasientos. Como mis muslos. Aunque dudo que la carne de mis muslos estuviera tan rica a la barbacoa.

Uf, un poco entonada sí que estaba.

Abriendo los ojos, volví la cabeza a un lado y mis ojos toparon con los de Tanner. Respiré entrecortadamente. Kyler le estaba contando algo, pero él parecía un tanto distraído. Así que ahora se dedicaba a mirarme a hurtadillas; como si estuviera en su derecho. Pero qué carajo. Desvié la vista y apuré los restos de la cerveza.

No quería pensar en él. No quería pensar hasta qué punto habían sido maravillosas las pocas puñeteras horas que habíamos compartido. Y ni en sueños quería pensar en..., en esa sensación tan agradable que había experimentado simplemente charlando con él, intimando al margen del sexo, o eso creía yo. Y, desde luego, ni por una milésima de segundo deseaba imaginar hasta qué punto me debía de considerar patética, porque ahí estaba yo, enamorada hasta las trancas, y ahí estaba él, seguramente contando los días que quedaban para marcharnos. Menos mal que no le había dicho que le quería. Gracias a Dios. Daba igual, ahora no quería pensar en eso.

—¿Y qué vais a hacer mañana? —pregunté, y luego sonreí, porque estaba segura de no haber arrastrado las palabras.

Syd encogió sus exquisitos hombros.

—No lo sé. ¿Qué tenemos programado, Kyler?

—Pasar todo el día en la cama —replicó él.

Yo me reí... estrepitosamente.

Ella frunció los labios.

—Vale. No.

Kyler hizo un mohín y yo reconocí para mis adentros que estaba guapo incluso cuando hacía pucheros. Un hombre haciendo pucheros. Ja.

—Lo que tú quieras, Syd. Estoy a tu servicio —añadió él.

Una radiante sonrisa asomó al rostro de mi amiga.

—Me gusta cómo suena eso. —Volviendo la vista hacia mí, se encogió de hombros nuevamente—. La verdad es que no lo sé. A lo mejor hacemos otra excursión. ¡Ya sé! Podríamos ir a pescar. Hemos pasado cerca de un lago. Sería perfecto. Vente si te apetece. Será divertido.

Solté otra carajada, tan ruidosa como la primera.

—Paso.

—Entonces Tanner pasará también —apuntó Kyler en tono desenfadado.

Tanner le lanzó una mirada capaz de fulminar a cualquiera en el acto, pero Kyler rio entre dientes antes de tirar su botella a la basura del porche.

Advertí que Syd me miraba fijamente, y la poca tranquilidad que me había proporcionado el alcohol se esfumó. Se me agarrotaron los músculos de la nuca. Syd había intentado arrancarme si había pasado algo entre Tanner y yo mientras ellos estaban de acampada, pero mi boca estaba sellada. Ni de broma le iba a revelar nada mientras estuviera atrapada en esa estúpida cabaña a punto de echarme a llorar.

—Él puede hacer lo que quiera —anuncié yo.

Tanner se cruzó de brazos. Los bíceps se le marcaron bajo la camiseta de un modo que debería considerarse indecente.

—Gracias, Andy, por recordarle a todo el mundo que soy un ciudadano libre.

Resoplé.

—De nada. Para eso estoy aquí.

—¿Para señalar lo evidente? —replicó él.

—Ya empezamos —murmuró Syd entre dientes.

Una enorme sonrisa asomó a mi rostro según clavaba los ojos en el apuesto rostro de Tanner. *Esto* sí que podía manejarlo. A Tanner, el listillo. Con esta situación sí que estaba familiarizada. No con el Tanner dulce y encantador que me hacía creer que era distinta —que *nosotros dos* éramos distintos— antes de recordarme, para mi inmenso dolor, que en realidad nada había cambiado.

—Bueno, si yo no lo hago, ¿quién lo hará?

Tanner enarcó una ceja.

—¿Nadie?

Encogí un hombro.

—Da igual. Voy a buscar otra cerveza. —Me volví a mirar a Kyler—. ¿Quieres otra, ya que estoy de pie?

Abrió la boca para responder, pero antes consultó a Syd con la mirada.

—No, gracias.

Comprendí que la negativa guardaba relación conmigo, pero me traía sin cuidado. Apartando las piernas de la tumbona, me levanté. Y me tambaleé sin haber dado ni un paso.

—¿No crees que ya has bebido bastante? —preguntó Tanner a la vez que daba un paso adelante.

Le miré con desprecio.

—¿Alguien te ha pedido tu opinión?

—No. Pero te la voy a dar igualmente.

Solté una risilla nada atractiva.

—Estoy segura de que lo vas a hacer.

—Uhhhh... —chifló Kyler.

Tanner abrió la boca, pero antes de que pudiera responder, le espeté:

—Pero te recuerdo que no es algo que me interese.

Captó la indirecta y, resoplando una carcajada breve y seca, torció la cabeza a un lado.

—¿Sabes qué? Eso es lo curioso de mis opiniones. Tiendes a no hacerles caso porque sabes que tengo razón.

—No entiendo de qué va todo esto —suspiró Syd por lo bajo.

—¿Y sabes qué es más curioso todavía? —le pregunté con dulzura, al mismo tiempo que tiraba la botella a la basura.

—¿Qué? —Ahora Tanner parecía aburrido.

Mirándole a los ojos, levanté la mano derecha... y el dedo corazón.

—Esto.

—Oh, vaya —replicó—. Qué fina.

Mi expresión de hastío fue tal que, si hubiera enseñado el blanco de los ojos un poco más, las órbitas se habrían perdido en las profundidades de mi cráneo y nunca habría vuelto a encontrarlas.

—Pues mira quién fue a hablar. No sé por qué te ofende tanto mi dedo, si tú no sabes hablar sin soltar un taco cada dos por tres.

—Algo de razón tiene —observó Kyler.

Le obsequié con una sonrisa espectacular.

—Gracias.

—Eso, tú anímala —murmuró Tanner.

Optando por hacerle caso omiso, di media vuelta para encaminarme a la puerta de la cocina. Entré y conseguí no trastabillar ni una vez. Bésame el culo, Tanner.

El pensamiento me hizo sonrojar. Vale. Nada de besos, aunque me gustaban. En cuestión de besos, Tanner era un *crack*.

Cuando abrí la puerta de la nevera, las botellas tintinearon con tanta alegría que me entraron ganas de bailotear al ritmo de la melodía. Eché mano de un cerveza y anoté mentalmente que al día siguiente debía comprar más. Tenía la sensación de que iba a necesitar un lote de doce para sobrellevar el resto de la estancia. O, mejor, de cuarenta. ¿Existen los lotes de cuarenta? Cielos, esperaba que sí.

Mierda, necesitaba un barril.

Desenrosqué la chapa y la lancé a la encimera con un suspiro. Me quedé mirando cómo giraba por el granito. Allí plantada, sosteniendo esa botella fresquita, me esforcé por descifrar el motivo del desagradable hormigueo que reptaba por mi piel. Tanner no era el único responsable. Jo, la sensación nunca respondía a una sola causa. El origen siempre había que buscarlo en la suma de varias historias.

Me había pasado el día agobiada por un montón de cosas: la llamada de mi madre, la idea de volver a casa, sentir que estaba atascada mientras todo el mundo seguía adelante con su vida y, por supuesto, el rollo con Tanner. Y, por alguna razón, empecé a pensar en la conversación que había mantenido con él la primera noche que nos liamos y en cómo me sentía cuando quise tenerlo en mi boca. ¿Me habían forzado alguna vez? Ninguno de los chicos con los que había estado me habían presionado. Los había llevado a casa por voluntad propia, pero sí tenía la sensación de que esperaban eso de mí. Al fin y al cabo, ¿por qué se iban a ofrecer, si no, a acompañarme a casa? Esa presión... Dios mío, estaba *dentro* de mí. Ellos no habían hecho nada, que yo recordara. Era *yo*. Me sentía obligada a hacerlo para evitar las relaciones completas, porque, si no andaban buscando sexo, ¿qué podían querer de mí?

¿Y por qué, si no, se había mostrado Tanner tan encantador conmigo? Obviamente, quería algo y lo había conseguido. Ni siquiera había tenido que esforzarse. Yo se lo había puesto en bandeja.

Me entraron ganas de estampar la cabeza contra la pared, porque todo me parecía tan patético, incluida la expresión de Tanner cuando le había hablado de mis experiencias pasadas con los chicos.

Qué porquería.

Nada tenía sentido.

Volví a suspirar. Genial. Había pasado de tener un puntillo alegre en plan «todo me da igual» a tener un puntillo triste en plan «me gustaría meter la cabeza en el horno». Arrugué la cara en el instante en que acabé de formular el pensamiento. Eso no molaba. No molaba nada de nada.

—Andrea.

Di un respingo. Unas pegajosas gotas de cerveza me salpicaron la mano.

—Qué susto. —Di media vuelta y descubrí a Tanner plantado al otro lado de la isla—. ¿Qué haces? ¿Me estás acosando?

—Sí —respondió él en tono apagado—. Por eso te he llamado, porque eso es lo que hacen los acosadores cuando quieren pasar desapercibidos.

—Un acosador muy tonto lo haría. —El corazón me latía ahora muy despacio—. ¿Lo pillas?

Me arrepentí al momento del comentario, pero la rabia..., la rabia siempre ha sido mi válvula de escape.

Sus hombros se desplazaron hacia arriba cuando respiró profundamente.

—Llevas todo el día evitándome.

—Qué va.

Ladeó la cabeza y enarcó las dos cejas.

—Te has pasado el día entero escondida en tu habitación o pegada a las faldas de Syd.

—Estaba... hablando de cosas de chicas —repliqué—. Y durmiendo.

—Andrea...

Tenía razón. Le *había* evitado. Al parecer, no se me daba demasiado bien.

—Igual que anoche. Apenas si me dirigiste la palabra.

—¿Qué? —Estupefacta, prácticamente le estaba gritando—. ¿Que apenas si *te* dirigí la palabra? *Tú* no *me* hiciste ni caso.

Me miró de hito en hito.

—Andy, yo...

—Qué tontería. Todo esto es absurdo.

Levanté la botella para beber.

Se hizo un silencio y luego me preguntó:

—¿De verdad te apetece otra cerveza?

Enfadada, me acerqué la botella a los labios y bebí un largo trago.

—¿Responde esto tu pregunta?

El azul de sus ojos se oscureció.

—Mira, no quiero ser un idiota, pero...

—Pues tendrás que esforzarte más. Yo solo te lo digo. Es mi opinión, pero me ha parecido oportuno compartirla.

Abrió la boca y volvió a cerrarla de golpe. Transcurrieron varios segundos.

—¿Sabes?, no lo decía por fastidiarte.

Yo quería echarle en cara todas las actitudes suyas que me habían fastidiado, pero..., pero ajo y agua. Cualquier cosa que le dijera revelaría lo que sentía por él y, bueno, ya me había puesto bastante en evidencia sin necesidad de llevarlo más lejos.

—Pero has respirado —discurrí, asintiendo, superorgullosa de mí misma—. ¿Qué me dices a eso?

Negando con la cabeza, apoyó los codos en la isla.

—Normalmente tienes respuestas mejores.

—No quiero malgastar mi ingenio contigo.

Me encaminé a la puerta como un vendaval. Bueno, puede que trastabillara una pizca, pero en mi mente pasé por delante de Tanner con los andares de una aristócrata, y fue alucinante.

—Ojalá no bebieras tanto.

Me detuve en seco. Maldición. Mis pies tenían voluntad propia, y se habían detenido porque lo había dicho en un tono infinitamente quedo, sin la menor traza de sorna o desprecio. En realidad, lo dijo en tono de súplica. El alcohol se agrió en mi estómago. Tan solo podía ver su expresión de lástima.

—¿Por qué bebes así? —me preguntó.

Para tranquilizarme. Para no comportarme como un bicho raro. Para olvidar. Para recordar. Para ser divertida. Para caer bien. Para no preocuparme tanto por caer bien. Para divertirme. Para que todo me dé igual. Una sensación ardiente se deslizó por mi espalda según mi mente gritaba las respuestas. Quería que todo me diera *igual* y ya está.

No dije nada de eso.

—*Tú* también bebes.

—Es verdad. Y a veces me emborracho, pero no cada vez que bebo.

Despacio, volví la vista hacia él. Tanner no me miraba. Tenía los ojos clavados en la isla de la cocina.

—Yo no me emborracho cada vez.

Él sacudió la cabeza despacio.

—Andrea, o bien agarras una curda o te falta muy poco. Cada vez.

—Eso no es... —Me mordí la lengua. Sí, incluso yo me daba cuenta de que tenía razón. Seguramente podía contar con los dedos de una mano las veces que me había tomado un par de cervezas o de chupitos y luego había parado. Pensándolo bien, no estaba segura de haberlo hecho *nunca*.

—Mi padre se tajaba cada dos por tres —prosiguió—. Nunca hubiera pensado que me interesaría una chica que hiciera lo mismo.

Mi cerebro registró dos datos al mismo tiempo. Estaba interesado en mí, lo que no era tan superevidente. O sea, se había colado debajo de mi falda unas cuantas veces, así que, vale, debería haberlo deducido. Pero también me había comparado con su padre, un hombre al que prácticamente odiaba, según había descubierto recientemente, y eso más o menos eliminaba la primera parte. El dolor invadió cada célula de mi ser y se infectó debajo de la piel. Me ardía la garganta y quería salir corriendo.

No lo hice.

—Eso te convierte en una especie de pervertido.

Lanzó otra carcajada triste.

—Supongo que sí.

Me temblaba la mano cuando levanté la botella para beber, pero no llegué a tomar el trago. Me limité a mirar el cristal, herida, enfadada y embargada por otras mil emociones que ni siquiera era capaz de descifrar.

—Entonces deberías dedicar un tiempo a pensar en eso en lugar de obsesionarte con mis hábitos de consumo.

—¿Nunca has pensado que te lo digo porque siento algo por ti? —Se apartó de la isla para acercarse—. ¿Se te ha pasado por la cabeza, aunque solo fuera una vez?

—¿Cuándo? —Me reí, y esta vez sí que bebí—. ¿Entre un revolcón y el siguiente? ¿O cuando pasaste de mí en cuanto aparecieron nuestros amigos?

—¿Cómo que pasé de ti? —Entornó los ojos—. No quería que te sintieras incómoda...

—¿Por qué estamos manteniendo esta conversación siquiera? —lo interrumpí, y la rabia (ese sentimiento feo e incandescente) hundió las garras en mí—. Es absurdo y te agradecería que te metieras en tus malditos asuntos por una vez.

—¿Crees que me voy a meter en mis asuntos después de lo que ha pasado entre nosotros?

Mi carcajada sonó más bien como un ronquido.

—¿Y por qué no? No parece que lo sucedido haya cambiado nada. Y además da igual. —Las palabras dolían solo de pronunciarlas—. Lo hemos pasado bien. No ha significado nada.

Tanner me miró con los labios prietos, la frustración grabada en el semblante.

—No me extraña que no hayas salido con nadie desde que te conozco —me espetó, y dio media vuelta.

Una mano helada descendió por mi pecho y hundió el puño en mi estómago.

—¿Qué?

—Esto. —Volviéndose hacia mí nuevamente, alzó la mano con un gesto que lo abarcaba todo—. Siempre estás taja perdida, y cuando no lo estás eres una persona muy agradable. Pero no aguantas sobria el tiempo suficiente como para soportar esta mierda.

17

Andrea

No pude moverme cuando las duras palabras de Tanner aterrizaron sobre mí, se filtraron a través de mis poros y calaron hondo, más allá de los músculos y los huesos. Lo miré de hito en hito, según una quemadura infernal estallaba en la boca de mi estómago para reptar hasta el pecho y alojarse allí.

Quería dispararle una réplica inteligente. Quería comportarme como si las palabras no me hubieran herido y su opinión me trajera sin cuidado. Quería decirle que me daba igual ser una calamidad y estar sola, pero la lengua no me respondía. La tenía pegada al paladar y la cara de Tanner había empezado a emborronarse.

La tensión se alargó durante un momento, y entonces Tanner maldijo entre dientes. Levantó una mano y, desviando la vista, se mesó el cabello, con el latido de un músculo en su mandíbula cuadrada.

—Andrea, yo...

—No —salté para que no siguiera hablando. Me temblaba la voz. No sabía qué le estaba prohibiendo, pero lo último que necesitaba oír ahora mismo era una disculpa. Aunque estaba un tanto espesa, sabía que uno no puede soltar unas palabras como esas y luego retirarlas. Sin embargo, debajo de la humillación, la verdad resultaba igual de dolorosa, si no más. No podía considerarme la víctima de esta historia. Tanner acababa de hacer un comentario cruel, pero los hechos le daban la razón y, aun estando medio borracha, me daba cuenta.

Y esa realidad tornaba sus palabras aún más difíciles de digerir si cabe.

—Ahora ya no puedes desdecirte —susurré—. No puedes retirarlo.

Él se encogió.

Yo intenté respirar, pero el aire se atascó en mi garganta. Una serie de leves estremecimientos recorrieron mi espalda.

—Que te den, Tanner.

Dejando la cerveza en la encimera, di media vuelta y salí disparada hacia las escaleras. Me temblaban las manos.

Tanner me rodeó para cortarme el paso. Me miraba con unos ojos desmesuradamente abiertos.

—Perdona. No debería haber dicho eso. No así.

Sus palabras me alcanzaron y rebotaron.

—Aparta.

—Andrea...

—¡Déjame pasar! —Grité con tanta intensidad que me dolió el gaznate. Trastabillé hacia atrás. Empezaba a notar un cosquilleo en la punta de los dedos—. Ya lo pillo, ¿vale? Te arrepientes de haber estado conmigo...

—Espera. ¿Qué? Yo no he dicho eso. No me arrepiento lo más mínimo de haber estado contigo —objetó, negando con la cabeza—. Si no me crees, sal ahí y cuéntales a esos dos lo que hicimos exactamente y lo que significó para mí.

Solté una carcajada, pero el sonido se enredó con el nudo de mi garganta. Durante una milésima de segundo, tuve la sensación de que no podía respirar. Aunque sabía que sí, aunque estaba respirando, mis pulmones se cerraron. Me sentía igual que si llevara una abrazadera en torno al pecho, cada vez más prieta. El cosquilleo ascendió por los brazos. Se me nubló la vista. La sangre corría por mis venas a toda pastilla según el latido de mi corazón se disparaba.

Tanner estaba hablando, pero yo no le oía. Un rugido en los oídos ahogaba sus palabras. Intenté esquivarlo, pero tropecé y perdí el equilibrio. Choqué contra la pared. Él trató de sujetarme, pero yo tenía que salir de allí. Tenía que subir a mi habitación. Necesitaba la medicación.

La puerta corredera se abrió. El ruido resonó en mis oídos, súbitamente hipersensibles, igual que un agudo chirrido. Resollaba tratando de respirar.

—¿Qué pasa aquí? —preguntó Kyler desde alguna parte de la cocina, y tuve la sensación de que gritaba, por cuanto su voz restalló como un trueno.

—No... me deja... subir —musité, apoyada contra la pared—. Necesito subir a mi habitación.

La cocina daba vueltas cuando me despegué de la pared. Con las piernas flojas, alcancé el primer peldaño. Creí oír la voz de Syd, pero todos parecían estar muy lejos ahora, como en el fondo de un túnel. Necesitaba subir para poder respirar. Necesitaba respirar.

Una mano se posó en mi brazo, pero yo seguí avanzando. Por pura fuerza de voluntad logré subir las escaleras y llegar a mi habitación. La medicina estaba en el bolso..., en alguna parte del dormitorio.

—Andrea, ¿qué diablos te pasa?

Tanner se encontraba ahora a mi espalda. Su voz había regresado, alta y clara.

Por favor. Vete. Por favor. Vete. No sé si llegué a pronunciar las palabras de viva voz o no. Creo que sí. Tenía que hacerlo, porque la habitación, el mundo debía sumirse en el silencio o no podría controlar la angustia.

Trastabillé por la habitación, hacia la cómoda, pero no vi mi bolso. ¿Dónde estaba? Ay, Señor, tenía que encontrarlo. Estaba frenética. ¿No lo había dejado allí? ¿Lo había olvidado en otra parte? El pánico estalló en mis entrañas como una granada. Iba a suceder, lo sabía. Notaba cómo se concentraba en la base de mi cuello.

—Déjame en paz —insistí y, según me daba la vuelta, vi a Tanner plantado junto a la puerta de mi habitación, pero no lo vi en realidad—. ¡Déjame en paz!

Tanner

Me quedé helado, con las manos colgando a los costados y la mirada clavada en Andrea. No entendía qué estaba pasando. Ni siquiera sabía si era consciente de lo que hacía. ¿Tan borracha estaba? Mierda. Quería ayudarla, pero no sabía cómo hacerlo.

Avancé un paso hacia ella y me detuve al instante cuando gritó:

—¡Déjame en paz!

De nuevo, permanecí inmóvil. Algo iba mal. Tenía el rostro congestionado, excesivamente colorado. Sus ojos mostraban un brillo vidrioso, puede que por efecto de las cervezas, pero iban de un lado a otro como enloquecidos. Aun a distancia advertía que tenía las pupilas dilatadas. Noté un vuelco el estómago y un pensamiento horrible y maligno se apoderó de mí. ¿Acaso se drogaba?

—¿Qué puedo hacer? —le pregunté—. Dime qué puedo hacer para ayudarte.

Andrea negó con la cabeza y se dobló sobre sí misma, sujetándose la barriga con los brazos. La inquietud aplastó cualquier otro pensamiento. Avancé a toda prisa, pero una figura menuda me adelantó y se precipitó hacia ella.

Era Sydney.

Se plantó a su lado en dos saltos y le rodeó los hombros con el brazo.

—Venga, Andrea, respira hondo. Tienes que serenarte e inspirar a fondo.

Andrea temblaba con tanta violencia que Sydney se agitaba también.

—Necesito...

O bien a Andrea le fallaron las piernas o bien Sydney la obligó a sentarse, porque ahora estaban las dos acurrucadas en el suelo.

—¿Qué pasa? —pregunté.

Sydney no respondió. Estaba concentrada en Andrea.

Una de sus menudas manos la sostenía por la espalda, la otra por encima del pecho.

—Respira profundamente, despacio. No tienes que hacer nada más. Respira...

Jamás en mi vida me he sentido tan impotente como cuando estaba allí plantado, mirándolas como un pasmarote. Me habían enseñado a salvar vidas, a entrar en edificios en llamas y a usar herramientas para separar los hierros retorcidos de un vehículo siniestrado. Había administrado masajes cardiorrespiratorios y cerrado heridas sangrantes, pero nunca me había sentido tan inútil como entonces.

—Necesito... —jadeó Andrea entre sollozos entrecortados— las pastillas...

—¿Las pastillas?

—No te las puedo dar —dijo Sydney, a la vez que le frotaba la espalda con la mano.

Los sollozos de Andrea aumentaron de intensidad y yo no pude evitarlo. Me arrodillé a su lado.

—Lo siento, Andrea. No puedo —prosiguió Sydney, que ahora sujetaba a Andrea con fuerza—. Has bebido. No puedes mezclar las pastillas con alcohol.

—No puedo respirar —gritó la otra.

—Te voy a ayudar a respirar, ¿vale? Tú escúchame. Te voy a ayudar a respirar. —Sydney se interrumpió para mirarme—. Tienes que marcharte.

Y un cuerno.

—¿Corre peligro?

—Se pondrá bien —replicó ella con voz queda—. Pero ahora márchate, por favor. No va a mejorar si estás aquí.

No entendía por qué, pero al posar la vista en Andrea mi maldito corazón se hizo trizas. Estaba prácticamente acurrucada sobre sí misma.

—Me aseguraré de que se ponga bien. —Sydney me miró a los ojos—. Pero vete, por favor. Deja que cuide de ella.

Yo también quería cuidar de ella. Al fin y al cabo, tenía el presentimiento de que yo había provocado esa reacción o, cuando menos, había contribuido a lo que fuera que estuviera pasando. Ni por un momento había imaginado que mis estúpidas palabras pudieran provocar algo así, y puede que el alcohol tuviera la culpa en parte, pero yo también.

—Sufre ataques de pánico —explicó Sydney al ver que no me movía—. Eso es lo que le pasa. Tiene un ataque de pánico.

¿Ataques de pánico?, repetí para mis adentros, como un loro. No tenía ni idea. Andrea nunca lo había mencionado ni había dado muestras de sufrir nada parecido. Obviamente, se trataba de algo relativamente frecuente, por cuanto Sydney estaba enterada y Andrea tomaba medicación..., esas pastillas que no le podíamos dar porque había bebido.

Ay, mierda, yo sabía los efectos que provoca el alcohol cuando lo mezclas con ciertos medicamentos. Ignoraba qué clase de medicación tomaba Andrea en estas situaciones, pero ¿y si hubiera encontrado las pastillas antes de que llegáramos? Dios mío, la historia podría haber acabado en tragedia.

Me descubrí a mí mismo asintiendo según me levantaba despacio y ni siquiera fui consciente de que estaba en el pasillo hasta que vi a Kyler aguardando junto a las escaleras. Pasé por su lado sin detenerme.

—No lo sabía —expliqué—. No sabía que tuviera ese problema.

Kyler me siguió sin responder. Yo ignoraba adónde me dirigía, pero necesitaba moverme. Llegué a la cocina y me detuve para mesarme el cabello con ambas manos.

—¿Tú estabas enterado? —pregunté cuando oí los pasos de Kyler a mi espalda.

Hubo un silencio.

—Syd me lo había comentado.

—Mierda. —Dejé caer las manos. La tensión reptó por mi cuello—. ¿Y nadie pensó que sería buena idea mencionármelo?

—¿Y por qué íbamos a hacerlo? O sea, es un tema un tanto personal.

Me volví a mirarlo.

—Syd te lo dijo.

—Soy su novio y sabía que yo no lo iría contando por ahí. Y tú, perdona que te lo diga, pero solo eres un tío que pasa un rato con Andrea de vez en cuando.

Cerré los puños.

—Yo no soy un tío cualquiera, joder.

Enarcó una ceja.

—¿Ah, no?

—Mierda, no.

—¿Sois amigos, entonces?

—Yo diría que encajamos en la categoría de «más que amigos» —le espeté, y me di media vuelta. Atisbando la botella de cerveza en la encimera, la agarré y me encaminé al fregadero para vaciar hasta la última gota—. ¿Qué? ¿No me vas a pedir que amplíe la información?

—No creo que sea el momento de pedirte detalles acerca de nada —replicó con calma—, teniendo en cuenta la situación.

—Diablos. —Tiré la botella vacía a la basura y me aferré al borde de la superficie de granito. Agaché la cabeza—. Soy un imbécil. Un completo imbécil de mierda.

No debí soltarle ese comentario. No está bien pasarse de sincero, y mis palabras habían pecado de excesiva franqueza. Además de ser hirientes del carajo. La rabia y la frustración se habían apoderado de mí y, la verdad, mi reacción había demostrado que no era mejor que mi padre.

Dolía lo suyo darse cuenta.

¿Cuántas veces había perdido mi padre los nervios y le había soltado barbaridades a mi madre? ¿Y a mí? Más de las que podía contar. En ocasiones decía la verdad. Mi madre tampoco era perfecta y yo tenía mis cosas siendo un crío, pero el hecho de que algo sea verdad no te da derecho a echárselo en cara al otro de mala manera. Y mi gesto no había estado bien, por más que las palabras fueran ciertas.

Bueno, ni siquiera eran del todo ciertas.

A saber por qué no había salido con nadie desde que la conocía. Los chicos no suelen dar importancia al asunto de la bebida. Diablos, yo no le daría importancia de no ser porque... sentía algo por ella. Y ese era el quid de la cuestión. Andrea *me gustaba*. Mucho.

Y la había lastimado.

Alguien tenía que hablarle con claridad, pero no así. Aferrado al granito, observé cómo los restos de espuma burbujeaban hasta escurrirse por el sumidero. No bastaría con una disculpa; no lo creía.

—No puede haber sido tan malo.

Había olvidado que Kyler estaba siquiera en la cocina.

—Sí, sí que lo ha sido.

—Estaba borracha y... tiene problemas, Tanner.

—¿De ansiedad? —Me separé del granito, listo para rebatir el argumento de los «problemas»—. Mucha gente sufre de eso. No es tan raro.

Levantó las manos como si se diera por vencido.

—Yo no digo que sea malo ni nada parecido, pero tienes que entender que, seguramente, han influido en su reacción. No creo que tú hayas sido el único motivo.

—Puede —musité—. Pero, tío, créeme. No debería haberle soltado ese comentario. No de ese modo.

Kyler me observó con atención.

—Vale. Ahora voy a meter las narices en tus asuntos en el momento más inoportuno del mundo.

Enarqué las cejas.

—Salta a la vista que Andrea te importa mucho. Pasó algo entre vosotros dos mientras estábamos de acampada. —Sonrió de un modo que me incomodó—. Me parece genial.

Fruncí el ceño.

—A mí no me parece genial ahora mismo.

—No. Lo es. Bueno, lo será cuando te disculpes por ser, a grandes rasgos, un gilipollas y Andrea..., bueno, se encuentre mejor. —Torció la cabeza a un lado y me escudriñó—. ¿No te preocupa que sufra crisis de ansiedad?

Mi ceño se tornó más profundo.

—No. ¿Debería?

—Algunas personas..., bueno, voy a ser realista. Hay tipos por ahí que son unos cerdos y no entienden ese tipo de cosas. Juzgan a la gente por ese tipo de cosas.

Crucé los brazos sobre el pecho.

—Yo no soy de esos.

Kyler asintió antes de preguntar:

—¿Y el asunto de la bebida?

Acababa de formular la pregunta del millón de dólares. Me habría gustado ser capaz de obviar el tema de la bebida porque, debajo de todo eso, había una tía fenomenal. Andrea era lista y divertida. Era buena y hermosa. Y era la caña dentro y fuera de la cama, pero el alcohol...

Esa chica tenía un problema, por más que no quisiera reconocerlo.

Negué con la cabeza, incapaz de responder y... maldición, con ese gesto lo dije todo. Puede que durante un tiempo pudiera pasar por alto sus borracheras, pero ¿y a la larga? No, no podría acostumbrarme a eso. Me embargó la decepción. Me sentí igual que si acabaran de arrebatarme algo muy querido.

—¿Por qué se puesto tan furiosa contigo?

Una parte de mí no quería hablar de ello, pero el sentimiento de culpa me estaba corroyendo las tripas.

—Tienes razón. Las cosas cambiaron entre Andrea y yo mientras estabais fuera; jo, ya *antes* de que os marcharais. Se calentaron... en el buen sentido. Pero cuando regresasteis, parecía tan nerviosa y yo..., yo no quería que se sintiera incómoda. Preferí esperar a ver qué hacía ella, pero...

Pero ella se había comportado como si nada hubiera pasado, y también yo. Anoche tenía pensado colarme en su habitación, pero me pareció más apropiado hablar antes de seguir adelante y sabía que, si entraba en su dormitorio, hablar sería lo último que haría. Así que decidí esperar a hoy para aclarar las cosas. Y ella se había dedicado a evitarme. Si pudiera volver atrás en el tiempo y empezar otra vez, lo haría.

Al final no me prodigué en detalles con Kyler. Estaba harto de hablar y pasé las dos horas siguientes deambulando por la casa, hasta que me cansé de esperar a que Syd reapareciera. Subí las escaleras y dejé mi cuarto atrás. La puerta de Andrea estaba entornada. Inspirando profundamente, la abrí.

Descubrí aliviado que ninguna de las dos seguía en el suelo. Andrea dormía de costado, de cara a la puerta. Acurrucada sobre sí misma, su rostro ya no mostraba signos de congestión, pero su cabello parecía húmedo. Tenía los labios pálidos y separados.

Sydney estaba sentada al otro lado, recostada contra el cabezal con las piernas cruzadas a la altura de los tobillos. Despegó la vista del teléfono cuando entré en la habitación.

—¿Se encuentra bien? —pregunté en susurros, para no molestar a Andrea.

Dejando el teléfono en su regazo, Sydney asintió.

—Se ha quedado frita. —Hablaba con voz queda—. Podría entrar un camión en casa y seguiría durmiendo. Siempre le pasa lo mismo después de..., después de un incidente.

Noté una opresión en el pecho.

—¿Le pasa..., le pasa a menudo?

Me escudriñó un momento, mientras la duda parpadeaba en su semblante.

—Por lo que yo sé, no después de beber, pero le ha sucedido un par de veces desde que la conozco.

—¿Normalmente se medica?

Sydney asintió de nuevo.

—Ella no tiene la culpa. Su cerebro..., bueno, es como un sistema de alarma defectuoso, ¿sabes? El cerebro regula la adrenalina y todo eso. Cuando sufres ataques de ansiedad, no funciona correctamente. Igual que una alarma de seguridad que se dispara aunque no haya entrado nadie en casa. En ocasiones algo lo desencadena, algo importante. Otras veces aparece ante una situación que para los demás sería insignificante.

—No he pensado que fuera culpa suya —susurré—. Es que no lo sabía. No tenía ni idea. Andrea parece tan...

—Ya sabes, por lo general las personas que más sonríen y arman jaleo son las que... peor lo pasan —observó con voz queda al mismo tiempo que miraba a Andrea y suspiraba con fatiga—. Sabía..., sabía que estaba bebiendo demasiado, sobre todo cuando sufre ansiedad. He hablado del tema con ella, ¿sabes? Pero nunca con firmeza, y... debería haberlo hecho. Yo más que nadie. Pero cuesta ver las cosas con claridad cuando afectan a un ser querido.

Maldita sea, era..., era doloroso oír todo eso. Durante un instante no pude moverme. Solo podía mirar a Andrea. Los brillantes bucles rojos se desplegaban a su alrededor como llamas. Tenía las manos unidas debajo de la barbilla, contra el pecho. No entendía cómo se las había ingeniado para encogerse tanto, pero parecía mucho más pequeña, más joven.

—He metido la pata —declaré en voz alta, a nadie en particular.

Transcurrió un segundo antes de que Syd respondiera:

—Y ella. Y todos nosotros.

18

Andrea

Rompía el alba del sábado por la mañana cuando desperté de golpe con una horrible migraña y un desagradable sabor a bilis en la garganta. Apartando una colcha que no recordaba haber cogido, me senté, y la habitación dio vueltas a mi alrededor como una casa de la risa. Llegué al baño con unos segundos de margen; el tiempo justo para abrir el agua de la ducha con el fin de ahogar los ruidos que emitió mi garganta cuando me arrodillé delante de la taza.

Un dolor punzante me recorría las costillas cuando hube terminado, y me quedé allí sentada un minuto, mirando el agua limpia de la taza de retrete y el vapor que inundaba el baño según mi mente reproducía confusas imágenes de la noche anterior, una y otra vez, como si hubiera quedado atrapada en una especie de bucle horrible, escenas borrosas que asomaban a mi mente sin orden ni concierto.

Anoche... me había emborrachado a tope, y no solo había hecho el ridículo más espantoso sino que había sufrido un ataque de ansiedad. Me ardieron las mejillas al recordar vagamente la imagen de Tanner plantado en mi habitación mientras yo le gritaba..., incapaz de respirar.

¿Cómo narices podría volver a mirarlo a la cara?

Me puse en pie con dificultad y, tras desnudarme, me planté bajo el cálido rocío. Era una ducha fantástica, con chorros múltiples para el cuerpo y efecto lluvia en lo alto. Me gustaba pensar que los chorros y las gotas arrastraban los restos de alcohol que aún transpiraban mis poros.

Tras cepillarme los dientes dos veces, prácticamente hice el amor con el enjuague bucal antes en enfundarme un vestido largo de verano y bajar las escaleras a hurtadillas. Era demasiado temprano como para que nadie se hubiera levantado, y si bien me apetecía —necesitaba— un café y su maravillosa cafeína, no quería que el aroma convirtiera la casa en un anuncio de expreso. Así que me conformé con té helado y salí al jardín con la taza en la mano.

Cansada y azotada por una jaqueca sorda, dejé la taza y caminé descalza hacia la piscina. Mirando el agua, doblé los dedos de los pies. Me sentía... desconectada de la noche anterior. Como si hubiera sido otra la que se había emborrachado y entrado en pánico. Tan solo una película que había visto o algo que había presenciado. Pero siempre me sentía igual tras una crisis, y sin duda fui yo la protagonista.

Alzando la cabeza al cielo, cerré los ojos e intenté no pensar, pero la tranquilidad no me sentaba bien. Me invadió la ansiedad y yo no tenía muy claro lo que vendría a continuación, pero un temblor se apoderó de mis músculos.

Cuando abrí los ojos, nada había cambiado.

Me encaminé a la tumbona y me senté con los pies escondidos bajo la orilla del vestido. Como era tan temprano, la pegajosa humedad y el calor bochornoso aún no se habían instalado. El cielo estaba despejado, una hermosa cúpula azul que... me recordó a los ojos de Tanner.

Tanner.

Un profundo suspiro elevó mis hombros. La noche anterior había sido desastrosa. Yo no tenía previsto beber tanto, y mentiría si dijera que no sabía por qué había empezado. Tras lo sucedido con Tanner me había convertido en un manojo de nervios, sobre todo al regreso de Kyler y Syd. Además de estar infinitamente confusa, todo había cambiado entre los dos. Ya no podía estar cerca de él como si nada ni considerarlo un amigo sin más. Ahora era consciente de cada una de las palabras y los gestos que decía y hacía en su presencia y, al volver la vista atrás, comprendí que mi cabeza había dado más importancia a su conducta del jueves por la noche de la que habría debido. Si ayer empecé a beber, fue porque necesitaba tranquilizarme. Ese era el plan, pero, como Tanner bien había dicho, yo no sabía parar.

Nunca me detenía tras un par de copas, porque no sabía cómo hacerlo.

Cerrando los ojos, recosté la cabeza contra el almohadón del respaldo y tomé un sorbo de té. Una enorme parte de mí quería gritar a voz en cuello que no tenía problemas con el alcohol. Yo no me identificaba con la temida palabra que empieza por A. Sabía el aspecto que tienen los alcohólicos.

Una imagen de mi padre se perfiló en mi pensamiento.

Durante muchos, muchos años, había ocultado la verdad a sus colegas, pero no a nosotros. Bebía todo el tiempo que pasaba en casa. El día de mi cumpleaños o el de Brody, daba igual. En Navidad o en Acción de Gracias. Se había perdido tantos momentos especiales, durmiendo en el porche o en su habitación. Diez años atrás, empezó a asistir a las reuniones de alcohólicos anónimos y toda la pesca. Fue complicado al principio y tuvo que tomarse un año sabático, pero lo consiguió.

Yo no me parecía a mi padre.

No bebía a diario, pero... Lanzando un suspiro entrecortado, abrí los ojos. No soy tonta. El alcoholismo no equivale a beber todo el tiempo. Pese a todo, no tenía problemas con el alcohol. Ni hablar. No me metería en ese berenjenal, especialmente después de haber visto el daño que había hecho a mi familia. No era tan débil.

Puede que bebiera demasiado de vez en cuando. Vale. Eso lo podía aceptar. Y puede que pocas personas que me conocían en la vida real me tomaran en serio a causa de mis borracheras. Y puede que... Cielos, a veces yo era una calamidad, con alcohol o sin alcohol.

Muy a menudo.

Tomando otro sorbo de té, dejé vagar la mirada por los altos pinos que rodeaban el jardín trasero. ¿Qué leches iba a hacer con Tanner? Solo de pensar en él se me encogía el corazón. Él sí pensaba que yo era *un desastre*.

Y eso..., eso me dolía. Todavía me partía el alma, porque tenía razón. Lo había demostrado la noche anterior, ¿verdad?

Parpadeando para ahuyentar las súbitas lágrimas, sacudí la cabeza ligeramente. Tenía la sensación de que lo había decepcionado, no sabía muy bien por qué. Igual que había decepcionado a mis padres cuando les comuniqué que no quería estudiar medicina. Igual que había decepcionado a Sydney cuando me sugirió que hablara con alguien de mis ataques de pánico y le dije que no necesitaba ayuda.

Y, aún peor, me había decepcionado a mí misma, pero no podía volver atrás y cambiar las cosas.

Las últimas veces que me había invadido una angustia insoportable, había conseguido controlar mis reacciones sin recurrir a las pastillas. Había pasado un año y poco más desde que sufriera un ataque de pánico en toda regla. De no haber bebido tanto, anoche lo habría dominado. Estaba segura.

Se abrió la puerta corredera de la cocina. Alcé la vista y me cayó el alma a los pies cuando vi a Tanner. Tenía el sueño aún pegado a los ojos. La sombra de barba incipiente en la mandíbula le otorgaba un aspecto duro y atractivo. Por lo general lucía un afeitado impecable. Tan solo llevaba encima un pantalón del pijama cuando se detuvo en mitad del porche y se frotó el pecho con la palma de la mano, indolente.

Me quedé sin palabras, en parte avergonzada por la noche anterior, pero también porque su aspecto desastrado se me antojó demasiado atractivo para esa hora temprana. Yo, cuando me levantaba de la cama, parecía un Chewbacca pelirrojo.

—Eh —dijo a la vez que me saludaba con la mano. Tenía la voz tomada—. Te has levantado pronto.

Asentí y me aferré a la taza de té.

—He... He dormido mucho esta noche.

Asintió con un gesto lánguido, sin responder, y el silencio se alargó entre los dos hasta tornarse tan incómodo que me ardieron las mejillas. Estaba a punto de levantarme y largarme corriendo, seguramente para meterme en la cama y taparme hasta la cabeza, cuando Tanner carraspeó.

—¿Te importa que me siente? —Señaló con la barbilla el espacio libre que quedaba a los pies de la tumbona.

Apretando los labios, negué con la cabeza. Guardé silencio mientras se acomodaba y apoyaba los brazos en las rodillas dobladas. Sabía que la *charla* era inevitable tras lo sucedido la noche anterior, pero tenía la esperanza de que se postergara, porque no sabía qué decirle y necesitaba una buena copa para cobrar fuerzas.

Vale, quizás *una copa* no fuera la mejor idea del mundo, dadas las circunstancias. Ladeó la cabeza en mi dirección y su preocupada mirada buscó la mía. Noté un vacío en el estómago cuando sus hombros se crisparon.

—En relación con lo de anoche —empezó a decir, con voz grave—. Quiero que sepas que... eso que te pasó..., el ataque de ansiedad... Ojalá hubiera sabido que tenías ese problema.

Ojalá nunca se hubiera enterado.

—Me habría gustado poder ayudarte a superarlo, pero quiero que sepas que no me inspira nada... raro. Que no te voy a mirar de manera distinta ahora que lo sé.

Tan solo una mínima parte de mí creyó sus palabras.

—Me gustaría que me hablaras de ello. Saber más —prosiguió—. Pero antes necesito decirte una cosa. No debí soltarte ese comentario, no con esas palabras.

Transcurrió un instante.

—No. No debiste —convine, y bajé la mirada hacia el té a medio beber—. Pero... tenías razón. Soy una...

—No eres una calamidad —me interrumpió.

Si supiera el lío que tenía en la cabeza. ¿El ataque de la noche anterior? No era más que la punta de un iceberg digno del maldito Titanic.

—En serio —continuó él—. Fue una gilipollez. No debería haberte dicho eso. Lo siento. De verdad. —Se interrumpió—. No hago más que disculparme últimamente.

—Pues sí —musité yo antes de dejar la taza en la mesita que había junto a la tumbona—. Tanner, yo no..., no sé qué decir.

Estiró las piernas y movió los dedos de los pies.

—Estoy preocupado por ti —confesó al cabo de un momento. La revelación me pilló por sorpresa. Recordaba haberle oído decir algo parecido la noche anterior—. No quería perder los nervios contigo. Pero es que tú...

—Yo bebo —apunté, sonrojándome—. Eso no me convierte en una alcohólica.

Tanner guardó silencio un ratito y luego se encogió de hombros con ademán de impotencia. Comprendí que mi comentario había caído como un montón de ladrillos entre los dos. Puede que unos cuantos hubieran aterrizado en mi cabeza. Me abracé la cintura y deseé poder recurrir a algo más que a mi palabra para apoyar lo que acababa de decir, pero no podía.

En cambio, le solté algo que no tenía previsto.

—Estoy sola porque no he conocido a nadie que me interesara tanto como para hacer el esfuerzo de meterme en una relación.

Sus rasgos se crisparon.

—Andrea...

—Los chicos con los que salgo no lo merecen —continué, y ya no pude callarme. Una vez que abrí la boca, las palabras empezaron a brotar por sí solas—. Hay chicos que sí. Como tú y como Kyler. La clase de chico a la que nadie quiere dejar escapar. Y luego hay chicos que están bien para salir de fiesta y quizás pasar un par de horas. Para un revolcón. Nada más. Los llevas a casa con la esperanza de que no vomiten por todas partes. —Me reí con voz ronca bajo su atenta mirada—. O sea, *si acaso* los llevas a casa. Así que, ya ves, no he conocido a ninguno con el que quisiera salir en serio. Jo, a la mitad de esos tíos ni siquiera los miraría dos veces estando sobria.

Frunció el entrecejo.

—A ver, que quede claro, no digo que haya estado con el equivalente a un equipo de fútbol. Ni mucho menos, pero esa no es la cuestión. —Me encogí de hombros—. Sencillamente, soy la versión femenina de ese tipo de chicos.

—¿Qué? —El horror impregnó su voz.

—Ya sabes. No vale la pena salir conmigo. Soy la típica que bebe demasiado, que hace tonterías, que tanto puede ser muy divertida como insoportable cuando se emborracha. —Me temblaban los labios, aunque hablaba en tono desenfadado—. *Soy* una calamidad. Lo sé.

—No. —Tanner negó con la cabeza—. Tú no eres así. No eres una calamidad. Y cualquiera querría salir contigo, Andrea. —Torció el cuerpo hacia mí, con la convicción grabada en el rostro—. Joder. Eso que te dije anoche..., lo siento. Lamento muchísimo que te haya llevado a pensar así.

Agité la mano como para restarle importancia al asunto. Mi gesto pretendía ser desdeñoso, pero no era eso lo que sentía. Nada de lo que estaba pasando me dejaba indiferente.

—Sé quién soy, Tanner. Sé lo que piensan los chicos cuando me ven en un bar. Lo mismo que pienso yo cuando los veo a ellos. Les gusto para pasar un rato, pero no para una relación más seria.

—No digas eso.

Mirándolo a los ojos, esbocé una sombra de sonrisa.

—No pretendo hacerme la mártir ni despertar tu compasión. Solo sé lo que todos...

Tanner se incorporó a la velocidad del rayo. Me envolvió la cara con las manos y empujó mi cabeza hacia atrás. Dispuse de un segundo para respirar antes de quedarme petrificada de la impresión. Cubrió mis labios con su rostro.

Tanner me besó.

19

Andrea

No me esperaba notar el contacto de sus labios. Aluciné hasta tal punto que no me moví. Todos los músculos de mi cuerpo se quedaron paralizados. Ni siquiera sabía si respiraba o no. Me estaba besando a pesar de todo.

Y, maldita sea, sabía besar, eso estaba *claro*.

Tanner me acarició la boca con sus labios, una vez y luego otra, una caricia tan leve y suave como un susurro. Bien pensado, no recuerdo que nadie me hubiera besado nunca con tanta... delicadeza. Como si me pidiera permiso para franquear la puerta de mis labios. Comparados con ese, todos los besos que yo había compartido se me antojaban bruscos y húmedos, a menudo caóticos, pero este emanaba dulzura y calidez. Era un beso increíblemente tierno. Muy parecido a los anteriores, pero esta vez..., esta vez tuve una sensación distinta.

Ladeó la cabeza e incrementó la presión de los labios con suavidad, al mismo tiempo que me rodeaba la nuca con la mano. Mi mente dejó de pensar y la conversación anterior se escampó como humo empujado por un fuerte viento, al igual que todos los sentimientos que había albergado hasta entonces. Todo mi ser estaba absorto en ese beso.

Y entonces lo llevó más lejos.

Emitió esa especie de gruñido que tanto me gustaba cuando abrí los labios para cederle el paso. El tentativo beso se convirtió en otra cosa, en algo más profundo y sensual. Su lengua resbaló sobre la mía.

Sabía a menta. Decidí en ese mismo instante que no había otro sabor tan delicioso en todo el mundo.

Mi corazón latía con fuerza, el pulso se me disparó, y su mano se tensó en la parte trasera de mi cuello al mismo tiempo que enredaba los dedos en mis bucles, todavía húmedos. Su boca se movía sobre la mía con decisión, y cuando su lengua buscó mi paladar, me fue imposible reprimir un gemido ahogado.

Moviéndose para tender el cuerpo, largo y musculoso, sobre el mío, me ayudó a acostarme en la hamaca. Su peso me presionaba contra los gruesos almohadones. Qué maravilla... Mis manos revolotearon hacia sus hombros. Yo estaba al borde de un ataque al corazón. El calor de su pecho se filtraba a través de la fina tela de mi vestido. Buscó mi cadera con la otra mano y me asió con tanta fuerza que contuve una exclamación.

Me aferré a sus hombros, le clavé las uñas cortas en la carne. Sus caricias estallaban como cañonazos en mis sentidos. El puro placer de aquel beso dispersaba cada átomo de mi ser, y yo..., yo nunca había compartido un beso *parecido*. Me sentía como un tesoro, digna de cariño y admiración. Tanner hacía lo posible por contenerse, y yo notaba su autocontrol en las líneas tensas de su cuerpo, en su manera de temblar, en su mano aferrada a mi cadera.

Cuando despegó la boca, emití un gemido que apenas reconocí. Respondió con una risa entre dientes, grave, tomada, y cuando apoyó la frente contra mis cejas abrí los ojos, desconcertada. Estaba aturdida.

Y dije lo primero que se me ocurrió.

—¿A qué ha venido eso?

Tanner soltó otra carcajada y yo noté la vibración en mi propio cuerpo.

—Solo a ti se te ocurriría preguntar a qué ha venido un beso. —Desplazó la mano a mi cintura, un gesto que provocó a su paso una estela de estremecimientos—. Vales un millón de veces más de lo que piensas.

Yo lo miraba de hito en hito. No podía hacer nada más.

Le brillaban los ojos, un azul radiante que compartía tonalidad con el color del firmamento.

—Y me patearía las pelotas por haber metido esas estúpidas ideas en tu cabeza. —Se interrumpió—. Bueno, no ahora mismo. Si lo hiciera ahora me provocaría daños permanentes.

Pestañeé despacio según mi mano resbalaba por su pecho. El corazón le latía casi tan deprisa como el mío.

—Tú no... —Tragué saliva con dificultad—. Tú no me has metido esas ideas en la cabeza.

Torció el cuello a un lado. Transcurrió un instante.

—¿Ya lo pensabas antes?

Tuve la sensación de que acababa de sumergirme en agua helada. Lo que acababa de expresar en voz alta era la pura verdad. Le empujé el pecho con las manos y me inundó el alivio cuando se sentó en la misma postura que tenía antes de que nuestras bocas decidieran mostrarse supercordiales. Necesitaba espacio ahora mismo. Me inundaban toda clase de pensamientos y sentimientos, un remolino de emociones confusas que había escampado el calor del beso.

Negué con la cabeza y me maldije por no haber cerrado el pico. Estaba segura de que «emocionalmente inestable» ya formaba parte de la lista de rasgos que Tanner relacionaba conmigo, pero no hacía falta que se lo recordase. Aunque, a juzgar por sus palabras, tenía buena opinión de mí. Mi corazón dio un pequeño brinco, pero el arranque de optimismo se esfumó cuando comprendí que su buena opinión no duraría mucho tiempo. Me había pasado otras veces. ¿Por qué iban a ser distintas las cosas en esta ocasión?

Todavía notaba en los labios el cosquilleo del beso, pero de súbito me asaltó un dolor agudo en el pecho, tan intenso que me pareció real; un pensamiento que me retorció las entrañas y me dejó sin respiración. No era Tanner la persona que me hacía sentir que yo no valía nada. Sí, había dicho unas cuantas chorradas que reforzaban la sensación, pero la idea —la convicción— siempre había estado ahí, debajo de mi piel, impregnando cada uno de mis pensamientos con su amarga bilis. Siendo sincera, la sensación siempre me había acompañado, desde niña. Nada la había puesto ahí salvo mi propia mente. No me habían acosado en el colegio. En realidad, nadie me había roto el corazón. Me habían hecho daño, es verdad, pero nada grave. Mi padre bebía, pero yo me había criado en una familia cariñosa que siempre me lo dio todo. Tenía acceso a más cosas que la mayoría, pero mi mente...

Mi mente no funcionaba bien.

En el instante en que alguien como Tanner se diera cuenta de eso, me mandaría a paseo. Y yo tenía que ser muy cuidadosa, porque, a pesar de lo sucedido en primero de carrera y de que se había acostado con mi compañera de habitación, él sí valía la pena, y perder a un chico como Tanner me rompería el corazón en mil pedazos.

—Andy —dijo Tanner, posando la mano en mi brazo—. Háblame.

Inspirando a duras penas, lo miré y me entraron ganas de compartir otro beso. Ya lo creo que sí. Y quería que me envolviera en su abrazo. Lo deseaba con toda mi alma, pero no hice ningún gesto que lo delatara. Me abrí paso entre todas las emociones que me bullían por dentro y me alejé mentalmente de la chispa de esperanza e ilusión que nacía en mi pecho. Me instalé en lo más tangible que tenía, la única emoción que me protegía en todos los casos.

La ira.

Estaba cometiendo un error. Lo sabía, y también era consciente de que esa tristeza que me embargaba, el desasosiego que invadía hasta lo más profundo de mi ser, era más destructivo que la más peligrosa de las conductas, pero no podía..., no podía evitarlo.

—No quiero hablar contigo—. Sorprendido, abrió desmesuradamente los ojos cuando yo apoyé la piernas en el suelo y me levanté—. Y prefiero fingir que no ha pasado nada entre nosotros.

Tanner se apartó como si le hubiera pateado en la cara y yo no experimenté la menor satisfacción. Tan solo un remolino de frustración y amargo odio hacia mí misma que me corroyó como un cáncer.

Nuestras miradas se encontraron, y me costó soportar impasible la pura incredulidad de su expresión, pero aún me resultó más difícil atisbar el dolor que se adivinaba detrás. Un fuerte sentimiento de culpa me inundó. Di media vuelta.

Había llegado a la puerta y mis dedos rozaban el tirador cuando su voz me detuvo.

—No te marches —suplicó—. Por favor.

Tanner

Me puse de pie, dispuesto a salir corriendo tras ella si pasaba de mí y abría la puerta. No pensaba dejar que se marchara después de lo que acababa de suceder. Ni de coña.

El corazón me latía como un tambor y notaba el pulso en las venas. Todo por un beso; un beso de nada. Jamás había experimentado esas sensaciones al besar a nadie, y antes muerto que dejar que lo tirara todo por la borda sin la más mínima explicación.

Andrea se volvió a mirarme, con la tez tan pálida que las pecas destacaban desde lejos. Abrió la boca, pero no dijo nada.

Avancé un paso hacia ella, pero me detuve al advertir que cerraba los puños. Conociéndola, no me habría extrañado que me atizara.

—No tenía intención de hacerlo. Besarte —reconocí—. Pero te puedo asegurar que no me arrepiento, ni de nada de lo que hemos compartido, ¿y tú te vas a quedar ahí plantada diciendo que tú sí?

Su garganta se desplazó cuando tragó saliva.

—Yo no he dicho eso.

—¿Ah, no? —Enarqué las cejas—. ¿Quieres fingir que no acabamos de besarnos? ¿Que no me has devuelto el beso?

El rubor se extendió por sus mejillas.

—Yo no te he devuelto el beso.

—Y un cuerno. Andy, me lo has devuelto. Los dos lo sabemos —insistí—. Tu lengua ha retozado tanto como la mía. Los dos somos lo bastante mayorcitos como para reconocer que nos ha gustado. A mí me ha encantado. No me digas que a ti no.

Desvió la vista. Sacudiendo la cabeza, cruzó los brazos por debajo del pecho.

—Tú... no te acuerdas.

—¿De qué? —Me pasé los dedos por el pelo y me estrujé la nuca—. ¿Te refieres a las clases que compartimos, según tú?

Todavía no me lo podía creer. Era imposible que no me acordara de ella.

—¿Lo ves? No recuerdas haberme visto, ni una vez, pero yo sí me fijé en ti. —Las palabras surgieron como un torrente, casi demasiado rápidas para entenderlas—. Yo estaba colada por ti, y cada vez que te veía en clase intentaba reunir valor para hablar contigo. —Lanzó una carcajada ronca—. Sí... Me aterraba la idea de acercarme y cometer alguna estupidez, pero en realidad nunca reuní el valor. O puede que Clara, mi compañera de habitación, se me adelantara.

Ese nombre otra vez. *Clara*. Me solté la nuca y bajé la mano despacio según me invadía una extraña sensación. Su compañera de habitación se había adelantado. Noté un vacío en el estómago cuando un recuerdo muy lejano se abrió paso en mi memoria. El recuerdo de la chica que conocí una noche en un partido de la universidad.

Ay, mierda.

Andrea miró hacia el porche.

—Una noche llegué tarde al dormitorio. Normalmente Clara ataba un calcetín al pomo de la puerta si estaba acompañada, pero no lo hizo. Abrí la puerta y...

—Me viste con tu compañera —concluí, cuando el vago recuerdo se definió—. Jo, Andy. Apenas la recuerdo.

Resopló.

—Qué bonito.

Arrugué la cara con un gesto de dolor.

—Sí, vale, eso no ha sonado bien, pero es la verdad. Recuerdo que la puerta se abrió, pero cuando miré...

—Cuando dejaste de revolcarte con mi compañera de habitación el tiempo suficiente para levantar la vista —me corrigió.

Hala. Vale.

—Tienes razón. Mierda. No sé qué decir, pero en aquel entonces no te conocía. Ojalá te hubiera conocido. —La sinceridad de la confesión me sorprendió incluso a mí—. Pero no era así, y supongo que es mejor. Obviamente, yo era un putón en aquella época.

—¿Y ahora no?

Me estaba enredando. Lo sabía y, jo, me costó horrores no caer en la trampa. Me sentía fatal de pensar que se hubiera encontrado en esa situación.

—Ya sé que no es excusa, pero no nos conocíamos. En realidad, no. Si te hice daño, lo siento...

—Olvídalo —me espetó a toda prisa. Levantó una mano y se peinó con los dedos. Los bucles salieron disparados en todas direcciones—. Ahora ya da igual.

—Pues algo importará, digo yo, si me lo estás echando en cara —contraataqué. Haciendo esfuerzos por no perder la calma, respiré hondo—. Lo siento, Andrea. De verdad. No mola nada que te vieras en esa situación. Y tampoco mola nada que no me acuerde. Sobre todo si yo te gustaba. ¿De verdad estabas colada por mí? —pregunté, con la esperanza de aligerar el ambiente.

Frunció el ceño, todavía sin dignarse a mirarme.

—Lo estaba.

Noté un pinchazo en el corazón.

—Y *todavía* lo estás.

Se encogió de hombros con un suspiro. Pensé que iba a decir algo, pero la puerta se abrió a su espalda y Kyler asomó la cabeza. Parecía, literalmente, recién levantado cuando nos lanzó una mirada adormilada.

—Pronto nos pondremos en marcha —anunció—, pero voy a hacer tortillas.

Me disponía a decirle a Kyler que se metiera las tortillas en un lugar que seguramente disgustaría a Syd, cuando asimilé el sentido de sus palabras.

—¿Nos pondremos en marcha?

—Sí. —Salió y cerró la puerta a su espalda—. Syd y yo lo hemos hablado. Pensamos que será mejor abreviar la estancia y volver a casa.

—¿Qué? —exclamó Andrea—. ¿Por qué? Aún nos quedan dos días.

Kyler se pasó los dedos por el revuelto cabello.

—Ya lo sé, pero los dos tenemos ganas de estar en casa.

Y un cuerno.

Andrea opinaba lo mismo que yo.

—Es por lo de anoche, ¿verdad? —Se le quebró la voz, y yo avancé un paso hacia ella, como para consolarla—. ¿Por eso os queréis marchar?

Kyler dejó caer el brazo y abrió la boca, pero Andrea se adelantó a la vez que se abrazaba la cintura.

—No volveré a beber y no discutiré con Tanner. Por favor.

Maldición, me sentía como si me hubieran hundido un atizador al rojo en el pecho y lo estuvieran retorciendo cuando continuó:

—Lo prometo. No quiero que os vayáis por mi culpa. Este viaje os hacía mucha ilusión.

—No es por eso —replicó Kyler con voz queda, demasiado queda—. Es que tenemos ganas de volver.

—Pero ¿no pensabais ir a pescar? Recuerdo que Syd dijo algo de salir de pesca. —La mirada de Andrea buscó la mía, con los ojos muy abiertos, suplicándome que les hiciera cambiar de idea—. Aún tenemos cosas que hacer.

—Tiene razón —intervine yo—. Tío, no hace falta que nos vayamos.

Kyler inspiró a fondo y sonrió, pero la sonrisa no alcanzó sus ojos.

—Nos marchamos dentro de dos horas. —Su tono indicaba que la decisión ya estaba tomada. Se acercó a la puerta y la empujó—. Pero voy a preparar unas tortillas. Con pimientos verdes y champiñones. Ñam.

Andrea no se movió. Se quedó mirando el cristal de la puerta. Cuando se volvió a mirarme, le temblaba el labio inferior.

—Lo he estropeado todo.

20

Andrea

Aunque las tortillas olían de maravilla, bastó un bocado para que los esponjosos huevos y verduras se tornaran serrín en mi boca. No podía comer, ni siquiera fingir que lo hacía. Entre que acababa de soltarle a Tanner cómo nos habíamos conocido y ahora el anuncio de Kyler, solo tenía ganas de encerrarme a llorar en cualquier parte. Tiré los restos de la tortilla y fui en busca de Syd, no sin antes lavar el plato a toda prisa. No miré a Tanner cuando abandoné la cocina.

Syd se encontraba en el dormitorio que compartía con Kyler, haciendo el equipaje. Sintiéndome como una escoria, vacilé al llegar a la puerta. El sentimiento de culpa serpenteaba por mi cuerpo cuando ella me miró por encima del hombro.

—Gracias por lo de anoche —le dije, mientras Syd doblaba una camiseta—. Por ayudarme. Te lo agradezco mucho.

—No pasa nada. Así voy practicando —bromeó—. ¿Te encuentras mejor?

Asentí. El dolor de cabeza era en parte consecuencia del ataque de ansiedad, pero se debía sobre todo a la resaca.

—Syd, no hace falta que nos marchemos.

Ella tiró unos calcetines enrollados a la maleta y se volvió a mirarme. Mostraba una expresión seria, sombría.

—Sí, sí hace falta.

—Pero...

—Los dos tenemos ganas de volver a casa, y en realidad anuncian lluvia otra vez, para esta noche y todo el día de mañana. Así que, si nos quedamos, no podremos salir —prosiguió—. Y, sinceramente, una situación tan claustrofóbica es lo que menos nos conviene ahora mismo.

Desplacé el peso de una pierna a la otra.

—Es por lo de anoche, ¿verdad? Te prometo...

—Andrea, sabes que te quiero. Eres mi mejor amiga. De verdad. —Suspiró a la vez que caminaba hacia mí, y mi cuerpo se crispó—. Es que no creo que te siente bien estar aquí en este momento. Sinceramente, no debería haberte animado a acercarte a Tanner. No fue una maniobra inteligente por mi parte.

Se me secó la boca y noté un vacío en el estómago.

Me miró con infinita seriedad.

—No me has contado lo que pasó entre Tanner y tú, pero no soy tonta. Algo pasó, y quizás no debería haber pasado, no en estas circunstancias.

—¿En estas circunstancias? —me oí repetir.

Sydney inspiró y sopló el aire despacio. Irguió la espalda, y yo me preparé para encajar el golpe.

—Como ya te he dicho, te quiero mucho. De verdad. Y... me mata verte como te vi anoche. No habrías llegado a esos extremos si no hubieras bebido tanto. Y, en el fondo, sabes que tengo razón.

Lo sabía. *Ya lo creo* que sí.

—Ahora mismo no necesitas un novio —continuó con voz queda—. Necesitas ayuda.

* * *

Necesitas ayuda.

Las palabras resonaban una y otra vez en mi mente. No se detuvo ahí. Habló de reuniones, de terapia y de abordar la raíz del *problema*. Para cuando abandoné la habitación y empecé a guardar mis cosas, me había convertido en un bloque de hielo.

Necesitas ayuda.

Mi cerebro era incapaz de ahuyentar esas tres palabras, no podía dejar de oírlas. Tenía ganas de vomitar. De un momento a otro me acurrucaría sobre los pantaloncitos cortos de mi maleta.

Necesitas ayuda.

¿Tan grave era la situación? ¿Tan mal me veían todos? Yo pensaba que, sencillamente, había tomado una mala decisión la noche anterior. Bueno, una mala decisión propiciada por unas cuantas decisiones estúpidas que solo podía atribuir a mi propia idiotez. Pero si dejaba de tomar decisiones idiotas, todo iría bien.

Acababa de guardar las braguitas en la maleta cuando noté una presencia a mi espalda. No tuve ni que volverme a mirar para saber quién era. Lo supe sin más. Se trataba del chico que, al parecer, no me convenía ahora mismo.

—No me apetece hablar, de verdad —le dije para romper el silencio.

Tardó un ratito en responder.

—Ese es el problema. Nunca *quieres* hablar cuando más lo *necesitas*.

Lancé una carcajada amarga.

—Por Dios. —Planté el estuche de maquillaje en lo alto del equipaje y me di la vuelta a toda prisa. Tanner se había cambiado de ropa. Ahora llevaba vaqueros y una camiseta vieja que le marcaba los anchos hombros—. ¿Os habéis puesto todos de acuerdo para hablarme del origen de mis problemas? Porque, si es así, podemos saltar directamente a la parte en que os digo que no me estáis contando nada nuevo.

Tanner me miró de hito en hito, a cuadros.

—Vale. Mira...

—No. Nada de «vale» ni de «mira». —Me temblaba la voz—. Les hemos estropeado el viaje. O se lo he estropeado yo. Da igual. El viaje está arruinado. ¿Vale? Así que no me apetece hablar de nada ahora mismo.

Abrió la boca y volvió a cerrarla. El momento se alargó entre los dos y, en ese rato, deseé muchas, muchas cosas. Deseé poder volver al principio del viaje y empezar de cero nuestra maldita relación. Deseé cruzar la poca distancia que nos separaba y rodear a Tanner con los brazos, porque la cuestión no era si me *convenía* o no. Le *deseaba*. Y quería disculparme, pero ni siquiera sabía qué lamentaba exactamente y qué *no*.

Así que me quedé allí plantada, observándolo con atención.

—Vale. No quieres hablar. No quieres averiguar lo que hay entre nosotros. Respeto tu decisión. —Suspiró con fuerza—. Así que no voy a seguir insistiendo. Una vez que nos marchemos, no te voy a perseguir. Ven a buscarme cuando estés preparada. Y si no lo haces será una pena, porque no sé qué demonios te pasa por la cabeza, pero tengo la sensación de que podría haber algo real entre nosotros a pesar de todo.

Mi lengua no se movió. Tenía la mandíbula trabada, porque, por más que Tanner quisiera estar conmigo ahora mismo, toda su convicción saltaría por la ventana una vez que me conociera a fondo.

Los hombros de Tanner se alzaron cuando volvió a suspirar con fuerza al mismo tiempo que se frotaba la zona del corazón. Habló en tono monocorde, con la mirada distante, casi fría.

—Hasta pronto, entonces.

Se marchó sin mirar atrás. Yo cerré los ojos y contuve el aliento y, aunque me ardían los pulmones, seguí sin respirar hasta que el final tuve que hacerlo por reflejo.

«Hasta pronto» no sonaba muy prometedor. «Hasta pronto» parecía más bien una despedida. «Hasta pronto» era lo que cabía esperar.

Como es natural, el viaje de vuelta fue triste e incómodo. Tanner y yo no compartimos miradas largas y seductoras. Kyler no nos sonrió por el espejo retrovisor. Syd estaba absorta en su libro electrónico, y ese fue prácticamente el único detalle que recordó al viaje de ida.

El cielo estaba nublado y sucio. Según nos acercábamos a Maryland, empezó a lloviznar. Pasamos por casa de Tanner en primer lugar.

Bajó del coche, titubeó un momento al toparse con mis ojos y luego cerró la portezuela. Apreté los labios y me ordené a mí misma no mirar cuando se acercó otra vez a la ventanilla cargado con su bolsa de deporte, pero lo hice.

Alcé la vista. Se detuvo a mi lado, propinó un par de toques en el cristal y luego se acercó a la ventanilla de Kyler.

—Luego te mando un mensaje —le dijo, y se marchó.

Tanner no me habló, ni yo lo esperaba, pero se me encogió el corazón a pesar de todo. Cuando Kyler aparcó delante de mi apartamento, Syd subió conmigo.

Entré en casa. De repente, estaba hecha polvo. Dejando caer la maleta en el recibidor, me quedé plantada ante mi mejor amiga. Las dos guardamos silencio, y yo estuve a punto de contarle todo aquello que antes no le había revelado.

—Lo siento —me limité a decir.

La sonrisa de Sydney emanaba cierta tristeza cuando me respondió:

—Ya lo sé.

* * *

Los días siguientes fueron, simple y llanamente, un asco.

Los pasé en casa, haciendo caso omiso de las llamadas de mis padres. Sabía que todo iba bien porque, de no ser así, Brody habría pasado por mi apartamento. No estaba de humor para aguantarlos. Actuaban movidos por las mejores intenciones, desde luego que sí, pero cuando hablaba con ellos nunca tenía la sensación de que..., de que estuvieran orgullosos de mí. Su decepción siempre impregnaba la conversación como una herida infectada.

Pasé buena parte del fin de semana durmiendo, atrincherada en mi cama. En algún momento decidí que necesitaba adoptar un perro o un gato. Fue una ocurrencia rara e intempestiva, pero pensé que quizás la compañía tornaría mi casa menos fría y desolada.

El martes por la tarde abandoné el dormitorio y al final pasé buena parte día vagando por el piso como un alma en pena. Un montón de pensamientos me rondaban la cabeza y me apetecía hablar con Syd, pero no quería importunarla. Si bien no había dado muestras de estar enfadada, sin duda se sentiría molesta. No se lo reprochaba. Yo también estaba rabiosa conmigo misma.

Necesitaba un cambio.

Plantada en la sala, bebí un trago de la cerveza que había sacado de la nevera y giré sobre mí misma despacio. No me gustaba la ubicación de la tele, algo que podía corregir fácilmente. Dediqué la hora siguiente a trasladar el televisor al otro extremo de la sala, arrastré el sofá y ordené las destartaladas estanterías. Me dolían los brazos cuando procedí a examinar las paredes. ¿Y si las pintaba? No sería la primera vez. Había cambiado el color tres veces desde que me instalé, y ahora me arrepentía de haber optado nuevamente por un beis arena.

Puede que dedicara el día siguiente a pintar.

Aún me quedaban dos semanas libres antes de que comenzaran las clases y no me tocaba turno en el voluntariado esa semana, así que tenía tiempo. De sobras.

Necesitas ayuda.

La noche anterior me había costado dormir, a pesar de los somníferos y de las tres cervezas que había trasegado. No tenía intención de beber tanto, y me pregunté si habrían contrarrestado el efecto de las pastillas. No debería haberlas tomado, pero me había olvidado de las cervezas cuando me las eché a la boca. O puede que me diera igual.

Yacía en la cama, incapaz de desconectar la mente. No paraba de coger el móvil, pero ¿a quién podía llamar? Syd estaría durmiendo y no podía telefonear a Tanner, aunque, maldita sea, me moría de ganas. Por otro lado, ¿qué podía decirle?

Él creía que podía haber algo real entre los dos pero... jo, merecía algo mejor.

Así que estuve jugando un rato. Eché un vistazo a Facebook. Jugué otro rato. Por fin, hacia las cuatro de la madrugada, me quedé dormida sin albergar ninguna ilusión por el mañana, porque lo imaginaba muy parecido al día de hoy. Una porquería, igual que ayer y anteayer.

Pasé buena parte del miércoles durmiendo, pero mi sueño no tuvo nada de reparador. No conseguía dormir profundamente y, cuando lo hacía, soñaba que estaba en una casa y no encontraba la salida. No estaba sola, pero tampoco lograba dar con la persona que me acompañaba. El otro iba siempre un paso por delante y yo andaba de acá para allá, perdida, incapaz de hallar la puerta de salida.

La inactividad me estaba poniendo de los nervios.

Hacia las seis, bebí la última cerveza con sabor a manzana, que tampoco me ayudó a relajarme. En la tele no había nada que ver y descarté la idea de cambiar de sitio los muebles del dormitorio. Tendría que ir a buscar la pintura para el salón. Al menos podía hacer eso. Podría invitar a Syd para que me ayudara. Compraría un surtido de queso y embutido. Pillaría un montón de pelis protagonizadas por tíos buenos: películas de Theo James, Jude Law, Tom Hardy y otros ingleses igual de atractivos. ¿Son todos ingleses? No lo sabía. Hablaban con acento sexy, y con eso me bastaba.

Echando mano del bolso y las llaves, me encaminé al lugar donde había aparcado el Lexus y tomé la ruta hacia la tienda de bricolaje Lowe. Antes de ponerme en marcha, le resumí mis planes a Syd en un mensaje y acabé ante tropocientos mil tonos distintos de pintura.

Vaya.

Debería haber decidido el color de antemano. Tardé siglos en escoger un gris antracita, y aún más en encontrar a alguien que mezclara la maldita pintura. Para cuando arranqué el coche y llegué al supermercado de la esquina habían pasado dos horas.

Ya había comprado el delicioso salchichón cuando me di cuenta de que no había oído la señal del teléfono. Sentada en el aparcamiento, extraje el móvil del bolso y descubrí que Syd me había contestado.

Esta noche no. A lo mejor el finde.

Me embargó la decepción, tan súbita e intensa como un chaparrón de verano. Me quedé mirando el mensaje de texto hasta que las palabras se emborronaron. Devolví el teléfono al bolso y me quedé allí sentada, mirando el vehículo vacío que tenía delante.

¿Y ahora qué leches iba hacer con el salchichón? Debería haber mirado los mensajes antes de comprarlo. Puse los ojos en blanco, como aburrida. Por Dios, qué tontería.

La rabia me asaltó con la fuerza del rayo. Fue una reacción irracional. No tenía motivos para enfadarme con Syd. No habíamos quedado. Ni ella debía de tener ganas de pasar un rato conmigo aunque lleváramos todo el fin de semana sin vernos. Ni...

Corté el hilo de pensamientos, busqué el móvil nuevamente y le envié un rápido «vale». Devolví la atención a la camioneta vacía. No podía volver a casa. Me volvería loca si regresaba al apartamento.

Ni siquiera recuerdo haber conducido hasta el bar que frecuentábamos todos. Como las clases aún no habían empezado, y al ser día laborable, la animación brillaba por su ausencia. Tras cruzar la zona en la que había bailado más veces de las que podía recordar, me acomodé en uno de los muchos taburetes vacíos.

—Eh, hola. —El camarero se acercó con parsimonia, sonriendo. Era guapo. Mayor. Creo que me reconoció—. ¿Qué te pongo?

Toqueteando el teléfono, consideré la idea de pedir una cerveza.

—Me apetece un Long Island.

—Marchando. —Se enjugó las manos en un trapo—. ¿Lo pagas ahora o te abro una cuenta?

—Ahora —murmuré al mismo tiempo que buscaba la cartera. Me parecía absurdo abrir una cuenta un miércoles por la noche.

Me lloraron los ojos cuando tomé el primer trago de té helado Long Island. Cielos, estaba fuerte, pero me lo bebí deprisa, deleitándome en el fuego que atravesaba mi garganta y mi pecho.

Apuré la copa y pedí una cerveza. Eché un vistazo al local. Había unos cuantos chicos jugando al billar en una de las dos mesas. Uno me sonaba de algo. Dejé vagar la mirada mientras bebía. Al otro extremo de la barra avisté a dos hombres de mediana edad. Parecían... cansados.

—¿Otra?

Sorprendida, volví la vista hacia el camarero.

—¿Perdón?

—Otra cerveza. —Señaló la botella con la mano—. ¿Quieres otra? Está vacía.

Frunciendo el ceño, miré la botella. Maldita sea, tenía razón. ¿Cuándo, si se puede saber, me la había bebido?

—Claro —respondí—. Solo una más.

Tuve la sensación de que las palabras se reían de mí, porque cuando regresó con la bebida dejó también un vaso de agua en la barra.

En un bar un miércoles por la noche. Sola. Cuando menos, tenía la barriga caliente.

Eche un vistazo al móvil para repasar mis contactos. Me detuve al llegar a Tanner. ¿Estaría trabajando? Me mordí el labio. Me había dicho que lo llamara cuando estuviera dispuesta a hablar, pero eso son palabras mayores. ¿Estaba preparada? Porque hablar...

El ruido del bar aumentó de volumen según observaba su nombre. Hablar implicaba algo más que aclarar nuestra situación, ¿verdad? Hablar requería ser sinceros en relación con otras cosas. O sea, al fin y al cabo, estaba sentada...

—Hola.

Di un respingo al oír una voz masculina. Alcé la vista. Vi a un chico más o menos de mi edad plantado a mi lado. Era bastante mono, pensé mientras lo miraba, y pertenecía al grupo de la mesa de billar. Eché un vistazo a mi alrededor. Hablaba conmigo.

—Hola.

Alargó un brazo hacia la barra, sonriendo.

—Cuánto tiempo.

Hum.

Me propinó unas palmaditas en el brazo.

—No te he visto por aquí últimamente.

Ay, mierda. ¿Conocía a ese tío? Lo *conocía*, ¿verdad?

Ladeó la cabeza y luego rio entre dientes.

—No te acuerdas de mí, ¿verdad? —Soltó otra risilla, y noté un cosquilleo en las mejillas—. Jo, tío.

Arrugué la cara, avergonzada.

—Perdona...

—Ah, no pasa nada. Fue una noche salvaje. Bebimos tequila por un tubo. —Me hizo un guiño, y el estómago me dio un vuelco tan intenso que temí que se desprendiera—. ¿Qué bebes? Te invito a una copa.

Ay, Dios mío.

La realidad me golpeó en la cara con la fuerza de un bate de béisbol. Unos recuerdos vagos y fragmentados ascendieron a la superficie de mi mente. Me acordé de él y de su camioneta... La camioneta apestaba a comida rápida, y yo había...

Desvié la mirada, presa de unas náuseas repentinas. Un horrible bochorno me inundó, tan poderoso que temí ahogarme. Debería haberme quedado en casa, atiborrándome de salchichón y queso y pintado las paredes yo solita.

De no ser porque las paredes..., las paredes no eran el problema.

No necesitaba un cambio, comprendí. Cambiar los muebles de sitio no iba a solucionar nada. Pintar el piso, tampoco. Adoptar una mascota no me haría más feliz. Era *yo* la que debía cambiar.

—Nena —canturreó, y me acarició la mejilla con el dorso de la mano—. ¿Sigues ahí?

Me aparté a toda prisa, eché mano del teléfono y lo guardé en el bolso. Me levanté.

—Perdona. Tengo que irme.

No miré a atrás cuando salí del bar y corrí como alma que lleva el diablo en dirección al coche. Respirando con dificultad, me senté y arranqué el motor.

—Jo. Mierda. Maldita sea.

Saliendo del aparcamiento para poner rumbo a la autopista, el corazón me latía desbocado. Repetía las mismas palabras una y otra vez. Jo. Mierda. Maldita sea. Aferré el volante con fuerza para controlar el temblor de mis manos y me fundí con el tráfico. Había cuatro coches mal contados, por el amor de Dios. Empecé a cambiar de carril. Las luces de unos faros brillaron súbitamente en el espejo retrovisor. Mi pobre corazón dio un vuelco y giré el volante a toda prisa.

Todo sucedió en un instante.

Mi coche se desvió a la derecha, bruscamente. Traté de controlarlo, entré en pánico y apreté el freno. El vehículo dio un bandazo y la parte trasera empezó a girar. Las luces daban vueltas. Inspiré hondo para...

Una fuerza arrolladora embistió el coche y lo levantó por los aires. El metal se arrugó y se aplastó. Yo salí proyectada adelante y a un lado, suspendida por un instante. Algo blanco estalló. El polvo volaba por todas partes. El chirrido proseguía, como si unas mandíbulas gigantes me estuvieran devorando. Las luces estallaron al fondo de mis ojos y el mundo desapareció.

21

Tanner

Me quedé mirando el móvil, sin prestar atención al murmullo de la conversación que zumbaba a mi alrededor. Echaban un partido en la tele, y uno de mis compañeros hablaba de la chica que había conocido el pasado fin de semana.

Yo no tenía noticias de Andrea desde el regreso de la cabaña y, maldita sea, tenía que recurrir a toda mi fuerza de voluntad para no llamarla. Me daba rabia tener que esforzarme tanto, pero lo había pensado a fondo esos días y no podía negar lo evidente.

Andrea me importaba... *mucho.*

Ninguna chica me había inspirado unos sentimientos tan fuertes, nunca en la vida. Aun antes del viaje a la cabaña, aguardaba nuestros encuentros con ilusión, nuestras pullas. El rubor de sus mejillas cuando algo le hacía gracia, su risa ronca. Y ahora me moría por notar el roce de sus labios contra los míos, por oír los dulces gemidos que se le escapaban cuando sentía placer. Por estar a su lado y compartir con ella mil mañanas.

Esa clase de sentimientos tiene un nombre. Era muy consciente de ello. No sabía en qué momento habían aparecido o cómo me había dado cuenta de que estaban ahí, pero todo eso daba igual en realidad. Porque no cambiaba nada. Sencillamente, explicaban mi situación interna. Cuando tomo una decisión, la mantengo. Punto.

Y había decidido que fuera Andrea la que tomara la iniciativa. Por más que me destrozase, no pensaba cambiar de idea. A esa chica le pasaba algo, y yo tenía el presentimiento de que no tenía nada que ver con los ataques de pánico. Quería estar ahí por si me necesitaba, pero para eso ella tenía que permitirlo. No podía obligarla. Las cosas nunca salen bien cuando las fuerzas.

Por otro lado, esa chorrada de que ella no valía nada... Me costaba horrores permanecer al margen, porque ¿cómo iba a demostrarle lo mucho que valía, si no podía acercarme a ella?

—Tío, Hammond.

Volví a la realidad de golpe. Daniels estaba plantado a unos pasos de distancia, con los brazos cruzados sobre la camisa gris de la empresa. —Sonrió—. Llevas un rato mirando el móvil como si fuera la tía más buena de toda la ciudad.

Con una expresión de paciencia infinita, me guardé el teléfono en el bolsillo. A continuación erguí la espalda y estiré las piernas.

—El móvil es más interesante que nada de lo que se oye por aquí.

Daniels soltó una carcajada.

—Eso ha dolido, tío. No lo voy a...

La megafonía chisporroteó. Al cabo de un segundo, un aviso se dejó oír en la estación de bomberos.

—Accidente de un vehículo a motor con posible atrapamiento. Ambulancia en camino. Brigada 10, acuda de inmediato. Brigada 70, preparada.

La voz detalló la ubicación del accidente. Me puse en guardia.

La televisión enmudeció y la conversación se apagó. Nuestra compañía debía permanecer a la espera. Si avisaban a más de una brigada, el accidente debía de haber causado estragos. La brigada 10 se encargaría del ocupante atrapado. Nosotros nos ocuparíamos del tráfico, de ser necesario.

—Mierda —musitó Daniels, a la vez que que se desplomaba a mi lado—. Odio los accidentes con atrapamiento.

En ese tipo de siniestros, el herido casi nunca sale caminando sobre las dos piernas.

Asentí y me fijé en otro bombero, que acababa de entrar en el parque enfundándose el traje. Yo ya lo llevaba puesto. Todos los bomberos de servicio se acercaron al camión y aguardaron instrucciones. Nosotros estábamos listos para salir si recibíamos la orden. Reinaba un silencio relativo en el parque mientras esperábamos a saber más. Transcurrieron algunos minutos.

—Atrapamiento confirmado. La brigada 10 ha iniciado maniobras de extracción —anunció la megafonía—. Urgencias médicas ya se encuentra en la escena. El paciente está inconsciente. Medevac 1, preparada. Brigada 70, preparada.

Mierda. Me froté la mandíbula. No era infrecuente que dejaran una ambulancia a la espera si había atrapamiento, si el herido estaba inconsciente o si no podían llegar hasta él para evaluar el alcance de las lesiones.

Intercambié una mirada con Daniels y supuse que debía de estar recordando el último rescate que había protagonizado. El atrapado era un niño, y aquel aviso... sí, aquel aviso no había terminado bien. Nadie salió con vida.

—El herido está fuera del vehículo. Prioridad 1.

—Joder —maldije, y cerré los ojos. La prioridad 1 implicaba una posibilidad mínima, tan solo un código por encima de la prioridad 0, que era la muerte en el acto.

Se oyó otra voz de fondo y avisos lo confirmó.

—El herido es prioridad 1. Estabilizado por emergencias médicas para transporte. Medevac, liberada.

—Eso es bueno —murmuró Daniels.

Asentí de nuevo y seguí esperando. Era una buena señal que hubieran estabilizado al herido lo suficiente como para transportarlo en ambulancia. Por otro lado, también podía significar que el helicóptero no iba a servir para nada a la larga.

Por fin nos liberaron. La otra brigada se encargó de despejar el lugar del accidente. Recibimos un aviso de incendio de un edificio que acabó resultando una falsa alarma, y luego nos encaminamos a tomar un bocado. Cuando regresamos al parque de bomberos, un técnico de emergencias de otra brigada pasó por allí para dejarle algo a un compañero.

Apenas prestaba atención cuando oí decir a Daniels:

—Has participado en el rescate del accidente, ¿verdad?

El técnico agachó la cabeza.

—¿De cuál de todos? Te juro por Dios que esta noche no hemos hecho otra cosa.

—El de prioridad 1 —respondió Daniels—. ¿Qué ha pasado al final?

—Ah, ¿el de la 495? Tío, les ha costado horrores sacarla del puñetero coche —explicó el paramédico—. La hemos llevado a Holy Cross. Tenía lesiones en la cabeza. Seguramente, internas. Cuando la hemos dejado, sus pupilas seguían sin reaccionar.

Extraje el móvil y empecé a recorrer mis contactos.

—Y no veas qué raro —prosiguió—. Llevaba pintura y salchichón en el auto. Extraña combinación.

Daniels resopló.

—Pues sí, qué raro. ¿Era joven o mayor?

—Poco más de veinte, diría yo. La policía estatal estaba tramitando la notificación. Era una chica muy guapa. Tenía la cara un poco deformada por el airbag. Qué lástima. —Hizo girar los hombros para relajarlos—. Apestaba a alcohol.

Unos dedos helados recorrieron mi espalda. No puedo explicarlo de otro modo. Tuve un mal presentimiento. Mi pulgar se detuvo sobre el teléfono.

—¿Qué coche era?

El paramédico me miró un instante.

—Un Lexus. Gris oscuro o negro.

No. Imposible.

Los dedos helados me estrujaron las entrañas. Durante un momento fui incapaz de moverme y de súbito estaba de pie, golpeando el contacto de Andrea con frenesí. Me alejé del grupo, haciendo caso omiso de Daniels, que me llamaba. El teléfono de Andrea sonó hasta que saltó el contestador. No respondía. La llamé nuevamente y esta vez le dejé un mensaje pidiéndole que se pusiera en contacto conmigo.

El corazón me latía desbocado cuando di media vuelta. Los chicos me miraban con atención.

—¿Qué..., qué aspecto tenía?

—No sé —fue la respuesta. Frunció el ceño—. Era mona, y...

—¿De qué color era su pelo? —grité.

Daniels se levantó.

—Hammond, ¿te pasa algo?

Caminé hacia el paramédico a grandes zancadas. Asía el móvil con fuerza.

—¿De qué color era su pelo?

El otro abrió unos ojos como platos.

—Oscuro, y había sangre, pero creo que era pelirroja.

El suelo se desplazó bajo mis pies. Creo que se me paró el corazón. Les dije algo, no recuerdo qué, pero di media vuelta y me marché. Llamé a una señora que conocía, que trabajaba esa noche en avisos.

—¿Jodi? —le dije con voz ronca—. Soy Tanner.

—Eh, cariño, ¿qué pasa? —quiso saber.

—Necesito..., necesito que me hagas un favor, ¿vale? Ya sé que es pedir mucho, pero te lo suplico. Esta noche has recibido un aviso. Un accidente automovilístico en la 495. Herido de prioridad 1 —especifiqué—. ¿Han identificado a la pasajera?

—Creo que sí.

—¿Cómo se llama?

Jodi no respondió al momento.

—Cielo, ya sabes que no te puedo dar esa información.

Cerré los ojos con fuerza y me obligué a respirar hondo, despacio, según me encaminaba a la puerta seccional, que estaba abierta. Daniels se había acercado, pero no podía prestarle atención.

—Ya lo sé. Me sabe muy mal pedírtelo, pero creo que es una persona que conozco..., una persona muy querida.

—Mierda —murmuró Daniels.

Jodi lanzó una exclamación por lo bajo.

—Ay, Señor, deja..., déjame ver qué puedo averiguar. ¿Vale? ¿Puedes esperar un momentito?

El momentito fue el rato más largo de mi puñetera vida, y yo me lo pasé rezando. En serio, rezando. *Que no sea Andrea. Por favor.* No podía pensar nada más.

—¿Sigues ahí, Tanner? —Jodi volvió a ponerse al aparato—. Acabo de hablar con la policía. Ya se lo han notificado a los parientes, así que me parece..., me parece bien decirte quién es. Se llama Andrea Walters. Es...

—Dios mío, es ella. —Me doblé sobre mí mismo—. Es ella.

—Oh, no, cielo. Cuánto lo siento...

La voz de Jodi se perdió. No recuerdo haberme despedido. De repente, Daniels estaba allí, posando la mano en mi hombro. Me incorporé.

—Ve —me sugirió mi compañero antes de que yo pudiera pronunciar palabra—. Márchate e infórmame cuando puedas, ¿vale?

Yo ya había recorrido la mitad del aparcamiento.

* * *

Las horas de visita habían terminado hacía rato para cuando llegué al hospital Holy Cross, y tardé un par de minutos en dar con alguna enfermera que me conociera. Me dijo dónde estaba Andrea, pero me advirtió de que no me dejarían pasar. En cuidados intensivos, recién salida de cirugía.

De *cirugía*, joder.

Mientras subía en el ascensor, no paraba de decirme que aún había posibilidades de que se hubieran equivocado. Tenía que ser un error. No podía ser ella. No era posible. Mierda. No podía ser ella. Andrea nunca se habría puesto al volante bajo los efectos del alcohol. No podía ser ella.

Las puertas se abrieron y salí al silencioso vestíbulo. Las enfermeras del fondo no me prestaron mucha atención cuando torcí a la derecha. A causa del uniforme, tal vez. El motivo me traía sin cuidado mientras corría por el gélido pasillo y me iba asomando por encima de las puertas sin ventana. Llegué al final y giré a la izquierda.

Me detuve en seco, igual que si hubiera pisado cemento húmedo.

Hacia la mitad del pasillo, una pareja mayor hablaba con un médico de mediana edad. El hombre era alto, con el cabello castaño, y la mujer, más menuda, tenía el pelo... de un color rojo intenso.

Estaban pálidos cuando el doctor alargó la mano para tocar al hombre con un gesto de consuelo. No oía la conversación desde donde estaba, pero el médico dijo algo más y la mujer arrugó la cara a la vez que se llevaba una mano a la boca.

El pasillo empezó a dar vueltas y yo trastabillé contra la pared. Desplacé la mirada hacia la habitación que tenían detrás. La puerta se abrió y salió una enfermera. Tan solo alcancé a ver una mano, pequeña y pálida. No se movía.

Dios mío. Me llevé la mano al pecho según la puerta se cerraba. Resonaron unas pisadas en el pasillo y me volví a mirar. Reconocí al chico, tan solo un año mayor que Andrea. Era su hermano, Brody. Ni siquiera me vio cuando pasó a toda prisa por delante de mí, con las chanclas restallando contra el suelo como truenos.

Me apoyé contra la pared cuando la realidad se abatió sobre mí y me aplastó. Andrea estaba en esa habitación. Se trataba de Andrea. No era una maldita coincidencia. No cabía la esperanza de que hubiera algún error. Era ella. El dolor estalló en mi pecho como si me hubieran estampado un puñetazo.

Me fallaron las piernas y me deslicé por la pared hasta acabar sentado en el suelo. Apoyé los brazos en las rodillas y me quedé mirando el vacío. Era ella.

Era Andrea.

22

Andrea

El primer aliento que tomé me quemó la garganta y proyectó un horrible dolor hacia el pecho y las costillas. Me dolió tanto que tuve que abrir los ojos, aunque los notaba sucios y pegajosos. Arrugué la cara al ver las intensas luces del falso techo. Intenté llevarme la mano a la frente para protegérmelos, pero el brazo me pesaba igual que si fuera de plomo.

Siéntate. Tenía que sentarme, pero tan pronto como inicié el movimiento un intenso pinchazo me atravesó el abdomen. Ahogué una exclamación. Vale. No me movería.

Una sombra se acercó a la cama. Tuve que pestañear varias veces para que la silueta se definiera. Era mi padre, inclinado hacia mi cama. Su rostro mostraba una ojeras terribles. Se le marcaban las arrugas alrededor de la boca. Su cabello castaño estaba todo alborotado, como si se lo hubiera mesado una y otra vez. No se había afeitado. ¿Cuándo fue la última vez que lo vi sin afeitar? Cielos, tuvo que ser cuando todavía..., cuando todavía bebía.

Oh, Dios mío.

Yo había estado bebiendo y...

—Cariño, ¿estás despierta? —Mi padre se sentó al borde de la cama y me percaté de que llevaba la camisa arrugada. Y también los pantalones. En realidad, él también estaba arrugado—. ¿Andrea?

Despegué la lengua del paladar.

—Sí.

Cerró los ojos un instante y soltó un largo suspiro de alivio.

—Llevas más de un día durmiendo. Ya sé que es normal después de este tipo de lesiones, pero no quería marcharme hasta que hubieras abierto los ojos. A tu madre le sabrá muy mal haber escogido este preciso momento para ir a buscar algo de comer. ¿Te duele algo?

¿Si me dolía algo? *Todo*. La barriga, la cabeza e incluso la mano. Desplacé la mirada hacia la mano derecha y sospeché que la culpa la tenía la gigantesca y horrible vía intravenosa que llevaba prendida.

—¿Estoy herida? —pregunté con voz ronca.

Mi padre me tomó la mano izquierda con la suya, más fresca. Me la estrechó con suavidad.

—Te has dado un golpe muy fuerte en la cabeza. Has sufrido una conmoción cerebral. Y estás bastante machacada, pero el... —Me apretó la mano de nuevo—. Te rompiste el bazo. No pudieron salvarlo. Tuvieron que extraerlo y te hicieron una transfusión de sangre. Sin bazo, vas a experimentar algunas complicaciones. Problemas para luchar contra las infecciones y...

Siguió hablando, pero yo ya no le oía. Mi bazo había reventado y tendría que vivir sin él. ¿Transfusión de sangre? ¿Conmoción cerebral? Mi mente viajó de vuelta al coche, al instante antes de que oyera cómo el metal crujía y se rompía.

—¿Choqué con alguien? —pregunté a bocajarro, haciendo caso omiso del fuerte dolor de garganta—. ¿He lastimado a alguien?

Mi padre dejó de hablar y me miró tanto rato que el pánico me oprimió el pecho.

—Ay, Dios mío —gemí, casi sin voz—. ¿Choqué con alguien? ¿Sí? Ay, Dios mío, no puedo...

—No chocaste con nadie, Andrea. —Tragó saliva con dificultad sin desviar la vista—. Te estrellaste contra la barrera de la 495.

Apenas si experimenté una pizca de alivio. No había embestido a nadie. Me alegraba de saberlo, pero *podría* haberme estampado contra otro coche. Ay, Dios mío, podría haber *matado* a alguien.

—Te hicieron un análisis de sangre. Estabas por encima del límite legal —prosiguió con un deje tenso, crispado—. Cogiste el coche cuando habías bebido.

La opresión se incrementó según esas palabras aterrizaban, se abrían paso entre la confusión y calaban en mí. Había conducido bebida. ¿Lo había hecho alguna otra vez? Nunca. Siempre esperaba cuando menos una hora o más antes de coger el coche. Me aseguraba *muy bien* de ello.

Qué horror.

Mi padre me soltó la mano y su mirada se desplazó a la persiana de la ventana.

—Te he fallado.

Me quedé de piedra al oírle.

—Papá..., no me has fallado. Yo he tenido la culpa. Esto... ha sido cosa mía. —Jamás en mi vida había hablado con tanta sinceridad. Las lágrimas corrían por mis mejillas—. He sido yo.

Negó con la cabeza.

—Tu madre y yo estábamos enterados de que bebías. Incluso tu hermano lo sabía. Nos repetíamos que no tenía importancia. Que tú no eras como yo. Que no seguirías mis pasos. Nos equivocamos. —Buscó mis ojos y advertí que tenía la mirada vidriosa—. Me equivoqué, pero no dejaré que cometas los mismos errores que yo.

La opresión aumentaba por momentos. Me costaba respirar. Oí los pitidos del monitor cardíaco, al fondo, cada vez más rápidos. *La bebida no es el único problema*, quise gritarle, pero había perdido la capacidad del habla.

—Y por eso vamos a tomar medidas de inmediato —continuó, inexorable—. En cuanto estés lo bastante recuperada como para dejar el hospital, empezarás un tratamiento. No se te permite discutirlo. Si te niegas o te opones —se le rompió la voz y le temblaron los hombros—, ya no podrás contar conmigo.

Yo apenas si podía respirar. No porque mi familia me obligara a someterme a tratamiento. No porque me negaran la posibilidad de decidir. No. El aire no me llegaba a los pulmones porque había tomado una decisión absolutamente imprudente e irresponsable. No solo una, sino años y años de malas decisiones que se habían ido acumulando y amontonando unas encima de otras. Podría haber lastimado a alguien, haber puesto fin a una vida. Esto ya no me involucraba únicamente a mí. Había perdido el control por completo.

—¿Me entiendes? —preguntó.

Le entendía perfectamente.

Antes de salir del bar me había dado cuenta de que tenía que cambiar, y ahora era más consciente que nunca. No me opondría a la decisión de mi padre. Ahora, no. Miré el azul de sus ojos y entonces su cara se emborronó.

—Papá... —Las lágrimas brotaron a borbotones, indiferentes al escozor que me provocaban en los terribles arañazos del rostro—. Algo funciona muy mal en mi cabeza.

* * *

—Estoy muy orgullosa de ti.

Desvié la mirada de Sydney, que estaba sentada al borde de mi cama. Había pasado un día desde que despertara en el hospital. Los dolores todavía eran horribles.

—No deberías..., no deberías estarlo.

—¿Por qué no?

Miré al techo.

—Conduje bajos los efectos del alcohol. Podría haber...

Asqueada conmigo misma, apreté los labios y negué con la cabeza.

—No estoy orgullosa de eso —replicó—. Pero sí de que hayas decidido buscar ayuda.

Cerrando los ojos, casi deseé estar dormida.

—Fue idea de mi padre.

—Podrías haberte opuesto.

—Me amenazó con cerrar el grifo, si lo hacía —le confesé, deseando también tener otra manta. Hacía frío en la habitación—. Ya me conoces. Me gusta vivir bien. No iba a permitir que...

—Corta ya —me espetó Syd. La miré sorprendida. Había enrojecido de ira—. He hablado con tu padre. Ni siquiera intentaste discutir con él. Ni por un momento. Sabes que necesitas ayuda. Estoy orgullosa de tu decisión. ¿Por qué te comportas así?

¿Por qué? Porque no merecía su amabilidad, y sabía muy bien que no tenía derecho a que nadie se sintiera orgulloso de mí.

—Cogí el coche estando bebida. Lo destrocé. He perdido... el bazo. Soy una fracasada. Tendré que ir a juicio y estoy segura de que me quitarán el carné de conducir. No me quejo. Lo merezco.

Merecía ir a la cárcel y, quién sabe, puede que acabara allí.

—Andrea —suspiró, ladeando la cabeza. Un largo mechón de cabello negro le cayó sobre el hombro—. No eres una fracasada. Tú...

—Necesito ayuda. Ya lo sé. —El muro que había construido desde que mi padre se había marchado se desmoronó—. Lo sé.

Le temblaba el labio inferior cuando me propinó unas palmadas en la mano.

—Cuando Tanner nos llamó para contarnos lo que había pasado, creí que se me paraba el corazón.

Tanner.

Ahora era mi corazón el que se había parado. Por la mañana, cuando mi hermano vino a verme, me contó que había visto a Tanner la noche que me ingresaron. Al principio pensé que lo habían requerido al lugar del accidente, pero Brody había hablado con él. Tanner oyó el aviso, pero no supo que era yo hasta más tarde. Cuando se enteró, se plantó en el hospital al instante.

—Pensé que te había perdido —susurró Syd, casi sin voz.

Una vez más, cerré los ojos con fuerza.

El silencio se alargó un buen rato.

—Kyler quería acompañarme, pero he pensado que no te apetecería tener aquí a un montón de gente. —Se interrumpió—. Tanner quiere verte.

—Yo no quiero verlo a él —fue mi respuesta inmediata.

—Está tan...

—No puedo. —La miré a los ojos—. Por favor. No puedo verlo ahora mismo. No quiero verlo ahora mismo. No puedo... No puedo enfrentarme a eso.

Ya me hacía poca gracia que Tanner hubiera estado en el hospital. Según Broody, incluso había entrado en la habitación mientras yo dormía. La mezcla de vergüenza y desesperación creaban un mejunje oscuro y desagradable en mi interior. Verlo me destrozaría, y apenas si era capaz mantener la compostura delante de los demás. Sabía que había decepcionado a mi familia. Profundamente. Y por más que Syd afirmase que estaba orgullosa de mí, sabía que también estaba desolada.

Syd esbozó una sombra de sonrisa.

—Vale. Respeto tu decisión. Y sé que él también lo hará.

Tenía razón. Tanner es un buen chico. No insistiría. Si Syd le decía que no quería verlo, no aparecería por el hospital. Ahora más que nunca sabía que yo..., que yo no merecía a alguien como él. Mis actos me habían colocado a la altura del betún. Era escoria de la peor especie. Solo que la escoria debe de servir para algo, mientras que yo ¿para qué servía? ¿Para fastidiarla?

De ser así, me estaba superando a mí misma.

* * *

La mañana que me dieron el alta del hospital, hacía tanto calor que vi vapor salir flotando del asfalto, lo juro. Era la típica mañana de agosto, salvo que nada era normal.

No sabía si las cosas recuperarían la normalidad algún día.

Solo mi padre y mi madre me esperaban cuando me sacaron en silla de ruedas. Ni globos ni caras sonrientes. La verdad es que no había nada que celebrar, y yo no regresaba a casa. Menos mal que no adopté una mascota.

Subir al coche de mi padre resultó más complicado de lo que esperaba, porque aún me dolía la barriga. En el asiento, a mi lado, viajaba mi maleta. Mi madre la había preparado. Ni siquiera pasaríamos por mi casa.

El trayecto al centro de tratamiento transcurrió en silencio, y a mí no me importó. No me apetecía hablar del tiempo, fingir que todo iba bien. Y no creo que mis padres estuvieran de humor para simulaciones, tampoco.

El centro se encontraba en las afueras de la ciudad, cerca de Frederick, y en mitad de la nada. Nos desviamos por una salida a la que nunca había prestado atención y viajamos durante veinte minutos más antes de que el coche torciera a la derecha. Pasamos junto a un gran cartel que mostraba la inscripción THE BROOK grabada en piedra.

Lo primero que pensé al ver el centro de rehabilitación, cuando coronamos una loma, fue que mi padre se había equivocado de sitio. Aquello no parecía una clínica de desintoxicación. Para nada. Desde los ondulados jardines que rodeaban un enorme complejo al estilo de un rancho hasta la pista de tenis y lo que parecía ser una piscina del tamaño de una casa, todo gritaba *club de campo* a los cuatro vientos en lugar de *calamidad total.*

Mi padre enfiló por el camino y aparcó debajo de una gran marquesina. La entrada me recordó a la de un hotel. Inspirando profundamente, eché una ojeada a mi padre. Su mirada buscó la mía por el espejo retrovisor. Asintió, y de súbito me entraron ganas de llorar. Quería tirarme sobre el asiento y no moverme nunca más. Pero mi madre salió del coche y abrió la portezuela trasera. De tirarme sobre el asiento, nada.

Bajé del vehículo con los ojos clavados en las puertas de cristal. El corazón me latía como una locomotora. Mi madre alargó la mano para entrelazar sus dedos con los míos. Yo avancé a paso de tortuga según mi padre nos alcanzaba con mi maleta en la mano.

Un ambiente fresco nos recibió cuando accedimos a un gran vestíbulo. Al fondo estaba la recepción, que de nuevo me recordó a la de un hotel. Mi padre se adelantó para hablar con la mujer que atendía el mostrador.

—Estarás bien —me susurró mi madre.

Yo lo dudaba mucho.

Cuando inspiré profundamente, un dolor sordo se extendió por mis magulladas costillas. El temblor se apoderó de mí y me entró flojera en las piernas mientras mi padre iba de acá para allá. Buscó mis ojos con la mirada. A la izquierda de la recepción se abrió una puerta. Un hombre salió.

Debía de andar por los treinta y pico, y llevaba una gafas muy chulas, estilo hípster, con la montura de pasta tan negra como su pelo. Nadie habría pensado que trabajaba allí a juzgar por su atuendo, unos pantalones cortos de color beis y unas sandalias.

—¿Andrea Walters? —Me dedicó una sonrisa simpática.

Yo di un respingo, miré a mi padre y luego a mi madre.

—Sí. —Carraspeé—. Sí.

—Me llamo Dave Proby. Por favor, acompáñame. —Volvió la vista hacia mis padres—. Ustedes también pueden venir.

Tenía los dedos entumecidos cuando lo seguimos a la salita que había al otro lado de la puerta. Traspasamos una segunda puerta al fondo, esta con una ventana esmerilada. No estábamos solos. Una enfermera, pertrechada con un tensiómetro, nos esperaba.

Santo Dios, aquello parecía un episodio de *Intervención*.

—Siéntate. —Dave señaló con un gesto la butaca tapizada en verde que había delante del escritorio.

Nerviosa, obedecí. Mis padres se quedaron junto a la puerta. La enfermera se acercó a mí con una amable sonrisa.

—Solo te voy a tomar la presión, cielo.

No sabía si era el procedimiento normal o no, pero alargué el brazo mientras ella me preguntaba:

—¿Tomas alguna medicación?

Con la boca seca, asentí. Mi madre habló por mí.

—He traído su bolso. Lleva somníferos y ansiolíticos. —Abrió el bolso y hurgó por el interior hasta dar con los tres frascos. La enfermera los cogió mientras yo seguía allí sentada como... yo qué sé, un millón de cosas distintas—. Y estos son los medicamentos que le han recetado en el hospital.

Me sentí fatal cuando la enfermera inspeccionó los frascos. A continuación los dejó sobre el escritorio, en fila, como un pequeño ejército de botes rojos, y a mí me entraron hormigueos y picores en la piel. De buena gana me habría levantado para echar mano de los frascos y tirarlos por la ventana, incluidos los antibióticos.

Dave aguardó en silencio a que la enfermera garabateara los resultados y se los tendiera. Se sentó en una pequeña butaca de despacho y tomó un boli. Haciéndolo girar entre los dedos, volvió la vista a un armario archivador.

—¿Llevas un móvil contigo?

—Sí.

Sin mirarme, alargó el brazo y agitó los dedos.

—Dámelo.

Miré su mano con atención.

Agitó los dedos de nuevo.

—Lo siento. Durante las dos primeras semanas, no vas a tener ningún contacto con el mundo exterior. Ni móvil ni internet.

Agrandé los ojos. Me volvería loca.

—Está... Está en mi bolso.

Un segundo más tarde, mi madre lo encontró y se lo entregó a Dave. Yo alcé la vista hacia ella y vi arrugas alrededor de sus ojos en las que nunca había reparado. Dave dejó mi teléfono junto a los frascos. A continuación hizo girar la silla para mirarme.

—¿Sabes por qué estás aquí, Andrea? —me preguntó por fin.

Me pareció una pregunta muy obvia.

—Yo... —Cerré los ojos un momento. Me ardían las mejillas—. Tengo un problema con la bebida.

Inclinó la cabeza hacia mí.

—¿Es el único problema que tienes?

Apretando los labios, negué con un movimiento de la cabeza.

—¿Sabes por qué bebes?

Sin pronunciar palabra, sacudí la cabeza nuevamente, pero tenía la sensación de estar mintiendo.

Dave me miró y luego echó una ojeada elocuente a los frascos alineados sobre la mesa.

—Creo que sí lo sabes, Andrea, pero aún no estás preparada para verbalizarlo. No pasa nada. Mi trabajo es conseguir no solo que lo expreses, sino también que lo entiendas y lo aceptes. —Se inclinó hacia delante para apoyar las manos en las rodillas—. ¿Estás dispuesta a hacerlo? ¿A aceptar ayuda?

Cuando inspiré, sonó casi como un sollozo. Se me rompió la voz al hablar.

—Sí.

—Perfecto. No necesito oír más —declaró. Los ojos tras las gafas estaban clavados en los míos—. Has luchado como una valiente todo este tiempo, Andrea, pero has perdido la batalla. La buena noticia es que no has perdido la guerra. Y ya no tendrás que luchar sola.

23

Andrea

Como cabía esperar, la vida en el centro apestaba al principio.

Sin teléfono, sin internet y con un acceso limitado a la tele, entré en colapso total. Jo, incluso la pequeña habitación con una cama individual y una cómoda fue un cambio tremendo, pero esas cosas no eran las grandes diferencias en mi vida.

El llanto. Cielos, no paraba de llorar. Lloré cuando mis padres se marcharon. Lloré cuando tuve que responder la encuesta de ingreso y llegué a la pregunta: *¿alguna vez has pensado en autolesionarte?* Lloré cuando me mostraron mi habitación tras la visita a las instalaciones y los jardines. Lloré hasta que me dormí por la noche, y tardé horas, porque me habían quitado los somníferos. Lloré al despertar, porque era la primera mañana que pasaba allí y comprendí que mi vida se había ido a pique.

Estaba *en rehabilitación*.

Y ese no era el plan. El plan era ser médico. No. Tacha eso. El plan era ser maestra. El plan era ser hija y hermana, amiga, y tal vez..., tal vez la novia de un chico, y ya no era ninguna de esas cosas.

Una enfermera me sirvió el desayuno en la habitación tras tomarme la presión y la temperatura. Los cubiertos eran de plástico. Plástico. Al igual que el plato. ¿Qué creían que iba a hacer? Comí unos huevos y una loncha de beicon, pero todo me sabía a serrín.

Dave apareció media hora más tarde.

—Ven a dar un paseo.

No tenía elección, así que me levanté y le seguí al amplio pasillo. Había otras puertas allí que debían dar a cuartos como el mío. Mientras lo recorríamos nos cruzamos con una chica más joven que yo. Sonrió a Dave, pero apartó la vista cuando sus ojos encontraron los míos y desapareció en una habitación. Yo no podía dejar de pensar en su delgadez. Estaba tan escuálida que parecía enferma.

—¿Cómo te encuentras esta mañana? —me preguntó Dave.

Me crucé de brazos y encogí un hombro.

—Bien. Supongo.

—¿Bien? Es tu primer día de tratamiento. Vas a estar aquí *un míni-mo* de treinta días —replicó a la vez que me lanzaba una mirada de incredulidad—. ¿Y estás bien?

Me estremecí. Bueno, si me lo ponía *tan* mal...

—Estoy un poco asustada.

—Es del todo comprensible. Seguramente tienes la sensación de que tu vida se va a pique. Nunca pensaste que algo así pudiera pasarte a ti. —Se detuvo ante una puerta oscura. Yo, entretanto, me preguntaba si acaso sabía leer la mente—. Casi todos los pacientes, si no todos, se sienten así al principio. Entra.

Dave me hizo pasar a un pequeño despacho forrado de estanterías que estaban atestadas de libros. Mientras me acomodaba en la silla, miré los títulos. Ninguno parecía versar sobre temas médicos. Forcé la vista. Al observarlos con más atención, me di cuenta de que estaba viendo... un montón de novelas románticas. *¿Pero qué...?*

—Te has fijado en mis libros. —Se desplomó en la butaca de detrás del escritorio y se encogió de hombros sin remordimientos—. Me encantan los finales felices.

Vale.

—Puedes tomar prestados los que quieras —me ofreció.

Habida cuenta de que no tenía tele ni internet, estaba más que dispuesta a aceptar su oferta desde ya mismo.

—Vale, te voy a explicar por encima quién soy y qué hago aquí. —Se inclinó hacia delante y cogió una pelota de béisbol—. Soy un psicólogo clínico especializado en orientación y tratamiento de adicciones. El título impresiona, ¿verdad? Bueno, The Brook trata una gran variedad de problemas. Al fin y al cabo, la diversidad es la sal de la vida, o eso dicen.

Lanzó la pelota al aire y la recogió.

Vale. El tío era un poco rarito. Mono. Pero raro.

—Tenemos personas adictas a las drogas y al alcohol. También hay gente ingresada por desórdenes alimenticios y algunos con depresión. Incluso hemos tratado a pacientes con fobias extremas y algunos con adicciones un tanto extrañas. ¿Y todo eso qué tiene *todo eso* que ver contigo?

Lanzó la pelota de nuevo

—Algunos se drogan y nada más. Otros beben. En esos casos, tratamos la adicción. Sin embargo, en otros casos abordamos los trastornos que *han llevado* a la dependencia. Si no lo hiciéramos, estaríamos tratando los síntomas pero no el origen de la enfermedad. —Lanzó la bola al aire una vez más, la dejó a un lado y propinó unos toques con el dedo a un montón de papeles que tenía sobre la mesa—. Verás, a juzgar por tus respuestas a nuestro megagenérico cuestionario, no siempre bebes. ¿Eso es verdad?

Me estaba clavando los dedos en la carne de los brazos.

—Sí.

—¿Me estás mintiendo, Andrea?

Parpadeé.

—No.

—Pero te pusiste al volante estando bebida. La gente que bebe de manera ocasional no bebe y conduce.

—Yo..., yo bebo...

—No contestes aún esa pregunta —me interrumpió, y yo fruncí el ceño—. Contesta mejor a esta. ¿Era la primera vez que conducías bajo los efectos del alcohol o lo habías hecho otras veces, aunque no hubieras bebido tanto?

Sacudí la cabeza ligeramente.

—Yo nunca he conducido... —Dejé la frase en suspenso y me humedecí los labios según desplazaba la mirada a la ventana que había detrás de Dave—. Puede que lo hiciera alguna vez, después de un par de cervezas, pero normalmente esperaba una hora o más para coger el coche.

—¿Normalmente? ¿Y qué te llevó a no hacerlo esta vez?

Noté un agarrotamiento en los músculos al mismo tiempo que mis mejillas empezaban a arder.

—Me encontré con un chico en el bar. Al principio no lo reconocí, pero él me conocía. Pensé que debíamos haber ligado algún día y quise salir de allí.

—¿Es una situación habitual? ¿Tienes relaciones con chicos cuando bebes? —preguntó.

Me encogí de hombros nuevamente, colorada como un tomate.

—Andrea, necesito que me contestes. Que me digas la verdad. En caso contrario, esto es una pérdida de tiempo. —Me miró a los ojos—. Necesito que seas sincera. Por mucho que te duela o te avergüence. Solo así puedo ayudarte. En cierto sentido me voy a abrir paso a la fuerza, porque es el único modo que tengo de ayudarte.

Genial. Qué divertido.

—¿Te gustaría cambiar? —me preguntó.

Súbitamente recordé los instantes antes de salir del bar, cuando había comprendido que no necesitaba un cambio externo sino interno. Me di cuenta de ello en el momento en que entraba en el coche.

Levanté la mirada. Me costó sostener la de Dave.

—Sí. Quiero cambiar.

Dave sonrió.

A mí no me apetecía sonreír.

—He tenido relaciones con chicos estando bebida. A veces no... —mi cara estaba al rojo vivo—. A veces no recuerdo muy bien lo que ha pasado. Ni siquiera sé qué he hecho exactamente. —Una vez que empecé a hablar, las palabras surgieron a borbotones—. No sé si quería estar con ellos o si pensaba que era lo normal. O si lo hacía porque había bebido. Lo hago a menudo.

—Da igual si lo haces poco o mucho, Andrea. —Abrió los brazos con un gesto abarcador—. Aquí nadie te va a juzgar.

—Qué...

Dave aguardó.

—Di.

Yo no encontraba las palabras.

—¿No me van a juzgar? Qué raro. Eso es nuevo.

—Pues acostúmbrate —replicó él, y me dedicó una sonrisa rápida—. ¿Únicamente mantienes relaciones sexuales en esas situaciones?

Caray, la conversación se tornaba incómoda por momentos. Podía optar por no responder, pero yo quería..., quería cambiar más de lo que me molestaba pasar un mal rato.

—No. No siempre —susurré, con la vista clavada en el frontal del escritorio. Había un adhesivo de los Baltimore Orioles, el equipo de béisbol, pegado en el centro—. Hace poco he estado con un chico. No le hacía gracia que bebiera como..., como lo hacía, y creo que... yo le gustaba de verdad.

* * *

A lo largo de las dos semanas siguientes, Dave demostró poseer el don de hacer que expresara con palabras mis pensamientos, mis miedos y muchos recuerdos e ideas inconexos que brotaban por sí solos. Hubo charla para dar y tomar, y también escucha en abundancia.

En ocasiones paseábamos. Otras veces conversábamos en su despacho. Algunos días me hacía hablar en el estudio de arte, delante de un lienzo en blanco. No tengo ni idea de qué demonios simbolizaba, pero Dave... sí, era un tío raro de un modo increíblemente eficaz.

No sufrí síndrome de abstinencia, algo que no pareció sorprender a Dave ni al personal, pero tenía un problema. Bebía compulsivamente, seguramente una de las formas más peligrosas de abuso alcohólico. Mientras que algunos..., algunos alcohólicos beben a diario, un poco por aquí y otro poco por allá, yo bebía hasta acabar tan borracha que no podía ni pronunciar mi nombre. Bebía hasta tal punto que los niveles de alcohol en mi sangre podrían haber acabado con mi vida. Bebía hasta que perdía la capacidad de pensar, todas las veces. Mi mente carecía de lo que sea que induce a parar a los demás.

Yo no podía.

No fue el único diagnóstico. Hubo un par más. Lo supe dos días días después de contarle a Dave que tenía la costumbre de cambiar los muebles de sitio y pintar las paredes cuando la quietud se me antojaba excesiva. Por supuesto, no fue lo único que les llevó al diagnóstico. Detalles de toda una vida lo revelaron.

Depresión y ansiedad.

Si tengo que ser sincera, el... el diagnóstico no me pilló por sorpresa. Puede que una parte de mí siempre lo hubiera sabido. Curiosamente, aún tardaron un tiempo en averiguar el papel que el alcohol tenía en mi..., en mi enfermedad.

También insistían mucho en la importancia de la actividad física. Si bien estaba aún un tanto débil y dolorida a consecuencia de la operación, insistían en la vida sana. Tuve suerte, sin embargo. No me hizo falta terapia física.

Transcurrida la tercera semana, me dejaron recibir visitas dos veces a la semana, una hora en cada ocasión. Mis padres fueron los primeros en acudir, junto con mi hermano, y fue duro. A continuación vino Syd, y me resultó aún más duro si cabe.

Syd me dijo que Tanner quería visitarme. Yo no me sentía del todo preparada, pero no podía evitarle para siempre. No había hecho nada malo. Se había comportado bien casi todo el tiempo, así que accedí a verle.

Tanner llegó un jueves por la tarde. Corría la quinta semana. Sin maquillaje me sentía desnuda cuando lo esperaba en la sala de visita. Ya sé que el asunto del maquillaje era una tontería, pero no había barreras entre nosotros. Ni una ligera base. Cero artificios.

La sala no estaba mal. Contaba con un sofá y dos sillas, una mesa en la esquina, y estaba pintada de un bonito azul turquesa, pero supuse que habría cámaras. Era lógico. No iban a permitir que alguien pasara drogas o algo raro a los pacientes.

Llevaba esperando cosa de cinco minutos cuando la puerta se abrió. Alcé la vista y el estómago se me anudó. Cielos, tenía la sensación de que habían pasado siglos desde la última vez que lo viera.

Tanner entró en la sala y luego se detuvo. La puerta se cerró tras él, y Tanner permaneció inmóvil, sin despegar de mí su mirada. Su cabello castaño parecía recién cortado, rapado por los lados, ni una sombra de barba. El azul eléctrico de sus ojos ardía tras un fleco de largas pestañas. La tez de su despampanante rostro se veía pálida. Permanecimos inmóviles un buen rato. Por fin, yo me levanté. Me temblaban las piernas.

Se acercó deprisa, con largas zancadas que borraron la distancia entre los dos, y antes de que me diera cuenta estaba entre sus brazos. Ahogué un gemido y cerré los ojos con fuerza según él me estrechaba contra su pecho. Absorbí el calor de su cuerpo, respiré la fresca fragancia de su agua de colonia.

—No sabía si podría volver a abrazarte algún día —dijo con voz ronca a la vez que me frotaba la barbilla contra la coronilla—. La última vez que te vi... —Retrocedió y deslizó las manos por mis brazos. Un calambre me recorrió la espalda—. ¿Te he hecho daño? No he pensado que...

—No. Tranquilo. Ya no me duele nada. —Mis ojos buscaron los suyos y sostuvieron su mirada. No sabía qué decir.

A Tanner le sucedía lo mismo, por lo que parecía, pero al cabo un momento me tomó la mano y me arrastró al sofá. Nos sentamos codo con codo. Pensaba que soltaría mi mano, pero no lo hizo.

—Tienes un aspecto mil veces mejor que la última vez.

—Me lo imagino —me reí, pero sin ganas. Miré nuestras manos unidas—. Ojalá no me hubieras visto en esa situación.

—Ojalá nunca hubiera sucedido.

—Lo mismo digo.

Guardó silencio un instante.

—No sé qué decir. Solo tenemos una hora y no quiero perder ni un segundo, pero no puedo hacer nada más que mirarte.

Ay, Dios, ¿por qué siempre encontraba la frase perfecta?

—Debería empezar diciendo que me alegro de que hayas aceptado verme. Sabía que te habías recuperado, pero... necesitaba comprobarlo con mis propios ojos.

—Sé que... oíste el aviso y fuiste corriendo al hospital —le revelé—. Siento mucho que tuvieras que pasar por todo eso. Es que no estaba preparada... para verte.

—No tienes que disculparte. —Me presionó la mano—. ¿Qué tal por aquí?

Encogí un hombro y entonces me di cuenta de lo que estaba haciendo. Disimular. Me estaba escondiendo y, maldita sea, si Tanner merecía algo de mí, no era que me sentara allí y me comportara como una boba.

Inspirando hondo, le solté la mano. No podía tocarle al mismo tiempo que me sinceraba. Ya sé que suena raro, pero era así.

—He pasado mucho rato hablando.

—¿De qué?

Sonreí con desmayo.

—De todo.

—¿Te gustaría... contármelo? —me preguntó.

Me costó horrores. Verbalizar todas esas cosas, especialmente ante alguien como Tanner, que solo conocía una parte de mí, pero habíamos tratado el tema a fondo durante las sesiones con Dave. Tenía que expresar lo que sentía, actuar a partir de ahí en lugar de guardarlo... en una botella.

Así que se lo conté.

Le confesé que iba por la vida deprisa y corriendo y le hablé del desasosiego y de los momentos de inactividad. Le revelé lo mucho que temía defraudar a mis padres y mi incapacidad para proyectarme al futuro. Incluso le conté cómo me había sentido el día que tomé la primera copa, la sensación de que nada importaba, de libertad, y le hablé del batacazo, porque ese sentimiento no duraba.

Cuando hube terminado, estaba agotada. Fue igual que mudar de piel, pero no era la primera vez que expresaba en voz alta todo eso que le había revelado a Tanner. Esas eran las cosas que Dave me había ayudado a ver, sesión tras sesión.

Suspiré con fuerza.

—En fin... Eso es todo.

—Sí —fue su queda respuesta, y lo miré. Tenía los ojos clavados en la pared—. Eso es todo. Yo...

Me ardieron las mejillas.

—Preferirías no haber preguntado.

—No. Para nada —se apresuró a responder—. Es que no lo sabía. O sea, te conozco y... pensaba que algo no andaba bien, pero ahora te están ayudando.

Me revolví en el asiento, incómoda.

—A veces me pregunto si habría sido capaz de cambiar por mí misma. De no haber subido a ese coche y sufrido el accidente, es posible que hubiera seguido por el mismo camino —reconocí.

Tanner asintió despacio.

—Nunca lo sabrás, pero ¿sabes qué? No importa. Has tomado cartas en el asunto y eso es lo que cuenta.

Lo miré brevemente.

—¿De verdad? ¿Eso es lo que cuenta?

Frunció el entrecejo.

—Sí.

—No sé. Yo creo que también cuentan otras cosas. Metí la pata, Tanner. Conduje borracha y podría haber matado a alguien. Eso también cuenta.

—Tienes razón. —Giró el cuerpo hacia mí—. Pero no lo hiciste. Nadie más se hizo daño. Y has buscado ayuda. El hecho de que hayas afrontado el problema es muy importante. Y Syd me contó que no rechistaste cuando tu padre dijo que te quería poner en tratamiento. Hay que ser muy valiente para enfrentarse a algo así.

¿Valiente? Dudaba mucho que yo fuera valiente.

Me escudriñó con la mirada.

—Por si acaso se te ha pasado por la cabeza, la opinión que tengo de ti no ha cambiado, y aún estoy esperando que vengas a buscarme.

Abrí tanto la boca que mi barbilla rozó el suelo.

—¿Qué?

Esbozó una sonrisilla.

—Andrea, me gustas mucho. Los sentimientos que... —Se llevó la mano al pecho, por encima del corazón—. Yo...

—Me han diagnosticado depresión. Piensan que se debe a un desequilibrio químico, porque no he sufrido crisis vitales tan importantes como para explicarla, pero el diagnóstico no es tan sencillo como piensa la gente. También sufro de ansiedad, que podría ser consecuencia de la depresión o de la bebida. O de algún otro problema. Es posible que tarden meses en darme un diagnóstico definitivo, pero me he estado automedicando —le solté de un tirón, para dejarlo todo claro—. Con alcohol y sabe Dios qué más.

Tanner me miró de hito en hito.

—Vale.

Se me anudó la garganta.

—Creo que siempre lo he sabido. O sea, sabía que mi cabeza..., que a veces tengo ideas raras. Como esa manía mía de pensar siempre lo peor o... mi convencimiento de que no valgo nada, que no estoy a la altura. Y cuando reina la calma, por Dios, me quiero morir. Eso es lo que me pasa, así que, por favor, por favor, no digas nada por quedar bien.

Guardó silencio un ratito. Por fin:

—En primer lugar, desde luego que estás a la altura y vales muchísimo. ¿De acuerdo? Sí, tomaste una mala decisión cuando te sentaste al volante del coche, pero eso no tiene por qué definirte el resto de tu vida. ¿Sabes por qué?

Agrandé los ojos.

—¿Por qué?

—Porque esa mala decisión te sirvió para aprender. Aún estás aprendiendo. Estás haciendo lo posible para que esas malas decisiones no se repitan en el futuro. Y, en segundo lugar, estás deprimida. Igual que millones de personas en el mundo. No pretendo restarle importancia a tu enfermedad. Ya sé que es grave, pero ¿crees que eso cambia la opinión que tengo de ti? La depresión no es una lacra. Tu manera de sobrellevarla, sí. La depresión no es el malo de la película, ni tampoco tú. No si eres capaz de admitir lo que has hecho.

Se me saltaban las lágrimas.

—Y, para terminar —continuó—, te quiero, Andrea.

Abrí la boca.

—¿Qué has dicho?

Soltó una carcajada breve.

—Te quiero, ¿vale? No sé cuándo me di cuenta exactamente ni cuándo empezaron estos sentimientos, pero sé lo que siento. Créeme. Cuando creí que ibas a morir, no sabes el miedo que tuve. Sí, sé muy bien lo que siento.

No pude hacer nada más que mirarlo de hito en hito.

—No espero que me respondas. —Me rodeó las mejillas con las manos, suavemente, y me echó la cabeza hacia atrás—. No quiero que me respondas ahora, porque cuando pronuncies esas palabras, si lo haces, tienes que estar segura. Quiero que las digas cuando tus ojos brillen de felicidad. Puedo esperar. *Esperaré.*

Mirándole fijamente a los ojos, comprendí que aún le amaba, pero no podía desprenderme de la sensación, de la certeza de que no lo merecía, para nada.

No merecía ese final feliz que tanto le gustaba a Dave.

24

Andrea

—¿De verdad crees en los finales felices? —pregunté.

Sentado detrás de su escritorio, Dave enarcó una ceja.

—Pues claro que sí. De no ser por el final feliz, ¿qué sentido tendría todo esto?

Habían pasado dos semanas desde la visita de Tanner, dos semanas desde que había confesado que me quería y que esperaría hasta que viera el brillo de la felicidad en mis ojos. El mismo tiempo que llevaba yo tratando de averiguar si de verdad merecía un final feliz.

—Qué pregunta más rara —comentó—. ¿Te puedo preguntar a qué viene?

Lo último que me apetecía era hablar de Tanner con un tío tan rarito como atractivo. ¿Por qué, Señor, mi terapeuta tenía que ser un hombre?

—Tanner me dijo...

—Oh, el maravilloso Tanner. —Sonrió cuando lo fulminé con la mirada—. Prosigue.

—Dijo que me quiere —le confesé.

Dave tomó la pelota de béisbol. Tenía una relación muy especial con esa maldita bola.

—¿Y eso es malo? Por lo que dices, es un buen chico. —Lanzó la pelota al aire y la volvió a recoger—. ¿O acaso tú no sientes lo mismo?

Me dio un vuelco el corazón. Menuda pregunta.

—Yo... Yo también le quiero.

—¿Besa fatal?

Puse los ojos en blanco.

Él soltó una risilla y luego se recompuso a la vez que estrujaba la bola.

—¿Crees que no lo mereces? ¿El final feliz?

Apoyé los pies en la silla y me abracé las rodillas. Pasó un ratito y Dave esperó. Sabía por experiencia que se quedaría allí esperando hasta que abriera la boca.

—No lo sé —fue mi respuesta, y encogí un hombro—. O sea, estoy mal de la cabeza y soy una persona horrible. Podría haber matado a alguien, y él... merece a alguien mejor, ¿sabes?

—Estar deprimida no significa estar mal de la cabeza, Andrea.

Fruncí el ceño.

—No me refiero a eso.

¿O sí? Aún trataba de entender qué implicaba sufrir una enfermedad que había moldeado mi vida.

—Es evidente que aún no sabemos lo que pasa en tu cabeza. No del todo. Tenemos mucho trabajo por delante —aclaró al mismo tiempo que dejaba la pelota en la mesa. Rodó hasta un grueso archivador—. Eso es bueno. Me gusta la seguridad laboral.

—Ja, ja, ja. —A pesar de todo, se me escapó una sonrisa—. En serio. Yo solo... Yo solo quiero ser normal.

—*Eres* normal —replicó—. La depresión no te convierte en una perturbada. Ni tampoco la ansiedad, pero el modo de afrontarlas, tu manera de reaccionar, eso sí.

Me mordisqueé el labio inferior, meditando su respuesta.

—Te voy a hacer una pregunta. Cuando trabajas como voluntaria en el teléfono de la esperanza, ¿piensas que la gente con la que hablas está mal de la cabeza?

—Por Dios. —Arrugué la cara—. No.

—¿Te parecen perturbados?

—No. Pienso..., pienso que solo necesitan... —*Solo necesitan ayuda.* Jo, cerré los ojos y exhalé con suavidad. Pasó un buen rato antes de que los abriera de nuevo—. Por eso me ofrecí voluntaria, me parece. Puede que, de algún modo, me identificara con ellos. Es posible que intentara afrontar...

—Y esa es una buena estrategia, siempre y cuando no te lleves sus problemas a casa.

No lo hacía. Cuando menos, no lo creía. Ya habíamos hablado otras veces de mi voluntariado. Dave pensaba que sería buena idea dejarlo hasta que lo tuviera todo más controlado.

—Te voy a preguntar otra cosa. —Dave agachó la cabeza—. ¿Crees que yo soy una persona horrible?

Qué pregunta más rara. Miré a mi alrededor.

—Esto..., ¿no?

Se recostó en el respaldo de la butaca y apoyó el tobillo en la rodilla sin dejar de mirarme.

—Cuando tenía más o menos tu edad, o puede que un par de años más, me parecía mucho a ti. No bebía demasiado. —Sonrió—. O, cuando menos, yo no tenía esa sensación. Sencillamente, me gustaba tomar una copa para relajarme los fines de semana, o cuando quedaba con amigos, o cuando estaba muy estresado.

Sí, conocía esa historia.

—Una noche estaba en un bar con unos colegas y se hizo tarde. Yo había tomado un par de copas, o eso pensaba. No creía estar borracho y nadie me llamó la atención. Nadie se puso en plan: «¡Eh, si bebes, no conduzcas!» Me marché. Monté en el coche y puse rumbo a mi casa. No llegué. Tuve un accidente, pero ahí terminan las similitudes.

Yo no podía apartar la vista.

—Destrocé el coche, pero salí más o menos ileso. Claro, sufrí unas cuantas contusiones, pero poco más que rasguños. —La sonrisa se esfumó de sus labios—. Sin embargo, yo no me estrellé contra la barrera de seguridad, Andrea. Choqué contra otro coche.

En ese momento quise desviar la vista, pero no pude.

—Se llamaba Glenn Dixon. Tenía treinta y seis años y salía del trabajo en uno de los almacenes de la ciudad —prosiguió con voz queda—. Estaba casado y tenía dos hijos. Uno de cuatro y el otro de siete. —Se interrumpió para inspirar profundamente—. No me di cuenta de que había cruzado la línea central hasta que fue demasiado tarde. Traté de enderezar, pero chocamos prácticamente de frente. Murió en el acto.

Cerré los ojos.

—Dios mío...

—Mis actos pusieron fin a su vida. Una decisión. Una sola elección. Me puse al volante de un coche y, si bien pasé una temporada en la cárcel y pienso dedicar el resto de mi vida a evitar que otra persona cometa el mismo error que yo, jamás llegaré a pagar por lo que hice.

El horror me inundó. Horror por la familia del fallecido y también por Dave, porque no podía imaginar lo que debía ser vivir con semejante carga a cuestas. Y horror también —Dios mío, también— por lo cerca que había estado de seguir los pasos de Dave.

—Así que te haré otra pregunta —concluyó, y abrí los ojos—. ¿Soy una persona horrible?

* * *

No llegué a responder a la pregunta de Dave. Intenté contestar, pero no encontraba las palabras adecuadas, y tardaría un tiempo en comprender que no había respuesta a esa pregunta, ni acertada ni errada.

Al principio, sentí que mi relación con él había cambiado. Odio admitirlo, pero no podía evitarlo. Había puesto fin a la vida de una persona. Accidentalmente y hacía cosa de diez años, pero había tomado una decisión que implicó la muerte de un ser humano.

Además, su historia, la confidencia que me había revelado, me tocaba de cerca. Podría haber sido yo, pero no lo era. No porque hubiera hecho nada distinto o mejor que Dave. Sencillamente, la suerte me sonrió esa noche. Pura chiripa.

¿Dave me parecía una persona horrible? No iba a meterme en ese berenjenal y es muy posible que nunca lo hiciera, pero algo en su historia no solo me tocó de cerca, sino que me llegó al alma.

Yo no era Dave. Tanto si lo atribuía a la suerte como a lo que fuera, yo no era él y, a grandes rasgos, podía pasar página y seguir adelante sin cargar con una mochila demasiado grande. El final feliz estaba a mi alcance, pero solo si me esforzaba al máximo.

Así que seguí en tratamiento más tiempo del necesario. No porque quisiera esconderme sino porque sabía, en el fondo, que todavía necesitaba ayuda. Tenía que aprender a identificar los momentos en que me sentía deprimida, y qué significaba la inactividad para mí. Tenía que adquirir mejores estrategias para superar los malos momentos. Dave y el resto del equipo me ayudaron con eso. Cuando empezaba a invadirme el desasosiego, era el momento de coger un libro, mirar una película o dar un paseo, llamar a una amiga o visitar a mi familia. Aprendí que debía abrirme. Me bastaba alargar la mano para disponer de una increíble red de apoyo. Solo tenía que darme permiso para recurrir a ella.

Y, pese a todo, me marchaba del centro por fin.

La maleta estaba preparada y mis padres acudirían a recogerme dentro de nada. Me planteé si pasar una temporada con ellos, pero decidí que podía arreglármelas sola. Ahora sí.

Acudiría a sesiones de terapia una vez por semana, y Dave me puso en contacto con el grupo de alcohólicos anónimos de mi zona. Si bien mi adicción al alcohol no era grave, seguía siendo una adicción. El terapeuta de los pacientes externos decidiría si necesitaba medicación para llevar una vida equilibrada o si podía salir adelante sin ella.

Cuando salí de mi cuarto por última vez, fui a buscar a Dave. Estaba de pie en su despacho, con la maldita pelota de béisbol en la mano. Sin decir nada, dejé mi maleta en el suelo y me acerqué a él.

Lo rodeé con los brazos y lo estreché brevemente. Retrocedí, exhalando despacio.

—Gracias. Por todo.

Esbozó una sonrisa rápida.

—Todo irá bien.

—Ya lo sé —respondí, sin dudarlo—. Y aun si la cosas no salen como yo querría, todo irá bien.

—Así me gusta.

Asentí y di media vuelta para recoger la maleta.

—Adiós, Dave.

—Escoge aquello que te haga sentir orgullosa —me gritó mientras salía—. No lo olvides, Andrea. Escoge siempre aquello que te haga sentir orgullosa.

Mientras recorría el largo pasillo hacia las puertas que daban a la recepción, supe que nunca olvidaría esas palabras. *Escoge aquello que te haga sentir orgullosa.* Eso era lo más importante, porque aún podría ser una hija, una hermana, una amiga y quizás incluso la novia de un chico algún día. Podría ser maestra o lo que quisiera. Podría ser todas esas cosas.

Esa era la nueva normalidad, *mi* nueva normalidad, y la afrontaría con valor. Demostraría ese coraje que algunos habían visto en mí mucho antes de que lo tuviera.

Tanner

Me ardían las piernas y el corazón me latía enloquecido según estampaba las zapatillas contra la cinta de correr. El aparato trepidaba de arriba abajo, pero no pensaba reducir la marcha. Era temprano, demasiado para estar levantado y corriendo. Sin embargo, una vez que me desvelaba no podía volver a dormir.

Cuarenta y dos días.

Habían pasado cuarenta y dos días desde la última vez que viera a Andrea en el centro. Y esos cuarenta y dos días se me antojaban toda una vida.

Sabía que le habían dado el alta. Llevaba fuera una semana y media, según Sydney, y no había tenido noticias de ella. La ausencia se me clavaba en el pecho, pero todo lo que le dije iba en serio. Esperaría el tiempo que hiciera falta. Cuando viniera a buscarme, quería que estuviera lista.

Yo no era, ni podía ser, su prioridad ahora mismo. Lo entendía y lo creía al cien por cien. Tenía que ocuparse de sí misma en primer lugar, y si eso requería otros cuarenta y dos días de espera, que así fuera.

No obstante, la echaba de menos. Mierda. La echaba de menos.

Añoraba sus réplicas ingeniosas y sus respuestas instantáneas. Añoraba el sonido de su risa ronca y el color de sus cejas, que me recordaban a un whisky añejo. Añoraba los gemidos mínimos y femeninos que soltaba, y su manera de decir mi nombre.

Sencillamente, la añoraba.

Y, de verdad, mi opinión sobre ella no había cambiado ahora que conocía su problema. Sí, le habría gritado de todo cuando supe que había conducido bebida, que podía haber matado a alguien o a ella misma. Me enfadé, me puse furioso, pero el hecho de que se hubiera puesto en tratamiento al instante y responsabilizado de sus actos aplacó la ira con rapidez.

Me alegraba de que hubiera averiguado por fin por qué recurría al alcohol; que todos lo supiéramos. El conocimiento lo es todo, el único medio para mejorar. El hecho de que estuviera deprimida no le restaba valor ni interés. Sinceramente, si alguien menosprecia a otro por ese motivo, que le den.

Una enorme parte de mí quería estar cerca de ella, ayudarla del modo que fuera posible, cuidarla. Pero sabía que no era eso lo que ella necesitaba. Andrea no precisaba que yo corriese a su rescate. Sabía muy bien que podía salvarse sola.

Se salvaría.

Una señal interfirió en la música que atronaba en mi móvil.

Reduje la marcha, extraje el teléfono de mi bolsillo y toqué la pantalla para ver el mensaje de texto.

Me erguí de golpe y estuve a punto de caer de la maldita máquina. Aporreando el botón de parada, leí el mensaje. Ya no notaba el ardor en las piernas ni en los pulmones cuando una sonrisa se extendió por mis facciones.

25

Andrea

Soplaba una brisa suave que me empujaba los rizos hacia la cara. Había pasado una hora desde que Syd me había dejado en el campus de la universidad y le había enviado un mensaje a Tanner. El móvil estaba en mi bolso, a mi lado, y no había mirado la pantalla compulsivamente. No sabía si vendría o no. Había pasado algún tiempo desde su visita al centro de rehabilitación y también desde que me dieran el alta. Por lo que yo sabía, era muy posible que hubiera pasado página. No tenía nada claro que me hubiera esperado. La vida cambia en cuestión de minutos. Así son las cosas, y, si bien había dicho que me quería, las cosas... pueden cambiar, por sincero que sea el amor.

Odiaba la posibilidad. Reconozco que, durante el tratamiento, a menudo me aferraba a la idea de que estaríamos juntos, a la promesa de un futuro feliz, y el sueño me había ayudado a superar los momentos más duros, pero si no acabábamos juntos... lo superaría. Me invadiría una gran tristeza. Lloraría. Y me entrarían ganas de tomar una copa, pero no lo haría.

Hoy estaba lista para afrontar el futuro, con o sin él.

Acercando una mano a la otra muñeca, jugueteé con mi nuevo accesorio de moda. La pulsera médica superchic que servía para avisar de que no tenía bazo. No iba a caer redonda a la primera de cambio por el hecho de carecer de ese órgano, pero sí era más propensa a las enfermedades infecciosas. Por suerte, no tendría que tomar antibióticos a diario, pero una de las primeras cosas que hice al salir del centro fue vacunarme contra todas las enfermedades habidas y por haber.

Se trataba de otro de los..., de los cambios que mi vida había experimentado.

Mientras estaba en recuperación, no me había medicado para tratar los desarreglos químicos. Dada mi propensión a las adicciones, al principio quisieron probar un enfoque más... holístico: hablar, usar estrategias de contención y toda esa historia. No obstante, al cabo de unas cuantas semanas, concluyeron que necesitaba algo más. Así pues, otra de las cosas que había hecho estos últimos días había sido agenciarme la medicación. Se me antojaba extraño pensar que tendría que medicarme el resto de mi vida, pero mejor eso que la otra alternativa.

Un pájaro brincó por la hierba sacudiendo las alas. El pequeñín se detuvo, miró en mi dirección y salió volando. Se posó en una rama cercana y las hojas del árbol se agitaron. Había visto cómo las hojas cambiaban de color mientras estaba en rehabilitación. Ya no eran verdes, y las pocas que quedaban en las ramas cayeron al suelo trazando espirales lánguidas. Una sombra se irguió sobre mí.

El aire se me atragantó cuando alcé la vista.

Tanner estaba de pie al otro lado del banco, con las manos en los bolsillos de sus vaqueros oscuros. Llevaba una gorra de béisbol azul marino calada hasta los ojos para protegerlos del sol.

Durante un instante, ninguno de los dos se movió ni pronunció palabra, pero enseguida Tanner esbozó una sonrisa de medio lado.

—Eh —me saludó.

El corazón me latía a toda máquina y la esperanza que albergaba mi pecho prendió.

—Has venido.

—Pues claro que sí. —Se sentó a mi lado, tan cerca que notaba la presión de su pierna contra el muslo. Sus ojos no se despegaban de mi semblante. Me miró tanto rato que acabé colorada como un tomate.

—¿Qué pasa? —susurré—. ¿Por qué me miras así?

Su sonrisa se ensanchó.

—Estás cambiada. No sé qué es. Quizás porque llevo cuarenta y dos días sin verte.

Enarqué las cejas.

—¿Has contado los días?

—Puñetas, sí, ya lo creo. —Giró el cuerpo hacia mí y apoyó el brazo en el respaldo del banco, a lo largo—. Te echaba de menos, Andy. Tienes buen aspecto. Estás guapísima.

—Yo también te echaba de menos —reconocí.

Sus hombros se relajaron cuando una tensión invisible abandonó su cuerpo.

—Entonces, ¿has quedado con el jefe de estudios?

Parpadeé, sorprendida.

—¿Cómo lo sabes?

Tanner sonrió.

—No te lo tomes mal, pero me he informado de tus andanzas. —Cuando enarqué una ceja, perdió algo de aplomo—. Le he preguntado a Sydney. Te podría haber preguntado a ti, pero prefería…, no, sabía que necesitabas tu tiempo.

Syd no me había comentado nada al respecto. En parte entendía por qué. Y en parte, la habría estrangulado.

—Sí, he hablado con el jefe de estudios. Le he contado… por qué he perdido prácticamente la mitad del semestre. La verdad. Ya no puedo recuperar el tiempo perdido a estas alturas, pero me van a ayudar. Está buscando la manera de que no pierda la matrícula y vamos a averiguar cómo podría afectar a mi futuro empleo una denuncia por conducción bajo la influencia del alcohol. —Aún me costaba horrores pronunciar las palabras, porque lo tornaban todo más real—. Podría suponer un problema de cara a la docencia.

—¿Y qué harás entonces, si afecta a tu profesión?

Era una pregunta importante. Afortunadamente, lo había meditado a fondo.

—¿Te acuerdas de que siempre me preguntabas por qué no me hacía terapeuta? Pues resulta que no es mala idea.

Su sonrisa regresó. Ahora inundaba sus facciones.

—Suena de maravilla.

Sonreí a la vez que me encogía de hombros.

—Como es natural, tengo experiencia directa en ese tipo de cosas y creo..., creo que podría ayudar a otras personas. No sé. Lo estoy pensando. Aún tengo tiempo para decidirme y podría cambiar de idea. Me parece bien... cualquiera de las dos opciones. Nada es irrevocable.

—Tienes razón —asintió, y me propinó un leve toque con la rodilla—. Puedes hacer lo que quieres.

—Saberlo supone... un alivio tan grande —confesé, y noté que le sorprendía el hecho de que lo hubiera expresado en voz alta. Incluso yo me sorprendí hasta cierto punto, pero últimamente me sorprendía a mí misma a diario. Inspiré profundamente según volvía la vista hacia la frondosa loma—. Cuando me visitaste, dijiste...

—Te dije que te quería —me interrumpió, y me dio un brinco el corazón—. Eso no ha cambiado, Andy. Te quiero.

Tomé aire a toda prisa.

—No sabía si seguirías pensando igual.

—¿Por qué? ¿Pensaste que cambiaría de parecer porque sufres una depresión? —preguntó. Sin apartar la mirada, se colocó la gorra del revés—. Andy, espero que no tengas una opinión tan mala de mí.

—No —respondí a toda prisa—. Eres una persona maravillosa.

—Y tú también. Eres increíble, Andrea. De verdad, hiciste algo que poca gente se atrevería a hacer. Comprendiste que tienes un problema y buscaste ayuda voluntariamente. Vale, las circunstancias eran extremas y podrían haber sido peores, pero lo hiciste. Diste un vuelco a tu vida, y aún lo estás haciendo.

Parpadeé para reprimir las lágrimas. Ay, cielos, me iba a hacer llorar a mares.

—Como ya te dije, tomaste una decisión malísima que podría haber tenido consecuencias nefastas. Podrías haber muerto. Podrías haber matado a otra persona. Tienes suerte que no pasara ninguna de las dos cosas, pero no remoloneaste ni cometiste más errores. Te responsabilizaste de tus actos y de lo que podría haber sucedido. Estabas destrozada cuando me lo contaste. Ya habías comprendido hasta qué punto esa noche podría haber acabado mal. No te opusiste a los deseos de tu familia. Ingresaste en un centro voluntariamente y permaneciste allí más tiempo del mínimo necesario. Buscaste ayuda, Andrea, y mereces todo mi respeto por ello. Va en serio.

Tanner me sonrió.

—Eres increíblemente valiente y fuerte como la que más. Eres preciosa y divertida. Y buena —continuó—. ¿Por qué iban a cambiar mis sentimientos por ti?

—Pero yo... —Estuve a punto de dejar la frase en suspenso, de guardarme lo que quería y lo que necesitaba decirme a mí misma. A punto. Una parte del proceso de curarse y mejorar consiste en mostrarse sincero. En hablar. En no callártelo todo—. Llevo una buena mochila a cuestas. Muy pesada. Lo estoy trabajando, pero sé que en ocasiones será difícil estar a mi lado. Muy difícil. Esperar que formes parte de eso es mucho pedir.

—¿Me has visto salir corriendo?

Negué con la cabeza.

—Y quiero que tengas clara otra cosa, ¿vale? Te oigo.

Se me hizo un nudo en la garganta.

—Tanner...

—Te *oigo*, ¿vale? Siempre te oiré —insistió, y se me partió el corazón y se recompuso a la vez. Tanner recordaba mis comentarios acerca de la gente que llama al teléfono de la esperanza. Le dije que solo necesitan que alguien los oiga. Inclinó la barbilla a un lado—. Solo tengo una pregunta, Andy.

—¿Qué? —susurré, todavía al borde de las lágrimas.

—¿Por qué narices llevabas pintura y un salchichón en el coche?

Tardé un instante en asimilar sus palabras y, cuando lo hice, solté una carcajada temblorosa, y esa risa... mudó en otra más larga y más profunda que duró un ratito. Y, cielos, qué bien me sentó eso de reír a carcajada limpia. Las lágrimas escaparon por el rabillo de mis ojos y me las enjugué, todavía presa de las risitas—. Sí, apuesto..., apuesto a que la gente alucinó.

—Pues sí. —Levantó una mano para secarse una lágrima—. Echaba de menos tu risa.

Pestañeando, busqué su mirada.

—Yo también.

—Tengo algo que decirte. —Se inclinó tanto hacia mí que prácticamente saboreé su beso—. Has acabado conmigo —dijo contra mi boca—. Has acabado con mis posibilidades de estar con otra persona. Lo sabes, ¿verdad?

El corazón me latía desbocado otra vez, ahora por buenas razones.

—No sé si considerarlo algo bueno.

Apoyó la frente contra la mía.

—Has acabado conmigo del mejor modo posible. Así pues, sí, es bueno.

—¿De verdad quieres que sigamos adelante? —le pregunté.

Mirándome a los ojos, me sujetó la barbilla y me acarició la mejilla con el pulgar, tiernamente. Un Papá Noel desnudo podría haber salido de entre los árboles dando brincos y yo no habría despegado la mirada de esos ojos azules, tan preciosos y brillantes.

—Te quiero, Andrea. Estoy enamorado de ti —declaró con voz firme—. Y pienso estar a tu lado en todo esto. Eso hacen las personas enamoradas.

Ladeando la cabeza, rocé sus labios con los míos. Fue un contacto mínimo, pero noté cómo el calor se proyectaba a cada célula de mi ser y me aseguré, cuando me miró a los ojos, de que viera felicidad nada más.

—Te quiero, Tanner. Te quiero —confesé—. ¿Lo ves?

Tanner emitió un gemido ronco desde el pecho que vibró en todo mi cuerpo. Le temblaban las manos cuando dijo:

—Lo veo. Veo un brillo de felicidad.

La esperanza que había chisporroteado en mi pecho mudó en un incendio, y yo lo alenté. Quería arder en su calor y en su fulgor, porque la esperanza..., la esperanza no era el enemigo. Era una amiga, un sostén. La esperanza es algo más que un nuevo comienzo. Es el mañana, el símbolo de que podía recuperarme, de que podía subsanar mis malas decisiones y de que nunca volverían a repetirse. La esperanza era algo más que la posibilidad de redención. Albergaba la promesa de que algún día encontraría la absolución, de que me perdonaría a mí misma.

Y aún significaba más cosas. La esperanza representaba el día de hoy, que también era importante. Ya no tenía que correr para dejar atrás los segundos y los minutos. Me lo prometí. Iba a vivir, y habría momentos difíciles. Habría recaídas y días en que todo se me antojaría gris y deslucido, pero contaba con la esperanza y el *conocimiento* para afrontar lo que me hacía sufrir. Contaba con mis *amigos*. Contaba con *Tanner*.

Y, aún más importante, contaba *conmigo misma*.

Dos meses más tarde...

Andrea

—A tus padres les caigo bien. —Sonriendo, volví la vista hacia Tanner, que estaba plantado en el umbral de mi habitación viendo cómo me despojaba de los anillos y los dejaba en el joyero de mi tocador—. Y creo que tú también les caes bien.

Cruzó los brazos sobre el ancho pecho, tensando con su gesto la camiseta lisa que se había puesto debajo de la camisa. La prenda más formal había abandonado su cuerpo en el instante en que habíamos cruzado la puerta de mi casa y ahora colgaba del respaldo de una silla.

—A todo el mundo le caigo bien.

Riendo, puse los ojos en blanco con expresión de paciencia infinita, pero, la verdad, el hecho de que mis padres hubieran recibido a Tanner con los brazos abiertos me provocaba cosquillas de alivio. Me había resistido a presentarles a Tanner formalmente y había esperado hasta hoy, cuando faltaban pocos días para Navidad, para invitarlo a la comida dominical.

Cuando me hube librado de los anillos, me quité los zapatos de dos patadas y me planté en el centro del dormitorio.

—En serio, sí que les has caído bien. Mi madre quiere adoptarte.

Sonrió.

—Unos doctores ricos están a punto de adoptarme. Aceptaría, si no fuera porque eso enrarecería un tanto las cosas entre nosotros.

—Solo un poquitín.

Caminé hacia él y noté un aleteo en el corazón cuando abandonó la jamba para ir a mi encuentro. Deslicé las manos por su cintura. Abrazándolo con fuerza, pegué la mejilla a su pecho.

Una de sus manos envolvió mi cogote, la otra se posó en la parte baja de mi espalda. No habló cuando nos abrazamos, y a mí no me importó. Estaba... a gusto en ese instante de calma, oyendo tan solo los latidos regulares de su corazón.

Me sentía en paz.

A lo largo de los dos meses pasados, la sensación de victoria se había mezclado con la de fracaso, y la paz con el caos según Tanner y yo sobrellevábamos juntos mi sobriedad y el tratamiento. No fue fácil. En ocasiones me moría por tomar una copa, como cuando pensaba que Tanner ingresaría en la academia o cuando las consecuencias, aparentemente interminables, de mis actos resurgían para estamparse en mis narices, tal como siempre hace la realidad.

Dave me había sugerido que me abstuviese un tiempo de colaborar en el teléfono de la esperanza y en los hospitales. Mis jefes habían accedido, pensando que me sentaría bien un descanso. Era una manera amable de sugerir que no confiaban en mi capacidad de soportar la tensión, y lo entendía. Era un asco, pero lo entendía. Y también comprendía que, si bien yo no tenía la culpa de estar deprimida, no había afrontado bien mi condición, y tendría que demostrar que era capaz de sobrellevar la enfermedad y el estrés.

Todavía me inquietaban las consecuencias a largo plazo: cómo afectaría el incidente a mi expediente a la hora de buscar empleo, y el hecho de que aún me estuviera adaptando a vivir sin bazo. Todavía me embargaba el sentimiento de culpa al recordar el pastón que habían pagado mis padres por mi recuperación y las facturas del abogado, que había evitado mi ingreso en prisión. Fue una suerte que no tuviera denuncias anteriores. Además, la buena disposición que había mostrado a rehabilitarme y el hecho de haber alargado el tratamiento más tiempo del necesario también me ayudaron.

Pese a todo, algunos días me costaba mirarme al espejo y, de vez en cuando, me preguntaba cómo se las arreglaba Dave para ver su reflejo a diario.

A lo largo de esos dos meses, hubo veces en que estuve a punto de caer en la tentación de tomar una cerveza. Me decía que, por una, no podía pasar nada. Sin embargo, reparaba en la trampa que me estaba tendiendo y cortaba el razonamiento. Porque una cerveza no me haría daño, es verdad. Pero soy bebedora compulsiva. No tendría bastante con una. Una vez que el alcohol me rozara la lengua, no podría parar. Y cuando el deseo de beber se tornaba demasiado grande como para contenerlo a base de sentido común, recurría a mis amigos. Recurría a Tanner.

El problema del acoholismo y la depresión, aprendí, es que no afectan únicamente a una persona. Afectan a todos aquellos que se relacionan contigo, a veces de maneras insospechadas y no siempre negativas. La gente quiere ayudarte. Desean comprender lo que te pasa. Y tú debes permitirlo.

Y, por encima de todo, debía recordar que no estaba sola con mi problema. Syd y Kyler estaban ahí para navegar conmigo los altibajos. *Tanner* estaba ahí, una fuente constante de amor, apoyo y aceptación.

Incluso cuando sentía el deseo de estrangularme.

—Eh —murmuró Tanner, que ahora enredaba los dedos en mi pelo—. ¿Adónde te has ido?

Alzando la cabeza, le sonreí, y mi pecho se inundó de todo el amor que me inspiraba. En ocasiones daba miedo sostener esos sentimientos, pero también era emocionante, pura magia, y ahora sabía que jamás cambiaría lo que estaba experimentando por una cerveza.

—Estoy aquí —le dije.

La mano de Tanner resbaló por mi pelo hasta envolver mi mejilla. Sus ojos azules, llenos de ternura, buscaron los míos. Me puse de puntillas y le rodeé el cuello con los brazos. No tuve que pedir. Acercó los labios a mi boca. El beso fue suave al principio, una tierna exploración que me provocó un leve zumbido en las venas, y luego, cuando me rozó la lengua con la suya, estalló la pasión.

Mis dedos se tensaron en su nuca y le presioné las caderas con el cuerpo. Gimió dentro de mi boca y noté su dureza en el vientre. Deslicé la otra mano por su pecho y le estiré la camiseta, una silenciosa súplica a la que Tanner respondió retrocediendo, con los ojos encendidos de puro deseo.

—¿Estás segura? —me preguntó, buscando mis ojos—. ¿Crees que estás lista?

Tanner y yo habíamos evitado llevar la relación al punto en que se encontraba durante el viaje a la cabaña. Mi consejero me había sugerido que no mantuviera relaciones, porque corría el riesgo de sustituir una adicción por otra para sobrellevar la depresión. Al principio, no entendí de qué hablaba, porque yo nunca había utilizado el sexo para huir de nada.

Hasta que comprendí, a base de muchas sesiones, que sí, *había* recurrido al sexo para huir de otras cosas. Y me fastidió darme cuenta de hasta qué punto la enfermedad había impregnado cada una de las facetas de mi vida, pero quería recuperarme. Quería ser una persona mejor, así que seguía las reglas, y, si bien llevaba semanas sin pasar un buen rato, me contuve. Tanner lo entendió. Tenía paciencia. Esperó.

Maldita sea, me había costado mucho. La chispa, la química que había entre los dos siempre estaba ahí y obviarla era una tortura, por más que no me sintiese preparada para estar con él.

Ahora sí lo estaba.

—Sí. —Para demostrárselo, le acaricié por encima de los pantalones. Tanner estaba duro y abultado, la tela tensa—. Estoy lista. En plan, mucho más que lista.

Cerró los ojos y se estremeció cuando habló con voz ronca.

—Podemos esperar...

Estreché su calidez a través de los pantalones y él enarcó una ceja.

—Jo. Vale. Estás lista.

Su boca amortiguó mi risita. En esta ocasión, el beso no fue lento ni tierno. La boca de Tanner dominó la mía e incendió mis venas. Me echó hacia atrás y desplazó las manos por mis costados para asir la tela de mi blusa. Renunciando a desabrochar botones, me quitó la fina blusa por la cabeza al mismo tiempo que se despojaba de la camiseta. Nos separamos el rato suficiente para que se desnudara y, santo Dios, jamás en mi vida he visto a nadie librarse de la ropa tan deprisa, si bien había olvidado descalzarse de buen comienzo y se entretuvo con los zapatos. Yo no perdí el tiempo mientras él se desvestía. Con manos temblorosas, me bajé la cremallera de los pantalones y me los quité, arrastrando con ellos las braguitas. Cuando me incorporé, los dedos de Tanner ya habían encontrado el cierre del sujetador.

Ya habría tiempo más adelante para el lento juego de la seducción, porque ansiaba que Tanner me desnudase prenda a prenda, pero ahora yo estaba ardiendo, y sabía que Tanner también.

Y de súbito sus manos y su boca buscaban todo mi cuerpo. Besaban, lamían, pellizcaban y saboreaban mientras yo me humedecía por momentos y su dureza aumentaba. Nos separamos lo suficiente para que buscara la protección, y al momento, introduciendo las manos por debajo de mis brazos, me levantó en vilo y me lanzó a la cama.

Reí mientras rebotaba y él se aproximó desde arriba. Su boca reclamó la mía según guiaba su erección entre los dos. Sus caderas me empujaron y yo estuve a punto de estallar allí mismo. Empezó a moverse, a embestir adentro y afuera, y yo presioné con fuerza y le rodeé las cintura con la piernas para que entrara tanto como fuera posible.

Nuestras bocas se buscaban con avidez, los cuerpos no tenían bastante. Reclamábamos al otro, indiferentes a los golpes del cabezal contra la pared, totalmente concentrados en los suspiros y los gemidos mutuos.

La tensión se replegó sobre sí misma cuando su mano ciñó mi mejilla con una ternura que contradecía las sacudidas de sus caderas.

—Te quiero —jadeó con voz gutural—. Te quiero, joder.

Yo me crispé a su alrededor y estallé según le repetía esas mismas palabras, una y otra vez, hasta que la presión de su pelvis contra la mía cesó y lanzó un grito ronco al llegar al clímax. Yo giraba y giraba proyectada por un placer tan intenso que, cuando volví a bajar, me sorprendió descubrir que seguía de una pieza.

Nos quedamos allí tumbados, con los brazos y las piernas entrelazados, mi mejilla recostada contra su pecho. No hacían falta palabras, no si su mano recorría arriba y abajo mi espalda con languidez. No si las últimas palabras que nos habíamos dedicado eran de amor.

Los momentos de calma todavía me asustaban, pero no estaban tan mal. Una sonrisa adormilada se extendió por mis facciones. No. En ocasiones, los momentos de calma son el paraíso.

Agradecimientos

La historia de Andrea no es un relato fácil de contar, pero sentía que tenía que hacerlo. Espero que cuando lo termines hayas comprendido que, sea cual sea el problema al que te enfrentas o los errores que hayas cometido, la posibilidad de hallar un final feliz siempre está ahí, a tu alcance.

En primer lugar y por encima de todo, muchísimas gracias al equipo de Spencer Hill Press —Kate Kaynak, Jessica Porteous, Rachel Rothman-Cohen y Cindy Thomas— por haber contribuido a que *Como el fuego* viera la luz, y a mi increíble agente, Kevan Lyon, por estar ahí en todo momento. Muchas gracias también a K. P. Simmons y al equipo de Inkslinger PR.

Gracias a Stacey Morgan por ser no solo una amiga alucinante, sino también una maravillosa ayudante que me mantiene cuerda. Un enorme agradecimiento también a Laura Kaye, Sophie Jordan, Tiffany King, Chelsea Cameron, Jen Fisher, Damaris Cardinali, Jay Crownover y Cora Carmack (por nombrar solamente unos pocos) que me ayudan a seguir adelante y no dejan que me escaquee demasiado.

Este libro no existiría de no ser por ti, lector. Muchísimas gracias por apoyar esta historia y apoyarme a mí. No hay palabras en el mundo para expresar mi agradecimiento.

ECOSISTEMA DIGITAL